정선精選된 피네간의 경야

- 이어위크 밤의 책

Selected FINNEGANS WAKE

- The Earwickes Night Book

김종건 편저

정선된 피네간의 경야

이어위크 밤의 책

김종건 편저

어문학사

들어가면서

조이스의 최후의 작품인 〈피네간의 경야〉는 그의 〈율리시스〉가 낮의 걸작이듯이, 밤의 그것이다, 이는 비범한 수행遂行이요, 전 서구 문학 전통의 축소된 형태로의 보기 드문 전사傳寫이다. 이 지고의 언어적 예술 기교(artistic virtuosity)는 인간의 성性(sexuality)과 꿈의 어두운 지하 세계를 총괄한다. 아일랜드의 저명한 학자요 〈경야〉 텍스트의 편찬자인, 시머스 딘(Seamus Deane) 교수는 "〈경야〉야 말로 20-21세기의 가장 탁월한 작품들 중의 하나로 남으리라" 기록한다.

여기 본 편저자는 지난 근 4-50여 년간(1973-2019)을 조이스의 〈율리시스〉 및 〈경야〉연구와 번역을 위해 분골쇄신 작업해 왔다. 책에 수록된 주석들과 인유들의 숫자는 근 17,000여 항에 달하는지라, 이는 〈율리시스〉에서 손턴(Thornton) 교수의 "〈율리시스 인유〉(Allusions in Ulysses)"와, 또 다른 노작 돈 기포드(Don Gifford) 작의 "〈율리시스 주석〉(Ulysses Annotated)"의 몇 갑절 비견鄙見하는 노동의 지불이라 함은 지나친 과장일까!

본 편저자는 이 대가代價를 〈복원된 피네간의 경야〉의 본문 후미에 담아 한 권의 책으로 출간하였으나, 이 책의 독자들이 엄청난 분량을 감당하기 힘들고, 손에 들고 이용하기에 너무나 불편하다고 하는지라, 여기 〈복원된 피네간의 경야〉 원본의 자매본(companion book)으로 이용하도록 한 것이다. 이 책 〈정선精選된 피네간의 경야〉는 본문 가운데서 비교적 쉽고 재미나는 부분을 선택 발본拔本한 것이니 독자여 지나치게 걱정마시라!

본 편저자는 이 책의 독자들이 지식의 집약본集約本을 중량 있게 그리고 편리하게 이용함으로써 조이스 문학의 전파를 용이하게 수행하기를, 그리고 파종播種하기를 애절히 바라마지 않는다. 그것은 평생을 헌납한 노령의 탐닉이요, 머릿속에 쌓인 만상萬象의 부담을 푸는 길임을 독자에게 겸허히 고백하고 감사하는 바이다.

창 밖에 한창 핀 코스모스가 가을 비바람에 그 미려美麗한 자태를 간들간들 춤추고 있다. 이 힘든 〈경야〉의 해독을 위해, 비록 선집일지라도, 독자나 필자의 머리(그것 자체가 소小 우주요, 작은 코스모스이거니와) 속에 쌓인 무거운 적하積荷의 짐을 들어주기 바란다.

편저자 유년 시에 고향 진해의 "수리봉"을 뒤로하고, 평생을 앞만 보고 섰었건만, 이제 서산西山 넘는 지친 인생이여라! 재차 조이스의 꿈의 걸작을 적나라한 본질로 재단裁斷한다.

그 동안 조이스 연구의 여러 권의 책을 출판해준 어문학사의 윤석전 사장에게 심심한 사의를, 강 남북 먼 거리를 오고 간 수고에 감사한다.

2019년 11월 20일
편저자 김종건

차 례

西紀 1979年 12月 22日

十字路

「제임스 조이스學會」 창립

조이스文學에 관심가진 교수등… 資料수집-토론회 갖기로

▽…금세기의 가장 위대한 작가의 한 사람이며 가장難解한 작가로도 알려져 있는 아일랜드출신의 제임스 조이스(James Joyce)와 그 주변 英·美작가들을 체계적으로 연구하기 위한 「한국 제임스 조이스學會」(The James Joyce Society of KOREA=JJSK)가 지난14일 창립되어 學界의 화제가되고있다.

◇金鍾健회장

▽…조이스文學에 관심을 갖고 있는 국내 대학교수및 강사(정회원), 대학원 재학생(준회원), 학회의 취지에 찬동하는 사람들(명예회원)로 구성된 이學會는, 앞으로 조이스 및 주변英·美작가들에 관한연구자료의 수집 보관및 교류, 연구자료 간행, 발표회 강연회 토론회 개최, 국제학회와 세미나 참여등의 사업을 벌일 예정이다.

▽…조이스의 작품 에는 「더블린 사람들」「젊은 예술가의 肖像」「율리시즈」등이 널리 알려져 있고, 우리나라에도 번역돼 있는데, 특히 「율리시즈의」 경우, 難解해서 그에 관한 연구비평서만 해도 전세계적으로 50권이 넘는다. 조이스文學의 위대성은 作品자체의 위대성 뿐만아니라 그것이 현대문학에 끼친 영향에 있다. 엘리어트 파운드 포크너 헤밍웨이 올프 도스파소스등 當代의 작가들 뿐만아니라 최근의 작가들 중 그의 영향을 받은 작가가 많다.

▽…學會의 임원은 회장 金鍾健교수(중앙대), 부회장 李鍾鎬교수(경북대), 총무이사 鄭正浩교수(중앙대), 연구이사 朴熙鎭교수(서울대), 편집이사 陳普柱교수(충북대·在美)로 돼있다. 金鍾健회장은 『세계각국의 조이스 연구기관과 긴밀히 교류하여 우리나라에서의 연구성과에 보탬이 되도록하겠다』고 말하고 있다.

1. 제임스 조이스 학회 창립(조선일보)

1985年 1月 29日 火曜日 조 선 일 보

難解소설 「피네간의 經夜」 번역

高大 金鍾健교수, 「아나 리비아」章 출간준비

高麗大 金鍾健교수 (영문학)가 최근 난해하기로 유명한 제임스 조이스의 장편소설 「피네간의 經夜」일부를 번역, 출간을 서두르고 있다.

原題가 「Finnegans Wake」인 이 소설은 만년의 조이스가 17개국어를 구사해 쓴 작품으로 그 난해성 때문에 아직껏 완역본이 나온 나라가 없다는 것이다. 金교수가 이번 번역한 「아나 리비아」편만 그동안 佛·獨·伊·日語 등 4개국어로 번역돼 우리말번역이 세계에서 5번째인 셈이다.

◇金鍾健교수

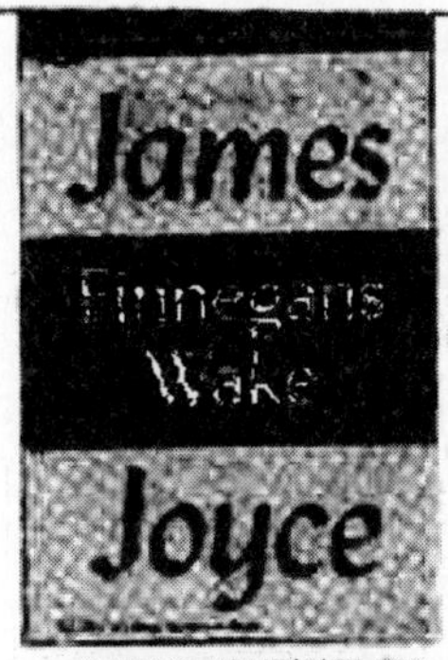

◇사진은 바이킹社刊 「피네간의 經夜」 표지

「피네간의 經夜」는 조이스가 17년간에 걸쳐 6만4천개의 단어를 뒤섞어 완성한 것으로 「율리시즈」가 한낮의 이야기라면 밤의 이야기에 해당하는 작품. 현대의 한 아일랜드 사람이 인간의 탄생·결혼·죽음·부활에 이르는 과정을 하룻밤의 꿈을 통해 겪는다는 내용이다. 조이스는 이 작품에서 서양각국어는 물론 중국어, 일본어까지 동원, 「우주어」 혹은 꿈의 언어로 일컬어지는 [illegible]를 구성해냈다. 하나의 단어를 어느 나라말로 해석하느냐에 따라 의미가 각각 달라진다는 것이다. 金교수는 이를 한대의 전화기로 여러 외국인이 동시통화하는 현상 이라고 비유했다.

조이스가 17個国語로 쓴 장편

完訳本 펴낸 나라 아직없어

「아나 리비아」章 세계 5번째

외국에서는 이미 피네간[illegible] 「[illegible]」이라 부르는 학자들이 이 작품의 번역에 노력하고 있으며 일본도 東京大교수 8명이 번역에 나서고 있다는것. 언어의 「아수라장」에 도전하는 셈이다.

金교수가 완역한 「아나 리비아」章은 이 작품 가운데서도 가장 어렵다는 부분이다. 내용은 더블린의 리피江가에서 두 여인이 빨래하며 애정문제를 얘기하는 것으로 돼있다.

金교수가 이를 번역하게된 동기는 미국유학시절 대학원에서 교재로 사용한데서 비롯됐다. 한 페이지를 번역하는데도 사전을 수백번씩 뒤적였다는 金교수는 조이스를 연구하면서 그냥 지나칠수가 없어 번역에 착수했다고 말했다. 지난 74년부터 [illegible]이 손을 대 10년만에 완성을 봤다는것. 그러나 분량은 해설 36장을 포함, 2백자 원고지 1백91장밖에 되지 않는다.

바이킹 컴패스版을 원본으로 사용했다. 金교수는 곧 [illegible]을 내고 [illegible] 예정이다.

2. 〈피네간의 경야〉 초판(조선일보 1985. 1. 29)

wottle at his feet to stoke his energy of waiting, moaning feebly, in monkmarian monotheme, but tarned long and then a nation louder, while engaged in swallowing from a large ampullar, that his pawdry's purgatory was more than a nigger bloke could bear, hemiparalysed by the tong warfare and all the shemozzle, (*Daily Maily, fullup Lace! Holy Maly, Mothelup Joss!*) his cheeks and trousers changing colour every time a gat croaked.

How is that for low, laities and gentlenuns? Why, dog of the Crostiguns, whole continents rang with this Kairokorran lowness! Sheols of houris in chems upon divans, (revolted stellas vespertine vesamong them) at a bare (O!) mention of the scaly rybald exclaimed: Poisse!

But would anyone, short of a madhouse, believe it? Neither of those clean little cherubum, Nero or Nobookisonester himself, ever nursed such a spoiled opinion of his monstrous marvellosity as did this mental and moral defective (here perhaps at the vanessance of his lownest) who was known to grognt rather than gunnard upon one occasion, while drinking heavily of spirits to that interlocutor *a latere* and private privysuckatary he used to pal around with, in the kavehazs, one Davy Browne-Nowlan, his heavenlaid twin, (this hambone dogpoet pseudoed himself under the hangname he gave himself of Bethgelert) in the porchway of a gipsy's bar (Shem always blaspheming, so holy writ, Billy, he would try, old Belly, and pay this one manjack congregant of his four soups every lass of nexmouth, Bolly, so sure as thair's a tail on a commet, as a taste for storik's fortytooth, that is to stay, to listen out, ony twenny minnies moe, Bully, his Ballade Imaginaire which was to be dubbed *Wine, Woman and Waterclocks*, or *How a Guy Finks and Fawkes When He Is Going Batty*, by Maistre Sheames de la Plume, some most dreadful stuff in a murderous mirrorhand) that he was avoopf (parn me!) aware of no other shaggspick, other Shakhisbeard, either prexactly unlike his polar andthisishis or procisely the seem as woops (parn!) as what he fancied or guessed the sames as he was himself and that, greet scoot, duckings and thuggery, though he was foxed fux to fux like a bunnyboy rodger with all the teashop

177

3. 편저자의 연구 잔적

4. 〈피네간의 경야〉 주막

5. 붉은집의 복원된 마린가 하우스

6. 리피강의 원류(위클로우 산)

7. 잠자는 고래같은 호우드 언덕에서 바라본 호우드 성

8. 더블린 시를 관류하는 리피 강

9. 〈경야〉 집필시의 조이스

10. 더블린의 〈조이스 서머스쿨〉 참가자들

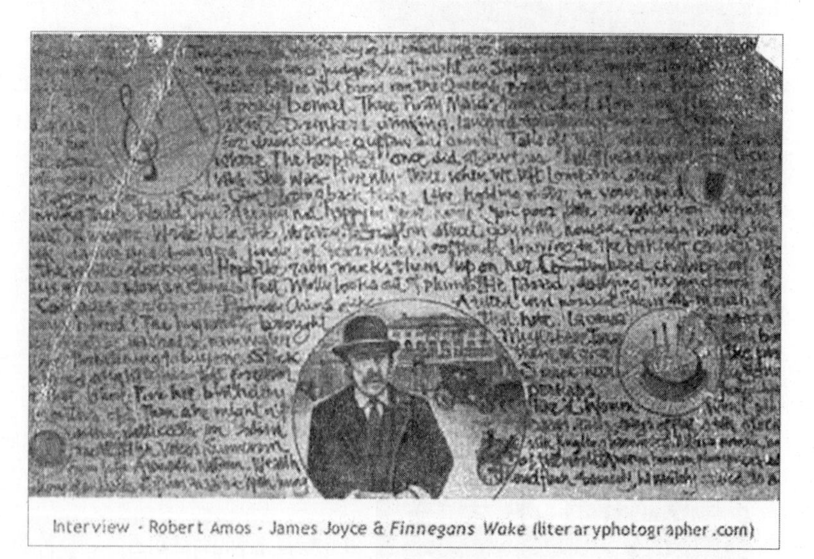

11. 〈경야〉 초기 원고

1. 편저자의 서문(Foreword)

조이스는 그의 〈율리시스〉에 대하여 초기에 당당히 말했다.

> "나는 너무나 많은 수수께끼와 퀴즈를 그 속에 담았기에 수세기 동안 대학교수들은 내가 뜻하는 바를 논하기에 분망奔忙할 것이요, 이것이 인간의 불멸을 보증하는 유일한 길이다."

이처럼 그의 〈율리시스〉는 자신의 만년晩年의 걸작 〈피네간의 경야〉와 함께, 그가 말한 대로 지난 20세기 모더니즘과 오늘날 21세기 포스트모더니즘의 양대兩大 증언적證言的 텍스트들로써, 그가 자신하듯, 동서양東西洋을 막론하고 불멸의 영웅적 창조물로서 군림君臨한다.

〈경야〉는 밤의 정신적 편력編曆과 꿈의 이야기로서, 이는 그것의 우화적 어려움과 광범위한 예술 때문에 특히 다른 어떤 현대 소설보다 한층 비평적 연구研究 및 해석解釋 그리고 주도면밀한 번역을 요구해 왔고, 지금도 그러하다. 조이스의 현대판 양대 클래식의 번역본들은 호머의 대본들 격으로서 학생들과 학자들에게 과거와 현대를 읽기 위한 불멸의 양 금자탑金子塔들이다. 특히, 이들의 번역 출판은 보수적保守的 비평가들에 의해 세계적으로 지적된 "가장 위대한 바건(거래去來)의 책들(books of the greatest bargain)"로 재삼 확약된다.

아래 그들 중의 대표적인 예가 있는 바, 미국 템플(Temple) 대학의 쉐리 브리빅(Shelley Brivic) 교수가 바로 그이다. 그는 2011년, 11월 10-11일에 한국 광주의 전남대학에서 가진 〈제5차 국제 제임스 조이스 학회〉에 참가하여 다음의 기사를 미국 털사 대학이 발간하는 〈제임스 조이스 계간지〉 (James Joyce Quarterly) Vol. 48, No. 4, Summer 2011호에 실었다.

이번 〈한국 제임스 조이스 학회〉의 가장 두드러진 현상은 金鍾健 교수의 연구로, 그는 오늘날 건강康健한 80대의 노학자이다. 그는 조이스와 셰익스피어에 관해 청중들에게 빈번하고 놀라운 논평을 했었다. 김 교수는 〈경야〉 번역문보다 한층 긴 주석을 본문 뒤에 첨가하고 한국어의 완전한 번역본을 출판했다.

조이스 자신도 그의 〈율리시스〉를 마감한 뒤, 〈경야〉를 위해 17년 동안 그의 천재성天才性을 헌납했거니와, "총미로總迷路의 밤(Allmazifull Night)"은 1939년 미국 뉴욕의 바이킹 프레스 출판사 및 영국의 파이버 앤드 파이버 출판사에서 각각 처음으로 출판되었다. 그 뒤로 세계의 저명한 〈경야〉학자들, 특히 아일랜드의 〈경야〉 서지학자書誌學者들인, 로스(Rose)와 오한런(O'Hanlon) 두 교수들[이들은 동명동제異名同第]은 〈경야〉의 초판이 품은 그것의 과거 철자, 구두점, 누락된 어귀, 다양한 기호의 혼잡 등, 9,000여 개의 오류誤謬들을 거의 30여 년 동안, 수정 보안해 왔다. 그들은 오랜 기간 동안 텍스트 분석의 종국에 도달했다. 로스는 말하기를,

> "나는 이 날[복원의 날]이 올 것을 결코 생각지 못했다. 텍스트의 복잡성 및 사회적 상황의 복잡성은 그것이 정말 아주, 어려움을 의미했다. 그러나 우리는 그것에 부딪치고, 거기 달하여, 마침내 해냈다."

드디어, 그의 개정본이 "〈복원된 피네간의 경야〉(The Restored Edition of Finnegans Wake)"란 이름으로 그의 초판 출간 75년 만인 2014년에 미국의 펜귄 출판사에 의하여 재차 출간되기에 이르렀다.

그러나 〈복원된 피네간의 경야〉는 한국어의 기존 번역판의 수정修訂을 사실상 거의 불가능하게 했다. 그것은 이의 시청각의 결손缺損 때문이다. 이 책의 필자는 이의 수정본의 조사를 위해, 저명한 조이스 학자들인, 마이클 그로든, 한스 월터 가블러, 데이비드 헤이만, A. 원튼 리즈 등과 함께, 뉴욕 버펄로 대학 도서관이 소장한 63권의 "〈제임스 조이스 필사본(기록문서)(Joyce's Archives)〉"을 한 때(2013) 탐사한 바 있다. 이들 〈필사본〉은 오랜 편집의 노력과 수천 개의 개정 뒤에 한층 이해할 수 있는 〈경야〉를 생산하기에 이르렀다. 원본의 20,000여 페이지의 원고, 60여 권의 노트북, 그리고 〈경야〉 초판이 품

은 아수라장 같은 오철誤綴, 구두점, 누락된 어귀, 다양한 기호의 혼잡, 추고推敲 등, 조이스의 초고, 타자고, 교정쇄의 검열이 필자의 주된 목적이었다. 이번에 역자는 2014년에 출간된 펜귄 판(Penguin Edition)인 새로 복원된 〈경야〉의 한국어 번역을 위해 지난 5년 동안 원본의 오철 및 오역을 세밀히 조사해왔다. 그렇다고 이번 2018년에 출간되는 새 〈복원된 피네간의 경야〉가 2013-2014년판의 진정한 교체交替라고는 할 수는 없다. 그러나 한국의 번역본이 담고 있는 수많은 "읽을 수 없는(unreadable)" 한자漢字나, 불합리한 표현의 신조어들(coinages)을 다수 교정하고 한자의 응축凝縮을 한글로 해체함으로써 산문화했다. (Kenner의 명저 The Pound Era 참조). 〈뉴욕 타임스〉의 서평에 의하면 "휴 케너의 〈파운드 시대〉는 케너 시대로서 마찬가지로 아주 잘 알려져 있거니와 그 이유인즉, 영국의 20세기의 첫 30년에 케너보다 값진 문학적 자산에 대한 그의 요구를 한층 견고히 수립한 비평가도 없을 것이기 때문이다. 조이스, T. S. 엘리엇, 윈더함 루이스 그리고 파운드의 (몇몇을 들먹이거니와) 이전의 연구의 저자로서, 케너야 말로 적어도 당시 엄청난 거상巨象을 닮은 현대 문학자를 뛰어넘는다."그의 "〈파운드 시대〉(The Pound Era)"는 우리들의 즉각적, 문학적 유산遺産의 특유한 그러나 예리하게 새겨 낳은 근골筋骨의 견해를 제공한다.

아래 케너의 글에서, 우리는 한자의 조이스적 언어 구성을 엿본다. 그것은 두 개의 한자의 응축으로 조이스의 〈경야〉 어語의 모체를 구성하는 본보기이다.

> 한자의 동東은 두 개의 변邊의 의미소意味素로, 그것은 "東"(East)를 종합하는바, 변의 결합을 의미하지만, 나무(木)에 걸린 태양을 상관하지는 않는다. 〈경야〉 어의 예를 하나 더 들면. "세三마리 까마귀들 [지니들 또는 세 군인들]이 남南짜기 날아가자…(The three of crows have flapped it southenly…)"라는 구절에서 "southenly"라는 신조어는 "south(한자)+sudden"의 결합된 〈경야〉 어이다. "smog(연무煙霧)=연기煙氣+안개(霧)"도 마찬가지. 그러나, 〈율리시스〉의 Proteus 장에서 Stephen Dedalus의 부친의 전보의 회상 구는 "Mother"의 오식誤植인 듯 Nother(모母) dying come home father.

조이스의 〈경야〉는 수많은 외래어들이 중첩되고 혼용된 언어유희言語遊戲

(linguistic punning)이다. 그는 유일하게도 그의 작업의 목적을 위하며 "유일한 다언어多言語(unique polyglot-language) 혹은 구어부전構語不全(idioglossia)의 주된 기법은 동음이의同音異意(homonym)"로서, (Kenner의 The Pound Era 참조) 이의 최선의 번역을 위해 과거 재래식으로 우리의 한글을 한자와 혼용하는 것이 유일한 해결 방법이었다. 예를 하나 들면, "신속愼速하게"(prumptly) [F 003.20]의 〈경야〉 어語는 "신중愼重하게(prudently)+신속迅速하게(promptly)"의 시적 응축어 등 한국어의 〈경야〉 어語 역은 이처럼 한자의 응축으로만 가능하다. 이 언어는 60개 내지 70개의 세계 언어의 합성어들로 구성된다. 〈경야〉의 번역은 한글 전용으로는 무용無用하다.

그러나 이번의 번역에서 앞서 편집자編纂者들인 로스(Rose)와 오한런(O'Hanlon) 형제가 성취한, 새 판본을 위한 한자 사용의 정확도는 컴퓨터의 힘을 빌리지 않을 수 없었다.

조이스의 〈경야〉는 〈율리시스〉와 함께, 모든 페이지에, 이를테면, "피수자彼鬚者(Shakisbeard)" 혹은 단테, 괴테를 비롯한 수많은 문인들의 주석註釋(인유)들이 밤하늘의 별들 마냥 뿌려져 있다. 이는 제임스 S. 아서턴(Atherton)이 수행한 값진 논증의 결과이다. "〈경야의 책〉(the Books at the Wake)"(162-165) 참조. 조이스는, 일종의 텍스트의 내부의 논평을 가지고, 계몽적啓蒙的 소개와 더불어, 우리에게 20세기 또는 21세기의 가장 위대한 작품들 중의 하나의 요지를 제공한다. 한국에서 번역자의 희망인 즉, 조이스의 독자들 또는 연구자들로 하여금 이 사랑의 노동이 거대한 〈경야〉의 세계를 총체적으로 계속 개척開拓해 나가도록 도울 것이다.

〈경야〉는 인간의 마음이 작동作動하는 방식으로 책을 썼다. 〈경야〉는 바로 다른 것 위에 쌓인 또 하나이다. 〈경야〉는 모든 종류의 "전후 참조前後 參照(cross reference)"이다. 〈경야〉는 그의 새로운 기교에 의한 이번의 한글번역이야말로 세계적으로 처음 있는 일이다. 지난날 〈율리시스〉와 함께, 금세기 소설(문학) 예술의 기념비紀念碑를 구축한 〈경야〉는 현대문학에 가장 강력한 영향력을 행사함으로써, 셰익스피어의 〈햄릿〉을 비롯하여, 단테의 〈신곡〉이나, 괴테의 〈파우스트〉처럼, 인류의 감정感情, 문화文化, 사조思潮, 그 자체를 그토록 고무적으로 변경시켜 놓은 작품도 드물 것이다. 미국의 저명한 〈경야〉 학

자 마고 노리스(Magot Norris)는 〈경야〉 어를 서술하기를,

"그것은 마치 시詩처럼, 언어들과 이미지들이 몇몇 자주 모순당착적矛盾撞着的(contradictory)으로 동시에 사용할 수 있다고 했다."

〈경야〉의 텍스트를 읽는다는 것은 독자들의 엄청난 시간과 정력精力을 요한다. 앞서 이미 말했거니와, 이는 과연 전대前代 미증유未曾有의 작품이요, 심지어 그것의 부본副本 격인 〈율리시스〉를 몇 갑절 능가하리라. 〈경야〉의 해독을 위해 독자는 자주 실망하기 일 수 일지니, 작품의 내용 절반은 "공통共通의 독자(common reader - 일반 독자)"에게 거의 해독이 불가능하기 때문이다. 그럼 조이스의 〈경야〉의 해독이 "공통의 독자"에게 전혀 불가능한가! 그렇지만은 않다. 우리는 조이스의 이 같은 생성生成을 위해 광분해야 하는가! 그렇지만은 않다. 조이스의 〈경야〉 어의 구성은 가장 합리적이요, 과학적이기 때문이다. 오직 필요한 것은 독자에게 "석심인내石心忍耐", 즉 한문 문자로, 〈백인당중유태화百忍堂中有泰和〉일 뿐이다." 1984년 〈한국 영어영문학회〉와 〈한국 제임스 조이스학회〉의 초청으로 서울(Seoul)에 온 케너(Hugh Kenner) 교수는 그의 저명한 저서 "〈파운드 이라〉(The Pound Era)"에는 조이스의 〈경야〉 류類의 언어를 다음처럼 수록收錄했는지라, 그 구성이 한자를 닮았다.

chrissrmiss [006-015]: Christmas, chrism(성유聖油, 유아幼兒의 생세예복省洗禮服, cchrismconsecrated, 성유성화聖油聖化)

여기 성체聖體의 해석解釋은 케너가 조이스의 현현顯現(Epiphany)의 구성을 〈경야〉 어의 모체母體(matrix)를 잘 닮아 보인다. (日+絲+頁+王+見). 이는 epiphanic polyguage idioglossia의 구성이 돋보인다. 최후의 표의문자(ideogram: hsien 현顯: 〈성서〉의 마태복음(Mathews)에서 보는 언어의 구성, 즉 휘輝, 조照. 오른 쪽은 급진적急進的 the head. 왼쪽 꼭대기는 태양(sun). 그리고 그것 아래 면사綿絲의 한 때 그림 존재 얼레(bobbin)를 면사충面紗蟲(ilkworms)으로 구성한다. 나아가. "〈송시 본〉(the Book of Odes)"의 추측樞軸(Pivot)의 말을, 파운드의 번안翻案(version)을 각각 상기시킨다.

〈경야〉의 모체母體(matrix)의 해석은 천태만상千態萬象이라, 이러한 조이스

의 형태 인즉, 기상천외氣像天外이다. 이는 다음 한시漢詩의 양태樣態가 바로 그것으로, 파운드의 판본은 아래의 장章에서 닫힌다.

태양은 그의 눈을 지니고, 비단과 Legge는 눈부시나, 그것은 조명嘲名이었으리라.

Wen 왕王의 덕망의 일편단심一片丹心이요, Legge는 마찬가지로 부단不斷임을 계속 천부하노니, 하시 한번, 미약微弱은 닫히도다.

그러니 태양은 견사絹絲라.

그리하여 파운드는 다음을 조공朝貢하노니.

비단 빛, Wen 왕의 덕망

일광日光 속에 하강下降하면서,

무슨 청결淸潔!

어느 것에 그는 첨부添附했던고, 그의 Pivot의 최후의 말을 위해

미혼迷混의 작용[시간에서, 공간에서] 하계下界 없이

미혼은 장력광張力光,

무오점無汚點.

그것의 행동에 대해 무종無終이라.

그리고 같은 페이지 상上,

성야聖野를 쟁기질 하도다 그리고 장력張力에서 초기 비단 벌레를 감지 않은 현顯.

비단의 빛 속에 virtu 있나니…

Pisan Cantos(74/429:455)

독자여, 최근 출간된 필자의 연구서 〈피네간의 경야 이야기〉(Tales from Finnegans Wake)를 자세히 읽을지라! 우리는 〈경야〉에 쓰인 단어의 해독을 위해 수많은 학자들의 연구서들을 동원해야 하고, 그의 다양한 언어유희의 기교들을 시험해야 한다. 한국어의 〈경야〉 번역은 우리의 한글만으로는 거의(또는 전혀) 불가능하다. 현대판 한자 문맹 사회에서, 한자 부재不在의 〈경야〉 한 페이지의 해독을 위해 더 많은 각종 사서 및 옥편玉篇을 비롯하여, 백과사전을 100번~200번 뒤져야 하지 않을까.

조이스의 〈경야〉는 일종의 "야미몽夜迷夢(nightmaze)"이다. 이 일종의 기서奇書는 꿈의 서사敍事(Dreamnarratology)로서 1938년 3월 21일 밤 주인공 팀 피

네간(Tim Finnegan)이 꿈꾸는 일담逸談이다. 일찍이 셰익스피어가 그의 연극에서 꿈의 허망虛妄 사상을 노래함과 유사하다.

> 꿈은 부질없는 두뇌의 아이들이 여라,
> 헛된 공상空想만을 태어나게 하다니,
> 그것은 공기空氣처럼 희박한 물질이 여라,
> 바람보다 희박하도다.
>
> 〈로미오 줄리엣〉

조이스의 〈경야〉는 확정된 개요(synopsis)나, 혹은 이야기 줄거리(plot)는 사실상 앞서 셰익스피어의 꿈같이 부질없는 바람의 허망성虛妄性이다. 그것의 언어적 복잡성과 다차원적多次元的 서사敍事의 전략은 너무나 많은 수준에서 다난多難한 의미들을 생산하기 때문에, 한 가지 단순한 이야기 줄거리를 유효적절有效適切하게 표현할 수 없다. 어느 작품의 개요든 필연적으로 선발적選拔的이요, 감소적減少的인지라, 〈경야〉의 개요 또한 그것의 다층적多層的 복잡성複雜性 때문에 한층 그럴 수밖에 없다. 누에고치의 얽히고설킨 견사絹絲 (언어의 미끄러움)를 닮았다고나 할까. 그런데도 그것의 이 와중渦中의 주맥主脈은 이클로우 산맥山脈에서 리피 강처럼 끊임없이 흐르고 있다.

산문 소설에서 시도된 실험적 작품들의 하나로서, 〈경야〉는 그간 쉽사리 그의 답사하거나 순응하지 않았으면서도, 그러나, 그것은 완전한 수수께끼로만 남아있을 필요가 없다. 여기 수록된 글인, "피네간의 경야"의 꿈의 서술은, 필자가 강조하다시피, 그의 작품이야 말로 여전히 하나의 소설인 동시에, 독자의 노력에 굴屈하여 읽혀질 수 있을 것이다. 그것은 문학 의학자인, 노만 오브라운(Norman O Brown)의 "다형태의 변태(polymorphous perversity)"의 인간해부학에서 혹은 동식물학에서 "다형핵 백혈구(polymorphonuclear leukocyte)"일 뿐이다. 의학도들은 이를 "다발성 신경염(polyneuritis or multiple neuritis)"이라 칭하기도 한다.

이 책은 안소니 버저스(Anthony Burgess)의 〈단편 피네간의 경야〉(A Shorter Finnegans Wake)를 모방한 것이다. 그러나 버저스의 내용이나, 책의 구조(내용)와는 전혀 다르다. 내용의 범위와 순서 또한 차이가 있다. 조이스의 글자

형식 또한 다르다. 선발의 기준은 저자著者의 취미에 의한 것이요, 원문의 글자체도 조이스의 글자체와 차이가 있으며, 초보적 독자의 이해를 위하여 많은 원문을 해체하여 해설한다. 이러한 원문으로부터의 이탈은 철두철미 그것의 해체로서 산문화이다. 이는 21세기 영국 산문을 선도하는 포스트구조주의(Poststructralism)의 구조적 샘플인 셈이요, 이른바, Kevin J. H. Dettmar의 책인, "〈포스트모더니즘의 불법의 조이스〉(The Illicit Joyce of Postmodernism)", 다시 말해, "금제禁制의 단편들"이다.

안토니 버저스(Anthony Burgess)의 책 "〈단편 피네간의 경야〉(A Shorter Finnegans Wake)"의 커버는 다음을 기록한다. 그는 조이스의 꿈의 실체를 이렇게 "드러낸 본질(bare essentials)"로 판단한다.

> 그는 우리에게 20세기 문학의 가장 위대한 작품들의 하나의 골격 열쇠(A Skeleton Key) 혹은 골자骨子(gist)를, 개화적開化的 소개뿐만 아니라, 일종의 텍스트 내부의 각성적覺性的 논평을 가지고 제공한다. 그의 희망인 즉, 이 사랑의 노동이 독자들로 하여금 〈경야〉의 유별난 세계를 개발하고, 그것의 유머와 소박한 심오함을 매우 기쁘게 한다.
>
> (Paris, 1922-1939)

조이스의 두 중요한 요점인즉, 스스로 자신의 어려움이 무엇인지를 알았다거나, 그가 전적으로 신비적인 지적 상위上位의 작가요, 나아가, 위대함이나, 복잡성의 주체와 타협하려 의도하지 않는 정직한 작가임을 알았을 것이라는 것이다. 그런데 다른 점으로 또한 그는 자신의 이마를 찌푸린다거나 혹은 한층 웃음을 자극하기 위하여 위대한 코믹 책을 쓰기를 원했다는 것을 알았다는 것이다. 우리가 책을 읽기 시작하기 전에 스스로 엄숙한 마스크를 벗어야만 하고, 위안 받기를 준비해야 한다는 것이다. 그 이유인즉 조이스의 〈경야〉야 말로 지금까지 쓰인 가장 쾌락하고 방대-방종한 책들 중의 하나이기 때문이다.

2. 이야기의 골격(Skeleton Key)

윌리엄 틴덜(William Tindall)의 〈경야〉의 구조는 4부로 이루어진다. 이는 비코(Vico)의 역사의 4단계를 대변하거니와 제 I부는 신의 시대(divine age), 제 II부는 영웅의 시대(heroic age), 제 III부는 인간의 시대(human age), 그리고 제 IV부는 회귀의 시대(ricorso)로 각각 대별된다.

*

〈경야〉의 이야기는 한마디로 주인공이 갖는 공원의 죄의식과 함께, 그를 둘러싼 인류 역사상 인간의 탄생, 결혼, 죽음, 및 부활을 다룬다. 그것은 하나의 지속적인 추상의 이야기로, 작품을 통하여 재삼재사 반복되는 꿈의 (환상적) 기록이다.

그것은 사실상 두 개의 문제들을 함유한다. "추락은 무엇인가?" 그리고 "그것의 결과는 무엇인가?" 주인공 이어위커(HCE)는 과거 더블린 외곽의 피닉스 공원에서 한때 저질렀던 (도덕적) 범죄 행위 때문에 잠재의식적으로 끊임없이 고심하고 있거니와, 이는 더블린의 거의 모든 사람들에게 구전되어 왔으나, 그런데도 이는 별반 근거 없는 스캔들이다. 이는 HCE의 무의식을 통하여 한결같이 그를 괴롭히는 아담의 원죄와 같은 것이다. 스캔들의 내용인즉, 더블린의 피닉스 공원의 무기고 벽(Magazine Wall, 영국 병사들이 구축한 화약고 벽) 근처의 숲 속에서 두 소녀들이 탈의하고 있는 동안, (배뇨의 목적을 위해) HCE가 그것에 자신의 관음증적觀淫症的 엿봄을 행사함으로써, 스스로의 나신 (수음을 위해?)을 들어낸다는 내용이다. 한편 방탕한 3명의 군인들은, 엿보는 HCE를 지켜보고, 그의 행실을 가로 막는다. 〈성서〉에서 부친 노아의 나신을 훔쳐보는 그의 아들 같은 이들 3명의 군인들은 또한 죄인의 증인들이 된다. HCE의 속옷, 엿봄, 방뇨 및 노출이 자신의 몰락의 죄의식 속에 한결같이 부동함으로써, 이 밤의 무의식은 돌고 도는 "환중환環中環(circle within circle)"을 거듭한다.

〈경야〉의 사실적 및 표면적 이야기는 저녁에 시작하여 새벽에 끝난다. 〈율리시스〉가 더블린의 한 낮(1904.06.16. 목)의 이야기이듯, 이는 더블린의 한 밤의 이야기(1938.02.21. 월)이다. 아버지와 어머니 그리고 세 아이들. 그들 더블린 사람들은 시의 외곽에 있는 피닉스공원의 가장자리인 리피 강가에 살고 있다. 아버지 HCE 이어위커는 멀린가 하우스(Mullingar House) 또는 브리스톨(Bristol)이라 불리는 한 주점을 경영하고 있다. (지금은 제임스 조이스 박물관) 그는 "모든 사람(Everyman)"격으로, 그 자신이 갖는 잠재의식 또는 꿈의 부의식이 이 작품의 주맥을 이룬다. 그의 아내 아나 리비아 플루라벨(ALP)은 딸 이시(Issy)와 쌍둥이 아들인, 솀(Shem)과 숀(Shaun)의 어머니이다. 늙은 죠(Joe)는 주점의 잡부요, 노파 캐이트(Kate)는 가정부로서, 주점에는 열두 명의 단골손님들이 문 닫을 시간까지 술을 마시거나 주위를 서성거리고, 그 밖에 몇몇 손님들도 주점 안에 있다. 이 주점은 또한 "사자死者"라는 별명을 지니고 있다. 술에 취한 주객들이 주점을 문을 열고 뛰쳐나가면, 때마침 달려오는 거리의 전차에 치어 죽기 일쑤이기 때문이다. 〈더블린 사람들〉의 마지막 이야기 제목이기도.

날이 저물고, 공원의 동물원 짐승들이 잠자기 위해 몸을 웅크릴 때쯤, 세 아이들은 이웃의 어린 소녀들과 함께 주점 바깥에서 놀고 있다. 그들이 노는 동안 쌍둥이 형제인 솀과 숀은 이웃 소녀들의 호의를 사기 위해 서로 싸운다. 여기 소녀들은 당연히 잘 생긴 아우 숀(육체적)을 편든다.

저녁 식사가 끝난 뒤, 아이들은 이층으로 가서 숙제를 하는데, 여기에는 산수와 기하학 과목도 포함된다. 쌍둥이의 경쟁은 계속되지만, 누이동생 이시는 한결같이 홀로 남는다. 아래층에는, HCE가 손님들에게 술을 대접하거나 그들과 잡담을 하는 동안, 라디오가 울리고 TV가 방영되기도 한다. 마감 시간이 되어, 손님들이 모두 가버리자, 그는 이미 얼마간 술에 취한 채, 손님들이 남긴 술 찌꺼기를 마저 마시고 이내 잠에 떨어진다.

한편, 누군가가 주점 안으로 들어오기 위해 문을 두들기며, 주인을 비방하고 욕한다. (술을 더 팔지 않는다고) 주점의 잡부인, 캐이트가 그 소리에 잠이 깨어, 속옷 차림으로 아래층으로 내려가자, 가게 주인인 HCE가 마룻바닥에 쓰러져 있음을 발견한다. 이때 그는 그녀에게 함구하도록 명령한다. 이어 그는 2층 침실의 아내에게로 가서, 사랑을 하려고 애쓴다. 그러자 이내 아내는 옆방에서 잠자고 있는 한 울먹이는 솀을 위안하려고 자리에서 일어난다. 딸 이시는 잠을 계속 자지만, 쌍둥이들은 그들의 양친을 엿보는 듯하다.

닭이 울자 이내 새벽이 다가오고, 리피 강은 끊임없이 바다를 향해 흘러간다. HCE 내외는 곧 더블린만灣의 북안北岸에 위치한 호우드 언덕(우리나라 제주도의 '성산일출봉'과 유사한)으로 아침 산보를 떠날 참이다. ALP는 그녀의 의식 속에 강이 되어 노부老父인 바다 속으로 재차 흘러 들어간다.

3. 각 장의 개요概要

I부 1장
피네간의 추락

〈경야〉의 첫 장은 작품의 서곡 격으로, 작품의 주요 주제들과 관심들, 이를 테면, 피네간의 추락, 그의 부활의 약속, 시간과 역사의 환상 구조, 트리스탄과 이솔트 속에 구체화된 비극적 사랑, 두 형제의 갈등, 풍경의 의인화 및 주인공 이어위커(HCE)의 공원에서의 범죄, 언제나 해결의 여지를 남기는 작품의 불확실 등을 소개한다. 암탉이 퇴비더미에서 파헤쳐 낸 불가사이한 한통의 편지 같은, 작품 전반을 통하여 계속 거듭되는 다른 주제들이 또한 이 장에 소개된다. 주인공 이어위커를 비롯하여, 그 밖에 다른 주요한 인물들도 소개된다.

〈경야〉는 그 시작이 작품의 마지막 행인 한 문장의 중간과 이어짐으로써, 이는 부활과 재생을 암시한다. 조이스는 H. S. 위버(Weaver) 여사에게 보낸 한 서간에서 "이 작품은 시작도 끝도 없다"라고 말한 바 있는데, 이는 작품의 구조를 이루는 비코(Vico)의 인류 역사의 순환을 뒷받침한다. 이 작품의 첫 페이지에서 100개의 철자로 된 다어음절多語音節의 천둥소리가 들리는데 (작품 중 모두 10개의 천둥소리가 들리고, 각 100개의 철자로 되지만, 최후의 것은 101개이다) 이는 완성과 환원을 암시한다. 이 천둥소리는 하느님의 소리요, 여기 피네간의 존재와 추락을 선언하는 격이다.

이야기는 신화의 벽돌 운반공인 피네간의 인생, 추락과 경야로서 시작된다. 그의 경야 자체의 서술에 이어, HCE(피네간의 현대적 변신)의 잠자는 육체가 더블린 및 그 주원周圓의 풍경과 일치한다. 그곳에는 피닉스 공원에 위치한 웰링돈(웰링턴의 이름은 수시로 바뀌거니와) 뮤즈의 방(그의 박물관)이 있다. 한 여성 안내원이 일단의 관광객들을 이 뮤즈의 방으로 안내하고 그것을 소개한다.

이어 뮤트와 쥬트가 등장하는데, 이들은 솀과 숀의 변신이요, 그들의 대화가 더블린의 단편적 침입사 및 아일랜드의 크론타프 전투에 관한 의견 교환과 함께 시작된다. 알파벳 철자의 형성에 대한 별도의 서술이 뒤따르고, 이어 반후터 백작과 처녀 프랜퀸의 이야기가 서술되는데, 그 내용인즉, 프랜퀸이 영국에서 귀국 도중 호우드 언덕에 있는 백작의 성을 방문하지만, 백작이 저녁식사 중이란 이유로 그녀에게 성문을 열어주기를 거부한다. 이에 골이 난 프랜퀸은 백작에게 한 가지 수수께끼를 내는데, 그가 답을 못하자, 그의 쌍둥이 아들 중의 하나를 납치한다. 이러한 납치 사건은 3번이나 계속되지만, 결국 그들은 서로 화해에 도달한다. 이때 다시 천둥소리가 울린다.

이제 이야기는 잠에서 깨어나고 있는 신화의 거인 피네간으로 되돌아간다. 화자는 피네간이 자리에서 일어나지 말고 그대로 누워 있도록 일러준다. 왜냐하면 그는 에덴버러 성시城市의 신세계에 순응해야하기 때문이요, 그곳에는 그의 교체자인 HCE가 에덴버러 성시에 야기된 애함성愛喊聲에 대하여 궁시적窮時的으로 책무할 것이기 때문이다.

I부 2장
HCE - 그의 별명과 평판

이제 HCE가 현장에 도착하고, 서술은 독자에게 그의 배경을 설명한다. 아주 대담하게도, 이 장은 처음에 그의 이름의 기원 "하롤드 또는 험프리 침던의 직업적 별명의 창세기"를 보여준다. 그리고 이는 독자로 하여금 그가 어떤 두드러진 가족과 잘못 연관되어 있다는 소문을 불식시키기를 요구한다. 사람들은 그의 두문자 HCE를 미루어, "매인도래(Here Comes Everybody)"라는 별명을 부여하고 있는데, "어떤 경구가들"은 그 속에 "보다 야비한" 뜻이 함축되어 있음을 경고해 왔다. 그들은 그가 지금까지 "한 가지 사악한 병에 신음해 왔음"을 지적한다.

여기 HCE는 "언젠가 민중의 공원에서 웰저 척탄병을 괴롭혔다는 웃지 못할 오명"으로 비난을 받고 있으며, 그의 추정상의 범죄(무례한 노출)가 표출되고 지적된다. 그는 피닉스 공원에서 "파이프를 문 한 부랑아"를 만났을 때, 그에게 자신의 이러한 비난을 강력히 부인한다. 그런데도 이 부랑아는 소문을 여러 사람들에게 퍼뜨리고, 그 결과 이는 걷잡을 수 없을 정도로 사방에 유포

된다. 소문은 트리클 톰, 피터 클로란, 밀듀 리사 그리고 호스티 도그 등, 여러 사람들의 입을 통해 퍼져 나간다. 그 중 호스티는 이의 내용에 영감을 받아, "퍼스 오레일리의 민요"라는 민요를 짓기도 한다. 이 민요의 내용은 HCE를 대중의 범죄자로 비난하고, 그를 조롱조로 험티 덤티(땅딸보)와 동일한 인물로 간주한다. HCE에게 자신의 명성을 회복하는 것은 사실상 불가능하다. 3번째 천둥소리가 속요 직전에 들린다.

I부 3장
HCE - 그의 재판과 투옥

공원에서의 HCE에 대한 근거 없는 범죄의 이야기가 탐사 되지만, 거기 포함된 개인들이나 그 사건을 둘러싼 사건들이 분명하게 확인되지 않기 때문에, 탐사는 사실상 무용하다. 가시성이 "야릇한 안개 속에" 가려져 있고, 통신이 불확실하며, 분명한 사실 또한 그러한지라, 그러나 여전히 HCE의 추정상의 범죄에 관한 스캔들은 난무하다. 이때 텔레비전 화면이 등장하는데, HCE가 자신의 공원에서의 만남의 현장을 스크린을 통해 제시한다. 이는 "장면이 재선再鮮되고, 재기再起되고, 결코 망각되지 않을 것"이기 때문이다. (텔레비전은 통신의 수단으로 1926년에 영국에서 바드(Jhon L. Bard)에 의하여 소개되었는데, 조이스는 이에 정통해 있었다)

HCE의 범죄에 관하여 몇몇 회견이 거리의 사람들을 통하여 이루어지고 의견이 수렴되지만, 모두 근거 없는 소문일 뿐, 아무것도 결론에 도달하지 못한다. 공원의 에피소드의 번안이라 할, 막간의 한 짧은 영화 필름이 비친 뒤, 아내 아나 리비아 플루라벨(ALP)이 남편 이어위커(HCE)에게 보낸 편지와 도난당한 한 관棺의 신비성에 관해 다양한 심문이 이어진다. 그리고 HCE에 대한 비난이 계속된다. 이때 주점에서 쫓겨난 한 "불청객"이 주점 주인 HCE에게 비난을 퍼붓자, 후자가 받아야 할 모든 비난의 긴 일람표가 나열된다. 장의 말에서, HCE는 잠에 떨어지는데, 그는 핀(Finn) 마냥 다시 "대지가 잠에서 깨어날 것이다."

I부 4장
HCE - 그의 서거와 부활

HCE가 잠이 든 채, 자신의 죽음과 장지를 꿈꾼다. 여기 잊혀진 관棺이, "유리 고정 판별 널의 티크 나무 관"으로 서술되어 나타난다. 이 4장의 초두에서, 미국의 혁명과 시민전쟁을 포함하여, 다양한 전투들에 대한 암시가, 묵시록적 파멸과 새로운 시작의 기대들을 암기한다. 부수적인 혼돈은 비코(Vico) 역사의 "회귀(recorso)"에 해당함으로써, 새로운 시대를 예시한다. 그러나 새로운 시대는 아직 발달 중에 있다. 왜냐하면 과부 캐이트 스트롱(1장에서 공원의 박물관 안내자)이 독자의 주의를 "피닉스 공원의 사문석 근처의 오물더미"로 되돌려 놓으며, 사실을 있는 그대로 자세히 설명하기 때문이다. HCE가 불한당 캐드와 만나는 사건의 각본이 뒤따른다.

비난 받는 페스티 킹(Pesty King—HCE의 분신) 및 그의 공원의 불륜 사건에 대한 심판을 비롯하여, 그에 대한 혼란스럽고 모순된 증거를 지닌 4명의 심판관들의 관찰이 잇따른 여러 페이지들을 점령한다. 목격자들은, 변장한 페스티 자신을 포함하여, 그에게 불리한 증언을 행한다. 그의 재판 도중 4번째 천둥소리가 울리며, 앞서 "편지"가 다시 표면에 떠오르고, 증인들은 서로 엉키며, 신원을 불확실하게 만든다. 4명의 심판관들은 사건에 대하여 논쟁하지만, 아무도 이를 해결하지 못하고 결론에 도달하지 못한다. 그에 대한 불확정한 재판이 끝난 뒤에, HCE는 개들에 의하여 추적당하는 여우처럼 도망치지만, 그에 대한 검증은 계속 보고된다. 이어 우리는 ALP와 그녀의 도착에 주의를 집중하게 되나니. "고로 지地여신이여, 그녀에 관한 모든 걸 우리에게 말하구려" 마침내 그녀의 남편에 대한 헌신과 함께 그들 내외의 결혼에 대한 찬가로 이 장은 종결된다.

I부 5장
ALP의 선언서

이 장은 "총미자, 영생자, 복수가능자의 초래자인 아나모의 이름으로"라는 ALP에 대한 주문으로 그 막이 열린다. 이어 "지상지고자를 기술 기념하는 그녀의 무제 모언서" 즉 그녀의 유명한 편지에 대한 다양한 이름들이 서술된다.

편지는 보스턴에서 우송되고, 한 마리 암탉이 피닉스 공원의 퇴비 더미에서 파낸 것이란 내용의 이야기에 집중되는데, 이는 앞서 1장과 4장의 페스티 킹의 재판 장면 직후의 구절에 이미 암시되었다. 이 장은 또한 5번째 천둥소리를 포함하고 있다.

이 편지의 본래의 필자, 내용, 봉투, 기원과 회수인回收人에 대한 조사가 이야기의 기본적 주제를 구성한다. "도대체 누가 저 사악한 편지"를 썼는지 그리고 그 내용을 해석하기 위해 독자들은 상당한 인내가 필요하다. 이 편지의 해석에 대한 다양한 접근과 이론 및 모호성은 〈경야〉 그 자체와 유추를 이룬다. 편지의 복잡성에 대한 토론에 이어, 한 교수의 그에 대한 본문의, 역사적 및 프로이트적 분석이 뒤따른다. 이 편지의 "복잡 다양한 정교성을 유사심각성으로" 설명하기 위하여, 조이스는 아일랜드의 유명한 초기 신앙 해설서인 켈즈의 책〉(Book of Kells—현재 더블린의 트리니티 대학 도서관 소장)에 에드워드 살리번(Edward Sullivan)의 비평문(진필판)을 모방하고, 특히 이 작품의 "퉁크(Tunc)" 페이지를 고문서적으로 강조한다. 이 장은 편지, 그의 언어 배열 및 그의 의미의 판독에 관한 것이지만, 또한 "재통再痛하며 음의音義와 의음義音을 다시 예총銳通하기를" 바라는 작품으로서, 이는 〈경야〉의 해독과 이해에 관한 것이기도 하다.

I부 6장
수수께끼 - 선언서의 인물들

이 장은 12개의 문답으로 이루어지는데, 그들 중 처음 11개는 셈(교수)의 질문에 대한 숀의 대답이요, 그리고 마지막 12번째는 숀의 질문에 대한 셈의 대답이다. 질문들과 대답들은 이어위커의 가족, 다른 등장인물들, 아일랜드, 그의 중요한 도시들 및 〈경야〉의 꿈의 주제와 일관되고 있다. 이 6장의 구조는 작품의 주된 주제들 중의 하나인 형제의 갈등, 즉 셈과 숀의 계속되는 상극성을 강조한다.

첫 번째 질문은 기다란 것으로, 신화의 뛰어난 건축가인 이어위커를 다루고 있다. 여기 셈은 이어위커의 속성인 인간, 산, 신화, 괴물, 나무, 도시, 계란, 험티 덤티, 러시아 장군, 외형질, 배우, 카드놀이 사기꾼, 환영幻影, 영웅, 성인, 예언자, 연대기적 단위, 과일, 식물, 다리(橋), 천체, 여관, 사냥개, 여우, 벌레, 왕, 연어 등, 다양하게 묘사되는데, 숀은 이를 들어 아주 쉽게 그의 신원을 확인하고, 그를 "핀 맥쿨"로서 결론짓는다.

셈의 2번째 질문은 가장 짧은 것들 중의 하나로서, 그들의 어머니 아나 리비아와 연관된다. "그대의 세언모細言母는 그대의 태외출怠外出을 알고 있는고?" 숀의 대답은 그녀에 대한 자신의 무한한 자랑을 드러낸다.

3번째 질문에서 셈은 숀에게 이어위커의 주점을 위한 한 가지 모토를 제안할 것을 요구한다. 숀은 더블린의 모토이기도 한, "시민의 복종은 도시의 행복이니라"를 제시한다.

4번째 질문은 "두 개의 음절과 여섯 개의 철자"를 가지고, D로 시작하여 n으로 끝나는, 또한 세계에서 가장 큰 공원, 가장 값비싼 양조장, 가장 넓은 거리 및 "가장 애마적 신여神輿의 음주 빈민구"를 지닌 아일랜드 수도의 이름을 요구한다. 여기 대답은 물론 더블린이지만, 숀의 대답은 아일랜드의 4개의 주요 주를 비롯하여, 4개의 주요 도시를 포함한다. 이들 4개의 도시들은 "마마누요"(4복음자들의 합일 명)처럼 abcd로 합체된다.

5번째 질문은 이어위커의 주점의 천업에 종사하는자者(시거드센)의 신분을 다룬다. 주어진 대답은 "세빈노細貧老의 죠"이다.

6번째 질문은 이어위커 가족의 가정부와 관계하며, 대답은 캐이트라는 노파이다.

7번째 질문은 이어위커 주점의 12명의 소님들에 초점을 맞추며, 대답은 잠자는 몽상가들인, 어느 "애란수인愛蘭睡人"들이다.

8번째 질문은 이시의 복수 개성들이라 할 29명의 소녀들에 관해 묻는데, 이에 대한 대답으로 숀은 그들의 특성을 일람한다.

9번째 질문은 한 지친 몽상가의 견해로서, "그런 다음 무엇을 저 원시자는 자기 자신을 보는 척하려고 하는 척할 것이고?" 대답은 "한 가지 충돌만화경"이다.

10번째 질문은 사랑을 다루는데, 여기 두 번째로 가장 길고도, 상세한 대답이 알기 쉽게 서술된다.

11번째 질문은 존즈(숀) 에게 그가 극단적 필요의 순간에 그의 형제(셈)를 도울 것인지를 묻는다. 즉각적인 반응은 "천만에"이다. 여기 이 장의 가장 긴 대답은 세 부분으로 나누어지는데, 1)잔돈—현금 문제에 대한 존즈 교수의 토론 2)묵스(여우)와 그라이프스(포도)의 우화로서, 두 무리들 사이의 해결되지 않는 갈등의 이야기 3)쥴리어스 시저(카이사르)를 암살한 두 로마인들인, 브루터스와 케이시어스를 암시하는, 궁극적으로 숀(브루터스)과 셈(케이시어스)에 관한 이야기이다.

최후의 가장 짧은 12번째 질문은 숀에 의하여 셈의 목소리로 이루어지는데, 여기서 그는 셈을 저주받는 형제로서 특징짓는다.

I부 7장
문사 셈

HCE의 쌍둥이 아들인 셈의 저속한 성격, 그의 자의적 망명, 불결한 주거, 인생의 부침浮沈, 그의 부식성의 글 등이 이 7장의 주된 소재를 형성한다. 이는 그의 쌍둥이 형제인 숀에 의하여 서술되는데, 한 예술가로서 조이스 자신의 인생을 빗댄 아련한 풍자이기도 하다. 숀의 서술은 신랄한 편견을 내포하고 있다. 그는 첫 부분에서 셈에 관하여 말하고, 둘째 부분에서 그의 전기적 접근을 포기하고 그를 비난하기 위하여 직접적으로 이야기에 참가한다. 이 장의 종말에서 셈은 자신의 예술을 통하여 자기 자신을 변호하려고 시도한다.

이 장은 전체 작품 가운데 비교적 짧으며, 아주 흥미롭고, 읽기 쉬운 부분이다. 초 중간에 나타나는 "퍼스 오레일리의 민요 풍"의 경기가競技歌는 셈의 비겁하고 저속한 성질을 나타내는 악장곡樂章曲이다. 셈은 야외전戰보다 "그의 잉크병전戰의 집 속에 콜크 마개처럼 틀어박힌 채" 지낸다. 그의 예술가적 노력은 중간의 라틴어의 구절에서 조롱당하는데, 잉크를 제조하는 이 분변학적 과정에서 셈은 "그의 비참한 창자를 통하여 철두철미한 연금술사"가 된다. 그리고 그는 자신의 예술로 "우연변이"된다. 〈자비〉로서의 셈은 〈정의〉로서의 숀에 의하여 그가 저지른 수많은 죄과에 대하여 비난 받는다. 셈은 철저한 정신적 정화가 필요하다. 이 장의 말에서 이들 형제들의 갈등을 해소하기 위해 그들의 어머니 ALP가 리피 강을 타고 도래하며, 〈자비〉는 자신의 예술을 통해서 스스로를 변명하려고 시도한다.

결국, 여기 이들 쌍둥이 형제간의 갈등은 그들의 어머니 아나 리비아 플루라벨(ALP)의 도래로서 해결되는 셈이다.

I부 8장

여울목의 빨래하는 아낙네들

이 장은 두 개의 상징으로 열리는데, 그 중 첫 째 것은 대문자 "O"로서 이는 순환성 및 여성을, 그리고 첫 3행의 삼각형으로 나열된 글귀는 이 장의 지속적 존재인 ALP의 기호(siglum)이다.

두 빨래하는 아낙네들이 리피 강의 맞은편 강둑에서 HCE와 ALP의 옷가지를 헹구며 그들의 생에 대하여 잡담하고 있다. ALP의 옛 애인들, 그녀의 남편, 아이들, 간계, 번뇌, 복수 등, 그 밖에 것들에 대한 그들의 속삭임이 마치 강 그 자체의 흐름과 물소리처럼 진행된다. 옷가지마다 그들에게 한 가지씩 이야기를 상기시키는데, 이를 그들은 연민, 애정 및 아이러니한 야만성을 가지고 자세히 서술한다. 주된 이야기는 ALP가 아이들 무도회에서 각자에게 선물을 나누어 줌으로써 그녀의 남편(HCE)의 스캔들을 다른 곳으로 돌리려는 것이다. 이어 그녀의 마음은 자신의 과거에 대한 회상에서부터 그녀의 아들들과 딸의 떠오르는 세대로 나아간다. 강의 물결이 넓어지고 땅거미가 내리자, 이들 아낙네들은 솀과 숀에 관해서 듣기를 원한다. 마침내 그들은 서로가 볼 수도 들을 수도 없게 되고, 한 그루의 느릅나무와 한 톨의 돌로 변신한다. 이들은 그녀의 두 아들 솀과 숀 쌍둥이를 상징하는데, 잇따르는 장들은 그들에 관한 이야기이다. 강은 보다 크게 속삭이며 계속 흐르고, 다시 새로운 기원이 시작할 찰나이다.

이 장은, 마치 음률과 소리의 교향악이듯, 산문시의 극치를 이룬다. 700여 개에 달하는 세계의 강 이름이 이들 언어들 속에 위장되어 있으며, 장말의 몇 개의 구절은 작가의 육성 녹음으로 유명하다.

II부 1장

아이들의 시간

선술집 주인(HCE)의 아이들이 해거름에 주점 앞에서 경기를 하며 놀고 있다. 솀과 숀이, 글루그와 추프의 이름으로 소녀들의 환심을 사기위해 싸운다. 경기는 "믹, 닉 및 매기의 익살극"이란 제목 아래 아이들에 의하여 번갈아 극화된다. 이 경기에서 글루그(솀)는 애석하게도 패배하는데, 그는 장 말에서 추프(숀)에게 복수의 비탄시를 쓰겠다는 원한과 위협을 지니며 후퇴한다. 아이들은 저녁 식사를 하고 이어 잠자도록 집 안으로 호출된다. 잠자기 전에 다시 그들의 한 바탕 놀이가 이어지고, 이내 아버지의 문 닫는 소리(6번째 천둥)에 모두 침묵한다.

이 장은 환상 속의 환상의 이야기로서, 전 작품 가운데 가장 어려운 것들 중의 하나이다. 아이들의 놀이는 글루그(셈—악마—믹)와 추프(숀—천사—매기) 간의 전쟁의 형태를 띤다. 그러나 그들의 싸움의 직접적인 목적은 그들의 누이동생 이시(이찌)의 환심을 사는 데 있다. 그 밖에 프로라(28명의 무지개 소녀들, 이시의 친구 및 변형)를 비롯하여, HCE와 ALP, 주점의 단골손님(12명의 시민들), 손더슨(바텐더) 및 캐이트(가정부) 등이 등장한다. 글루그는 3번의 수수께끼(이시의 속옷 색깔을 맞추는 것으로, 답은 '헬리오트로프', 굴광성 식물의 꽃빛 또는 연보라 색)를 맞추는데 모두 실패하자, 그때 마다 무지개 소녀들이 추프의 편을 들며, 춤과 노래를 부르고 그를 환영한다. 이처럼 이 익살극은 글루그와 추프의 형제 갈등을 일관되게 다루고 있지만, 그러나 장말에서 그들은 서로 화해의 기도를 함으로써 종결된다.

II부 2장
학습 시간 - 삼학三學과 사분면四分面

돌프(셈), 케브(숀) 및 그들의 자매인 이시가 자신들의 저녁 학습에 종사한다. 그들은 모두 2층에 있으며, 이시는 소파에 앉아 노래와 바느질을 하고 있다. 아래층 주장에서는 HCE가 12손님들을 대접하고 있다.

그들의 학습은 전 세계의 인류 및 학문에 관한 것으로, 유태교 신학, 비코의 철학, 중세 대학의 삼학(문법학, 논리학 및 수학) 과 사분면(산수, 기하, 천문학, 음악)의 7교양과목 등이, 편지 쓰기와 순문학(벨레트레)과 함께 진행된다. 그들의 마음은 우주와 암울한 신비에서부터 채프리조드와 HCE의 주점에까지 점차적인 단계로 안내된다.

이어, 꼬마 소녀 이시가 소파에서 그녀의 사랑을 명상하는 동안, 돌프는 기하 문제를 가지고 케브를 돕는데, 그는 ALP의 성의 비밀을 원과 삼각형의 기하학을 통하여 설명한다. 나중에 케브는 돌프의 설명에 어려움을 느끼고, 홧김에 그를 때려눕히지만, 돌프는 이내 회복하고 그를 용서하며 양자는 결국

화해한다. 수필의 제목들이 아이들의 학습의 마지막 부분을 점령하지만, 그들은 이들을 피하고 그 대신 양친에게 한 통의 "밤 편지"를 쓴다.

본문의 양 옆에는 두 종류의 가장자리 노트와, 이후 쪽에 각주가 각각 붙어 있다. 절반 부분의 왼쪽 노트는 솀의 것이요, 오른쪽 것은 숀의 것이다. 그러나 후반에서 이는 위치가 서로 바뀐다. 이들 중간 부분[F 288-292]은 솀(교수)에 의한 아일랜드의 정치, 종교 및 역사에 관한 서술로서, 양쪽 가장자리에는 노트가 없다. 각주는 이시의 것으로, 모두 229개에 달한다. 돌프가 케브에게 수학을 교수하는 대목에는 다양한 수학적 용어들이 담겨있다.

II부 3장
축제의 여인숙

이 장은 전체 작품 가운데 1/6에 해당하는 거대한 양으로, 가장 긴 부분이다. 그의 배경은 HCE의 주막이요, 그 내용은 두 가지 큰 사건들, 1)노르웨이 선장과 양복상 커스에 관한 이야기 2)바트(솀) 와 타프(숀)에 의하여 익살스럽게 진행되는 러시아 장군과 그를 사살하는 버클리 병사의 이야기로 이루어진다. 첫 번째 장면에서 우리는 노르웨이 선장과 연관하여 유령선(희망봉 주변에 출몰하는)과 그의 해적에 관한 전설적 이야기를 엿듣게 되는데, 그 내용인즉, 한 등 굽은 노르웨이 선장이 더블린의 양복상 커스에게 자신의 양복을 맞추었으나, 그것이 몸에 잘 맞지 않는다. 이에 그는 커스에게 항의 하자, 후자는 선장의 몸의 불균형(그의 커다란 등 혹) 때문이라고 해명한다. 이에 서로 시비가 벌어진다. 그러나 결국 양복상은 선장과 자신의 딸과의 결혼을 주선함으로써, 서로의 화해가 이루어진다. HCE의 존재 및 공원에서의 그의 불륜의 행위에 관한 전체 이야기는 이 유령선의 이야기의 저변에 깔려 있다.

두 번째 장면에서, 우리는 텔레비전의 익살극인 바트와 타프의 연재물을 읽게 되는데, 등장인물들인 바트(솀) 와 타프(숀)는 크리미아 전쟁(러시아 대 영국, 프랑스, 오스트리아, 터키, 프로이센 등 연합국의 전쟁, 1853-1856)의 세바스토풀 전투에서 아일랜드 출신 버클리 병사가 러시아의 장군을 어떻게 사살했는지를 자세히 열거한다. 병사 버클리는 이 전투에서 러시아 장군을 사살할 기회를 갖게 되나, 그때 마침 장군이 배변 도중이라, 인정상 그를 향해 총을 쏘지 못하다가, 그가 뗏장(turf: 아일랜드의 상징)으로 밑을 훔치는 것을 보는 순간 그를 사살한다는 내용이다. 이 장면에서 "경 기병대의 공격"의 노래의 여운 속에 장군이 텔레비전 스크린에 나타난다. 그는 HCE의 살아 있는 이미지이기도 하다. 텔레비전이 닫히자, 주점의 모든 손님들은 버클리의 편을 든다. 그리고 앞서 타프와 바트는 동일체로 이어 이우러진다. 그러나 주점 주인은 러시아의 장군을 지지하기 위해 일어선다. 무리들은 그들의 주인에 대한 강력한 저주를 쏟는데, 그는 공직에 출마하고 있는 듯이 보인다.

이제 주점은 거의 마감시간이다. 멀리서부터 HCE의 범죄와 그의 타도를 외치는 민요와 함께, 접근하는 군중들의 소리가 들린다. HCE는 자신이 다스릴 민중에 의하여 거절당하고 있음을 느끼면서, 주점을 청소하고 마침내 홀로 남는다. 자포자기 속에서 그는 손님들이 마시다 남긴 모든 술병과 잔들의 술 찌꺼기를 핥아 마시고, 취한 뒤 마루 위에 맥없이 쓰러진다. 여기서 그는 1198년에 죽은 아일랜드 최후의 비운의 왕 루어리 오 콘코바르(그는 영국에 자신의 나라를 양도했다)와 스스로를 동일시한다. 마침내 그는 꿈속에서 배를 타고, 리피 강을 흘러가는데, 결국 이 장면(주점)은 항구를 떠나는 배로 변용된다. 7번째 천둥이 이 이야기의 초두에 그리고 8번째 것이 그 장말에 각각 울리는데, 이는 HCE(피네간, 퍼스 오레일리)의 추락의 주제를 각각 상징한다.

II부 4장
신부선新婦船과 갈매기

앞서 장과는 대조적으로, 이 장은 전체 작품 가운데 가장 짧은 것이다. 조이스는 이 장의 내용을 두 이야기들, "트리스탄과 이솔트" 및 "마마누요(마태, 마가, 누가, 요한의 함축어)"에 근거하고 있다. 이 장의 초두의 시는 갈매기들에 의하여 노래되며, 무방비의 마크 왕에 대한 트리스탄의 임박한 승리를 조롱조로 하나하나 열거한다. 이때 HCE는 마루 위에서 꿈을 꾸고 있다.

이 장면에서 HCE는 이솔트와 함께 배를 타고 떠난 젊은 트리스탄에 의하여 오쟁이 당한 마크 왕으로 자기 자신을 몽상한다. 이들 여인들은 신부선의 갈매기들 격인 4노인들 "마마누요"에 의하여 에워싸여 지는데, 그들은 네 방향에서(각자 침대의 4기둥의 모습으로) 그들의 사랑의 현장을 염탐한다. 장말에서 이들은 이솔트를 위하여 4행시를 짓는다. 여기 상심하고 지친 HCE는 자신이 이들 노령의 4노인들과 별반 다를 것이 없음을 꿈속에서 느낀다. 이 장에서

1132의 숫자가 다시 소개되는데 (처음은 제1장에서), 여기 가장 빈번히 나타난다. 이는 1132년(그 절반은 566)의 대홍수의 해를 가리키는 바, 〈성서〉의 원형에서처럼, 소멸과 부활의 주제를 이룬다. 32는 추락(〈율리시스〉에서 블룸이 셈하는 낙체의 낙하 속도이기도), 그리고 11은 아나 리비아의 숫자인 111의 경우처럼 재생의 상징적 증표이다.

III부 1장
대중 앞의 숀

이 장은 제 III부의 첫 째 장에 해당한다. 이는 한밤중의 벨소리의 울림으로 시작된다. "정적 너머로 잠의 고동"이 들려오는 가운데, "어디선가 무향無鄕의 혹역或域에 침몰하고 있는" 화자(숀)는 잇따른 두 장들의 중심인물인, 우체부 숀에 의하여, 자신이 성취한 대중의 갈채를 묘사하기 시작한다, 화자는 한 마리 당나귀의 목소리로, 자신의 꿈을 토로한다. CHE(작품에서 어순이 수시로 바뀌거니와)가 ALP와 함께 한 밤중 그들의 침실에 있다. 또한 이야기는 숀의 먹는 습성에 대한 생생한 서술을 포함한다. 그는 자신을 투표하려는 대중 앞에 서 있다.

그러나 이 장의 대부분은 대중에 의하여 행해진, 모두 14개의 질문으로, 숀에 대한 광범위한 인터뷰로서 구성된다. 이들 중 8번째 질문에서 숀은 그의 대답으로 "개미와 베짱이"의 이솝 이야기(우화)를 자세히 설명하는데, 이는 실질적인 개미(숀)와 비 실질적인 탕아인 베짱이(솀)에 관한 상반된 우화이다. 이 장을 통하여, 솀과 숀의 형제 갈등의 주제가 많은 다른 수준에서 다시 표면화되는데, 그의 대부분은 질문들에 대한 숀의 대답으로 분명해진다. 여기 9번째 천둥소리가 우화가 시작되기 직전에, 숀의 헛기침과 동시에 울린다.

이들 대중들의 질문들에 대한 숀의 대답은 이따금 회피적이다. 그 가운데는 숀이 지닌 한 통의 편지에 관한 질문이 있는데, 이에 관해 그는 아나 리비아와 셈이 그것을 썼으며, 자신은 그것을 배달했을 뿐이라고 대답한다. 또한 그는 편지의 표절된 내용을 극렬히 비난한다. 숀의 최후의 대답이 있은 뒤에, 그는 졸린 채, 한 개의 통 속에 추락하는데, 그러자 통은 리피 강 속으로 뒹굴며 흘러간다. 이시가 그에게 작별을 고하고, 모든 아일랜드가 그의 소멸을 애도하며 그의 귀환을 희구한다. 최후로 그의 부활이 확약된다.

III부 2장

성 브라이드 학원 앞의 숀

숀이 존(Jaun)이란 이름으로 여기 재등장한다. "한갓 숨을 자아내기 위하여-그리고 야보의 후厚 밑창 화靴의 제일 각脚을 잡아당기기 위하여" 멈추어 선 뒤에, 숀은 "성 브라이드 국립 야간학원 출신의 29만큼이나 많은 산울타리 딸들"을 만나, 그들에게 설교한다. 그는 이시에게 그리고 다른 소녀들에게 성심을 다하여 연설하기 시작한다. 화제가 섹스로 바뀌자, 숀은 자신의 관심을 그의 누이에게만 쏟는다. 그는 솀에 관해 그녀를 경고하는데, 그녀에게 그를 경멸하고, 자제하도록 충고 한다. "사랑의 기쁨은 단지 한 순간이지만, 인생의 서약은 일엽생시를 초욕超欲하나니."

그의 설교를 종결짓기 전에, 숀은 공덕심을 위한 사회적 책임을 격려한다. "원조합에 가입하고 가간구를 자유로이 할지라! 우리는 더블린 전역을 문명할례 할지니." 그런 다음 그는 자신이 좋아하는 주제들 중의 하나인, 음식에 대하여 초점을 맞춘다. (음식에 대한 관심은 앞서 숀의 특징이요, 장의 시작에서 음식과 음료에 대한 그의 태도가 당나귀에 의하여 생생하게 묘사된 바 있다) 장말에 가까워지자, 이시는 처음으로 이야기를 시작하며, 떠나가는 숀을 불성실하게 위로하는데, 여기서 후자는 낭만적 방랑탕아인 주앙(Juan)으로 변신한다.

숀은 그의 "사랑하는 대리자를 뒤에 남겨둔 채" 마치 떠나가는 오시리스 신처럼, 하늘로 승천을 시도한다. 이때 소녀들은 그와의 작별을 통곡한다. 그러나 그는 성공을 거두지 못하고, 떠나기 전에 연도가 암송되면서, 그의 정령이 "전원의 혼"으로서 머문다. 앞서 장에서 숀은 정치가 격이었으나, 이 장에서 한 음탕한 성직자의 색깔을 띤 돈 주앙(영국 시인 셸리의 영웅이기도)이 된다. 그의 설교는 몹시도 신중하고 실질적이며, 냉소적, 감상적 및 음란하기까지 하다. 그는 자신이 떠난 사이에 그의 신부新婦(이시)를 돌볼 솀을 소개하며, 그녀에게 그를 경계하도록 충고한다. 그는 커다란 사명을 띠고 떠나갈 참이다. 그의 미래의 귀환은 불사조처럼 새 희망과 새 아침을 동반할 것이요, 침묵의 수탉이 마침내 울 것이다.

III부 3장
심문 받는 숀

여기 숀은 욘(Yawn)이 되고, 그는 아일랜드 중심에 있는 어느 산마루 꼭대기에 배를 깔고 지친 채, 울부짖으며, 맥없이 쓰러져 있다. 4명의 노인 복음자들과 그들의 당나귀가 그를 심문하기 위해 현장에 도착한다. 그들은 엎드린 거한巨漢에게 반半 강신술로 그리고 반半 심리審理로 질문하자, 그의 목소리가 그로부터 한층 깊은 성층에서 터져 나온다. 그리하여 여기 욘은 HCE의 최후의 그리고 최대의 함축을 대표하는 거인으로 변신하여 노정된다. 그들은 욘에게 광범위한 반대 심문을 행하는데, 이때 성이 난 그는 자기 방어적 수단으로, 한순간 프랑스어로 대답하기도 한다.

4명의 심문자들은 욘의 기원, 그의 언어, 편지 그리고 그의 형제 셈과 그의 부친 HCE와의 관계를 포함하는 가족에 관하여 심문한다. 추락의 다른 설명이 트리클 톰과 다른 사람들에 의하여 제시되지만, 이제 욘에서 변신한 이어위커는 자기 자신을 옹호할 기회를 갖는다. 한 무리의 두뇌 고문단이 심문을 종결짓기 위하여 4심문자들을 대신 점거한다. 그 밖에 다른 질문자들이 재빨리 증언에 합세한다. 그들은 초기의 과부 캐이트를 소환하고, 마침내 부친(HCE)을 몸소 소환한다. HCE의 목소리가 거대하게 부풀면서, 총괄적 조류를 타고 쏟아져 나오고, 전체 장면은 HCE의 원초적 실체로 기울어진다. 그는 자신의 죄를 시인하지만, 문명의 설립자로서 스스로 이룬 업적의 카탈로그를 들어 자신을 옹호한다.

이처럼 이어위커가 그들에게 자신을 변호하는 동안 그의 업적을 조람하지만, "만사는 과거 같지 않다." 그는 자신의 업적 속에 그가 수행한 많은 위업과 선행을 포함하여, 아나 리비아(ALP)와의 자신의 결혼을 자랑한다. "나는 이름과 화촉 맹꽁이 자물쇠를 그녀 둘레에다 채웠는지라." 그러나 지금까지 그가 길게 서술한 자기 방어의 성공은 불확실하다. 여기 초기의 아기로서 욘 자신은 후기의 부식하는 육신의 노령으로 서술된다. 그리하여 그는 인생의 시작과 끝을 대변한다. 그는 매기로서 수상隨想되는 구류 속의 아기 예수인 동시에, 오점형五點型(quincunx)의 중앙에 놓인 십자가형의 그리스도이기도 하다.

III부 4장
HCE와 ALP - 그들의 심판의 침대

이 장의 첫 페이지는 때가 밤임을 반복한다. 독자는 현재의 시간이 포터(이어위커)가家의 늦은 밤임을 재빨리 식별하게 된다. 포터 부처는 그들의 쌍둥이 아들 제리(솀)로부터 외마디 부르짖는 소리에 그들의 잠에서 깬 채, 그를 위안하기 위하여 그의 방으로 간다. 그들은 그를 위안하고 이어 자신들의 침실로 되돌아와, 그곳에서 다시 잠에 떨어지기 전 사랑(섹스)을 행하지만, 만족스럽지 못하다. 창가에 비친 그림자가 그들 내외의 행동을 멀리 그리고 넓게 비추는데, 이는 거리의 순찰 경관에 의하여 목격된다. 새벽의 수탉이 운다. 남과 여는 다시 이른 아침의 선잠에 빠진다. 이러한 시간 동안 이들 부부를 염탐하는 무언극은 이들에 대한 4가지 견해를 각자 하나씩 제시한다. "조화의 제 1자세"는 마태의 것으로, 양친과 자식들에 대한 그들의 관심을 서술한다. 마가의 "불협화의 제 2자세"는 공원의 에피소드를 커버하고 재판에 있어서처럼 양친의 현재의 활동들을 심판한다. "일치의 제 3자세"는 무명의 누가에 속하는 것으로, 새벽에 수탉의 울음소리에 의하여 중단되는 양친의 성적 행위를 바라보는 견해이다. "용해의 제 4자세"는 요한에 의한 것으로 가장 짧으며, 이 장의 종말을 결구한다. 이 견해는 비코의 순환을 끝으로, 잇따른 장으로 이어지는 '회귀(recorso)'로 나아간다.

IV부 1장
회귀(recorso)

〈경야〉의 최후의 IV부는 한 장으로 구성된다. 산스크리트의 기도어祈禱語인 "성화(Sandyas) "(이는 새벽 전의 땅거미를 지칭하거니와)로 시작되는 이 장은 새로운 날과 새 시대의 도래를 개시하는 약속 및 소생의 기대를 기록한다. "우리들의 기상시간이나니" 이는 대지 자체가 성 케빈(숀)의 출현을 축하하는 29 소녀들의 목소리를 통하여 칭송 속에 노래된다. 그리하여 성 케빈(숀)은, 다른 행동들 가운데서, 갱생의 물을 성화한다. 천사의 목소리들이 하루를 선도한다. 잠자는자者(HCE)가 뒹군다. 한 가닥 아침 햇빛이 그의 목 등을 괴롭힌다. 세계가 새로운 새벽의 빛나는 영웅을 기다린다. 목가적 순간이 15세기의 아일랜드의 찬란한 기도교의 여명을 알린다. 날이 밝아 오고, 잠자는 자들이 깨어나고 있다. 밤의 어둠은 곧 흩어지리라.

그러나, 이 장이 포용하는 변화와 회춘의 주요 주제들 사이에 한 가지 진리의 개념을 위한 논쟁 장면이 삽입된다. 그것은 발켈리(Balkelly)(고대 켈트의 현자, 솀)와 성 패트릭(성자, 숀) 간의 이론적 논쟁이다. 이들 논쟁의 쟁점은 "진리는 하나인가 또는 많은 것인가" 그리고 "유일성과 다양성의 상관관계는 무엇인가"라는 데 있다. 이 토론에서 발켈리(조지 버켈리)는 패트릭에 의하여 패배당한다. 이 장면은 뮤타(솀)와 쥬바(숀) 간의 만남에 의하여 미리 예기되거니와, 여기 뮤타와 쥬바는 형제의 갈등, 쥬트/뮤트 — 솀/숀의 변형이다. 발켈리와 성 패트릭(케빈)의 토론에 이어, 이야기의 초점은 아나 리비아에게로 그리고 재생과 새로운 날로 바뀐다.

아나 리비아는 처음으로 그녀의 편지에 이를 "알마 루비아 폴라벨라(Alma Luvia Pollabella)로 서명하거니와", 그런 다음 그녀의 독백으로 말한다. 그러자 여인은 자신이 새벽잠을 자는 동안 남편이 그녀로부터 떨어져 나가고 있음을 느낀다. 시간은 그들 양자를 지나쳐 버렸나니, 그들의 희망은 이제 자신들의 아이들한테 있다. HCE는 험티 덤티(땅딸보)의 깨진 조가비 격이요, 아나 리비아는 바다로 다시 되돌아가는 생에 얼룩진 최후의 종족이 된다. 여기 억압된 해방과 끝없는 대양부大洋父와의 재결합을 위한 그녀의 강력한 동경이 마침내 그녀의 한 가닥 장쾌한 최후의 독백을 통하여 드러난다.

이제 아나 리피(강)는 거대한 해신부海神父로 되돌아가고, 그 순간 눈을 뜨며, 꿈은 깨어지고, 그리하여 환環은 새롭게 출발할 채비를 갖춘다. 그녀는 바다 속으로 흐르는 자양의 춘엽천春葉泉이요, 그의 침니沈泥와 그녀의 나뭇잎들과 그녀의 기억을 퇴적한다. 최후의 장면은 그녀의 가장 인상적이요 유명한 독백으로 결구한다.

4. 만사萬事는 모두 무엇인가(What It's All About)

(i)

그대(독자 또는 연구자)가 더블린 외곽으로 서쪽으로 차를 몰면, 피닉스 파크(Phoenix Park) 남쪽으로, 채프리조드(Chaplizod)에 당도할지니, 이름은 "이졸드의 성당聖堂(Chaplel of Iseult)", 그를 아일랜드 사람들은 이솔드(Isoilde)로, 그리고 독일 사람들은 이슬드(Isolde)로 알고 있다. 즉, 이는 바그너(Wagner)의 오페라의 비극적 여주인공의 이름으로, 오늘날 채프리조드에 관한 낭만적浪漫的인 것은 거의 없다. 만일 그대가 주점酒店에 가야할 최소한의 흥분興奮이나 충격衝激을 갖는다면, 그것의 가장 흥미 있는 것은 순수하게 허구정虛構的 장소인 브리스톨(Bristole)이다. 혹자는 당신을 위해 이것을 사자死者(the Dead)와 동일시하리라, 그렇게 부를 지니 고객들이 술에 취하여 달러 오는 채프리조드 시내 전차에 치어 죽기 때문이다.

그것의 주점 주인은 〈경야〉의 주인공으로, 우리에게 중요하다. 그는 조이스의 단편집인, 〈죽은 사람들, 사자死者들〉의 주인공인, 중년으로, 스칸디나비아 족속이요 신교도 태생이며, 러시아의 혈통을 지닌 듯 하다. 그의 이름은, 우리가 말할 수 있는 한, 포터 씨(Mr. Porter)로서, 지하실에서 기네스 맥주 통을 운반하는 남자로 〈경야〉의 주인공에 적합하다. 그의 풀네임으로 (또는 꿈같은 타당한 이름인 험프리 침던 이어위커(Humphrey Chimpden Earwicker)로 〈경야〉의 변용(transfiguration)에 적당하다. 그는 세 아이들의 아버지로서 케빈(또는 Shem 혹은 Kevin)과 제리(Shaun 혹은 Jerry)로 불리는 젊은 쌍둥이 소년들과, 이름이 이소벨(Isobel)이라 불리는 예쁜 꼬마 딸 가졌다. 그의 딸은 그에게 친족상간親族相姦(incest)에 적합하다.

포터 씨와 그의 가족은 작품의 보다 많은 부분에서 하룻밤 동안 잠을 잔다.

때는 대중의 주막(Bar)의 토요일 한창 바쁜 저녁이고, 잠은 일요일 아침의 평화 속으로 길을 뻗는다. 포터 씨는 심하게 꿈을 꾸는지라, 우리는 그의 꿈을 분담한다. 그 속에 그의 다양한 심취는 환상적이요, 이들 중의 주된 것은 기대되는 복잡한 망상의 상태인 즉, 그의 날은 지나가고, 세 아이들 중의 아들, 특히 그가 좋아하는 아들은 케빈(Kevin)이다. 여주인공이요, 이어위커의 아내는 더 이상 남편을 매혹하지 않으나, 그는 최후의 성적 휘두르기를 더듬거리며, 보다 젊은 여인에서 쇄신의 성적충격을 찾는다. 모든 이러한 것은 충분히 천진난만하고, 그에게 나쁜 꿈들을 부여하지 않는데도, 그의 꿈은 자신의 딸에 고정되기 시일반이다. 앞서 이미 들먹었듯이, 그의 그녀에 대한 "친족상간(incest)"은 그러나, 비록 그것이 가족 속에 성(섹스)을 지키는 충성스런 욕망 이상의 것은 아무것도 의미하지 않는다. 그리고 포터 씨의 꿈은 가장假裝의 말을 단지 허락할지라도 "곤충(insect)"으로 잠을 잔다. 잠을 자면서 그는 자신이 죄지은 남자, 짐승, 그리고 기어 다니는 곤충의 현란한 혼용이 되고, 거기 우리는 그가 자신의 등에 나르는 성적 범죄, (그는 이제 다른 문지기) 원숭이의 암시, 그리고 곤충의 암시 "이상의 혹(wen or hump)"을 지닌다. 원명의 "Earwicker"는 "집게벌레(earwig)"와 가깝고, 프랑스 어의 "perce - oreille"로 통하며, "Persse O'Reilly"와 동일하다. 다른 아일랜드 사람들에 의하여, 지도자 혹은 정치적 대표자로서 감수되는 욕망이요, 그러나 그의 꿈의 명칭은 역시 잘 지칭되는 외래성外來性이요, "Persse O'Reilly"는 거기 단지 조롱 혹은 혐오를 위한 것이다.

HCE(약칭으로)는 자신의 꿈에서, 우리가 이제 그를 부르듯, 역사의 총체를 그에 대한 범죄를 상기하도록 만들려고 애쓴다. 그의 두문자는 죄지은 사람의 총체성을 의미하고 HCE는 자신의 꿈에서, 우리가 그를 부르듯, "차처매인도래此處每人到來(Here Comes Everybody)"와 "매소每所 아이들을 갖도다(Haveth Childers Everywhere)" 결국, 성적 범죄는 어떤 창조적, 혹은 잉태적孕胎的 활력을 가정하고, 수락은 단지 박기勃起가 가능한 자들에게 온다. 불멸의 활력은 "우리들의 인간의 콩고 강江의 장어長魚(our Human Conger Eel)"로 나타난다. 셰익스피어의 극 〈리어 왕〉(King Lear)에서, 위대한 구조의 설립자는 "호우드 캐슬(Howth Castle) 및 엔바이론"으로 보여 진다. 꿈의 궁극적 몽자夢者의 견해에서, 그는, 비록(저자 그이 자신), 화학적 공식 "H2CE" 혹은 순수한 어휘 "hce" 혹은 "ech" 혹은 심지어 "Hecech"로서, 그것은 꿈을 그것의 영웅으로 억제하고, 단순 문헌 HCE처럼 그것에 짜 맞춘다. 그러나 HCE는, 그가 인간의 집합적 죄를 연습하는 집합적 존재가 되는 꿈꾸는 수준까지 침전된 채, 그의 꿈이 너무나 깊은 지라. 인간은 추락하고, 인간은 봉기하나니 그런고로 그는 재차 추락할 수 있다. 추락과 봉기의 연쇄連鎖는 문명의 날까지 계속된다. 위대한 인물들의 생활에 표현된, 이러한 기록은, 그들이 만들고, 파괴하고 재차 만드는 것인지라, 우리가 역사歷史라고 부르기 마련이다.

조이스가 행하고 있는 것은, 그럼, 그의 주인공을 밤의 꿈속에 역사의 총체를 재생하도록 하는 것이다. 역사는 학교에서 배우는 것. 왕들과 장관들과 전쟁과 혁명의 연대기적 발 바퀴가 아니다. 그것은 오히려 역사를 보는 특수한 방법. 이러한 사실들을 설명하도록 찾는 유형보다 역사적 사실들의 덜한 행렬이다. 유형은 이탈리아의 철학자 지오반니 브리티스타 비코(Giovanni Battista Vico)(1668-1744)로부터 느슨하게 파생되는 유형이요, 그리하여 그는 "〈새 과학〉(La Scienza Nuova)"이라 불리는 중요한 책을 썼는바 그 속에 그는 역사를 직선으로가 아니라, 발생사의 환적 과정으로 제시했다. 만일 우리가 〈경야〉야 말로 우리가 온당할 이러한 책에 기초한다고 말하면, 그러나, 단지 같은 저자의 〈율리시스〉가 호머의 "〈오디세이〉(Odyssey)"에 기초한다고 말하면, 우리는 정당한 의미에서이다. 〈율리시스〉와 〈경야〉는 원초적으로 소설의 작품들이요, 비코와 호머는 단지 이야기를 말하는 도움만을 위해 요청된다. 그의 꿈이 너무나 깊은지라, 〈경야〉는 비코의 해석이 아니요, 비코는 〈피네간의 경야〉의 어려움의 열쇠의 많은 것이 아니다. 조이스가 비코에서 발견한 것은 모든 소설가가 장편의 책. 발판, 등뼈를 계획할 때 필요한 것이다.

〈경야〉의 등뼈(backbone)는 쉽사리 토막으로 썰어낼 수 있다. 〈율리시스〉의 등뼈가 호메로스의 〈오디세이〉(Odyssey)이듯. 비코의 〈새 과학〉에서 역사는 4호弧로 분할되는 하나의 환環이요, 이들 4호들은 책을 그것의 4부분으로 분담한다. 각 호, 혹은 역사의 국면은 통치의 특별한 형태에 의하여 특징된다. 그의 개발의 초창기 단계에서, 인간은 신들의 숭배와 아주 관계한다. 설화적 선사시대에서 신들은 천둥으로 혹은 탁선託宣을 통해서 말하는데, 신들의 종자種子는 거인들과 영웅들을 낳기 위하여 지상으로 하강한다. 사실상, 원초의 역사를 통하여, 성스러운 (신의) 말은 추장들과 예언자들을 통해서 전달된다. 이것은 인간의 역사적 신권통치神權政治(theocratics)의 단계이다. 귀족정치貴族政治 시대의 단계가 뒤따르자, 거기서 위대한 인간들, 그들의 지역사회의 부친들이 그들 자신의 선제先制에서 통치하고, 필연적으로 그들의 법률을 위한 성스러운 인가認可를 찾지 않는다. 세 번째 국면은 민주적단계民主的段階(democratic stage)로서, 그 속에서 우리는 어떤 금지禁止를 관찰한다. 즉, 우리들의 선동자들은 귀족 정치의 연약한 패러디(parodies)이며, 신들보다 분명히 미약하다. 이 점에서, 영국의 시인 예이츠(Yeats)의 말로, "사물은 분리되고, 중심을 잡을 수 없다." 즉, 우리는 무정부 시대로 고통苦痛하고, 카오스에서 몸부림친다. 세월은 비코가 Ricorso(회귀回歸)라 부르는 것을 위해 다가온다. 우리는 신권정치 시대로 되돌아가고, 환은 재차 다시 시작한다.

이것은 역사를 개간하는 기법으로, 그것을 조이스는 그의 채프리조드 주막주인의 꿈을 마음에 부과한다. 그리고 즉시 독자는 무자비함에 항의할 것을 원한다. HCE의 꿈꾸는 마음은 전형적 수준에 접촉할 수 있으나, 비코를 포옹할 것 같지는 않다. HCE는, 사실상, 아주 보통의 여관집 주인이다. 그러나 조이스는 그가 무엇을 하는지 알고 있다. 그는 부득이 몽환夢幻에 떨어지고, 그의 영웅이 갖는 교활한 꿈을, 무식한 코 고는 자에 저자 자신의 별난 지식을 제공하고, 그에게 혀의 선물을 제공한다. (이것은 우주적 역사요, 따라서 다음철多音綴이다) 카바라(Cabala)와 〈켈즈의 책〉(The Book of Kells)의 〈퉁크〉(Tunc) 페이지를 설명하는 능력과 같은 사소한 것들이다. 그는 한층 멀리 나아간다. HCE와 그의 아내는 쌍둥이 중의 하나에 의해 잠을 깨자, 아이를 달래면서 성교(섹스)를 시도할 때, 조이스는 온통 혼자 꿈꾸는지라, 잠깨지 않은 채 남아 있어야만 한다. 잠깨는 태도와 깨어나는 언어의 소개는 제도에 대한 견딜 수 없는 충격이요, 그것은 현실의 두 질서를 혼성하는 예술적 죄일 것이다.

> [이하 편지의 필체] 그 이유인즉, 저 호피狐皮 호악취狐惡臭를 토하는 저 호농狐農 호녀狐女의 호금후각狐禽嗅覺을 가지고, 노목蘆木의 노주老柱가 노재난奴災難의 노재해虜災害를 요구하나니, 그[편지]를 음미하는 자는 저러한 분노의 회오리 채찍 끝을 경탄하도다. 저러한 너무나도 세심하게 빗장으로 잠겨진 또는 폐색된 원들. 하나의 비非완료의 일필一筆 또는 생략된 말미의 감동적인 회상. 둥근 일천 선회의 후광, 서문에는 (아하!) 지금은 판독불가의 환상적 깃털(飛翔), 이어위커의 대문자체 두문자를 온통 티베리우스적的으로 양측 장식하고 있나니 즉, 좌절의 성유

聖油 삼석탑三石塔 기호 E가 되도록 하는 중명사中名辭는, 그의 약간의 주저(hecitence) 뒤에 헥(Hec)으로서 최종적으로 불렀나니, 그것은, 시계 반대 방향으로 움직여, 약자로 된 그의 칭호를 대변하는지라, 마찬가지로 보다 작은 △은, 자연의 은총의 상태의 어떤 변화에 부응하여 알파 또는 델타로 다정하게 불리나니, 단 혼자일 때는, 배우자를 의미하거나 아니면 반복동의어적反復同義語的으로 그 곁에 서는지라…[F 119]

(ii)

비록 우리가 역사의 직선直線 견해를 포기한들, 줄리어스 시저를 시작하여, 이를테면, 그리고 고故 케네디 대통령으로 끝난다면, 우리는 한 권의 역사책을 가질 수 없는지라, 심지어 꿈의 책을, 커다란 역役의 등장인물들 없이, 저자의 도움으로, HCE는 거대한 수의 사람들로 잠자는 세계를 인물로 채워야 하나니, 그들 중 모두는 추락墜落 - 봉기蜂起 - 추락墜落(혹은 봉기 - 추락 - 봉기)의 비코의 환環을 활기 있게 만드는 원칙을 예중해야 한다. 동시에, 이것 이래 예술의 작업, 경제의 확실한 법칙法則은 관찰되어져야 하나니, 인격의 지나치게 다산적多産的인 참된 역사의 법칙들은 무시하도록 선택 된다. HCE가 그의 잠속에 행하는 것은 그의 가족을 일종의 아마추어 극적 사회로 변용할 지라, 그것은, 고객들, 세탁부, 주점의 일꾼, 신화와 문학으로부터 인간의 전체 시체, (인기 있는 잡지를 포함하여, 지방을 공연하는 멜로 드라마 그리고 의심스런 거리 - 민요들을 포함하여) 뿐만 아니라, 역사책으로부터 뿐만 아니라 도움을 가지고, 그러나 다루기 불편하게 분장하도록 준비한다. 꿈속에서 현실의 한 대帶를 점령하는 것은, 뿐만 아니라 일종의 초超 시간적 수준 위에 함께 행복하게 점령하는 것이 타당한지라, 닥터 존슨(Dr. Johnson)과 폴스탭(Fallstaff)을 보는 것은 다음 문간의 여성뿐만 아니라, 일종의 초 - 시간적 레벨 위에 행복하게 함께 생존하다니 타당妥當하다. HCE의 역사 번안飜案의 유일한 의미심장한 날짜는 서력西曆 11이요, 의미심장함은 전적으로 상징적이다. 11은 귀환, 복귀, 혹은 회복 또는 계속 우리의 손가락으로 헤아리건대 우리는 11을 위하여 온통 재삼 시작하지 않으면 안 된다. 매 초에 32피트는 모든 낙하 물체의 가속加速의 비율이요, 숫자 자체는 우리에게 아담, 험티 덤티(Humpty Dumpty), 나포리옹, 파넬, HCE 자기 자신을 상기시키나니, 그는 모두 그들의 소생蘇生이다.

이 쉬운 상징주의象徵主義에 대한 지식은, 전반적으로 숫자의 중요한 실현인지라, 〈경야〉의 이해를 위해 본질적이다. 그대는 브리스톨(Bristol) 주막(Mullingar House)의 어떤 벽이나 혹은 다른 곳에 걸린 달력으로부터 추상적 숫자에 의하여 놀이를 지지하는 꿈의 역할을 수립할 수 있는가. 음력陰曆 월력月曆은 4주가 있으며, 이들은 그대에게 4노인을, 비록 그들이 말해야 함이 드물게 많은 가치가 될지라도, 많이 말하는 4노인老人들이 있는지라, 마태, 그레고리(Matthew, Gregory), 마가 라이온스(Mark, Lyons), 누가 타피(Luke, Tarpey), 그리고 조니 맥다갈(Johnny MacDougal)이다. 그들은 아일랜드의 4주州 뿐만 아니라, 4복음자들로서, 그들이 컴퍼스의 4점点, 4요소要素들, 4고전적古典的 시대, 그리고 등등을 대표하는 비개성적非個性的 지역들을 갈라낸다. 그들은 언제나 함께 할지니, 그들의 당나귀가 뒤따르며, 그것은 단일의 단위로서 생각하기 위해서이다. 그들의 이름들은 Ma, Ma, Lu, 그리고 jo이요, 그들을 합치면 Maṃalujo가 된다. 그들은 4침대 기둥으로서 꿈의 사라짐으로 끝난다. 1년에는 12달이 있으며, 이들은 HCE가 주장하는 단골손님들인 12사리반스(Sullivans) 혹은 도일스(Doyles)를, 그러나 또한 12사도들과 12배심원들을 우리에게 제공할 것인지라, 언제나 "-ation"으로 끝나는 다음절多音節의 명상적冥想的 판단을 제공할 것이다. 그들의 숫자는, 한 배심원처럼, 그들의 명칭들보다 한층 중요하며, 그들은 언제나 전환轉換한다. 우리가 분명히 새 인물들의 카탈로그를 만날 때, 우리는 숨을 돌려, 숫자를 헤아리는 것이 충분하다. 우리는 통상적으로 같은 12노인들을 발견할 것이다. 2월 (그 달에 조이스가 탄생했거니와) 때때로 28일을, 때때로 29일을 가진다. 이것은 조이스에게 성 브라이드(St. Bride) 아카데미 출신의 소녀 무리들(St Bridget) 혹은 아일랜드 그 자체를, HCE의 딸인, 이소벨로 바뀌는 분리될 특수한 소녀을 갖는다. 4로 28을 분할하면, 7이 남는다. 월녀月女들은 때때로 무지개의 7색으로 형성되고, 〈경야〉의 중요한 상징을 형성하거니와, 그것은 홍수洪水 뒤의 하느님의 법궤法櫃 32뒤의 11, 죄 다음의 복원의 희망을 마련한다.

〈경야〉에 관한 홍미 있는 것들 중의 하나는 숫자가 용해하거나 환상적이 되기를 거절한다. 꿈은, 그러자, 우리들 자신의 꿈과 다른지라, 그 속에서 우리는 12개를 지닌 접시로부터 2개를 취하여, 단지 7개만을 발견한다. HCE의 꿈의 아내는 그녀의 111명 아이들의 각자에게 선물을 준다. 거기에 (나는 헤아렸다) 정확히 111가 있는바, 인간의 추락의, 혹은 하나님의 분노의 천둥이 울릴 때, 우리는 정확히 111문자의 단어에 의하여, 더도, 덜도 아니다. 1은 때때로 2가 되고, 그러나 그것은 세포질細胞質의 분열의 자연적 과정, 즉 부친은 두 아들을 잊는바, 그리하여 두 아들은 함께 부친의 육체를 구성한다. 이것은 조이스로 하여금 두 소녀들로서 한 딸 이사벨(Isobel)을 선사하기를 격려하는데, 분열된 개성, 단지 그녀의 거울 이미지(mirror image)를 가진 사랑의 유혹녀誘惑女를 말한다. 그러나 의미심장한 숫자의 어떤 무모無謀한 개악改惡(개형改形)은 아니다. 즉, 단순한 산수算數는 꿈의 바로 그 숨결이다.

4, 12, 그리고 28 혹은 29는 역사 밖에 서 있거나 그것을 평하는 경향이다. 인간의 추락과 부활의 빈발하는 참여의 어려운 일은 HCE, 그의 아내 및 가족, 그리고 늙은 청소부 캐이트(Kate)의 어깨 위에 놓여있는지라, 재발再發하는 이야기의 참여의 어려운 일은 그러나 의미심장한 수數의 무리한 어느 파괴도 결코 없다. 단순한 산수적임은 꿈의 바로 숨결이다. 신화적, 문학적, 그리고 역사적 인물들은 이야기를 가장 잘 예증例證하나니, 그들은 아주 좁은 분야, 주로 아일랜드의 역사로부터, 그리고 주로 아일랜드의 인물들로부터 선택되나니, 그들의 죄 혹은 추락은 HCE의 자신의 범죄를 가장 잘 구체적으로 나타난다. 다른 말로, 우리는 사람들을 만나기 기대해야 하는데, 그들은 불륜의 사랑 행위에 몰두했거나, 혹은 단순히 명상했나니, 자주 그들 자신들보다 한층 젊은 소녀들하고 이다. 거기에는 불륜의 죄의 기미가 있기 마련이다. 아담과 험티 덤티의 인물들에 실현된 전반적 추락의 동기 다음으로, 우리는 특수한 신분들에 당도한다. HCE는 아일랜드의 지도자인 찰스 스트워드 파넬(Charles Steward Parnell)역을 하는바, 키티 오시에(Kitty O'Shea)에 대한 그의 사랑은 그의 몰락으로 인도했다. 파넬을 파괴하려고 아일랜드의 신문기자인 피고트(Piggot)가 전반적 캠페인의 부분으로서 위조한 편지로부터 취한 범죄의 상징이 있다. 피고트는 "주저(hesitancy)"를 "hesitency"로서 오철汚綴했는데, 파넬 위원회(the Parnell Commission) 앞에서 증거를 댈 때 같은 파격어법破格語法(solecism)을 위임했다. 이것은 증거의 박스(증인석)에서 그의 거의 몰락을, 그리고, 바로 뒤에, 그의 범죄의 사적 범죄의 고백으로 인도했다. 변화들은 〈경야〉를 통하여 오철悟徹로 울렸으며, 그 망網 그것 자치는 특히 HCE에 적합 한지라, 왜냐하면 그의 죄의 말의 주저 혹은 말더듬이로 스스로 표현되기 때문이다. 그러나 배신과 희생의 암시가 있으니, 즉 풍문風聞의 죄[꿈] 속에 HCE의 범죄는 그것보다 더는 아니다. 그 꿈에서 투쟁으로 인도하는, 호텔 따위의

전용버스(omnibus)의 비난으로 부푸나니, 그것은 HCE의 재판, 화신, 그리고 화신 및 매장으로 인도한다. 파넬은, 간음으로 단지 회부回附되었으며, 그의 적에 의하여 모든 죄의 아버지로 변형되었다.

조나단 스위프트(Jonathan Swift)는 두 소녀들과 더불어 암담한 상관관계를 가졌다. 에스터 존슨(Esther Jonson)과 에스터 반홈리히(Esther Vanhourigh)로서, 스텔라와 바네사로 알려졌다. 하느님의 아버지 (스위프트는, 물론, 더블린의 성. 패트릭의 수석사제로 알려졌거니와) 그의 정신적 딸들에게 약간 비부非父의 흥미를 나타냈으며, 이들 두 젊은 여인들은 HCE의 딸 이소벨(Isobel)의 개성으로 〈경야〉에 합세했다. 하나의 기독교의 이름을 가진 두 소녀들, 하나의 유혹을 대표하는 두 소녀들, 꿈의 이소벨이 그토록 쉽게 두 개로 분할되다니 놀랄 일이 아니다. 여기, 아무튼, 역사로부터 또 다른 범죄-유형이 있는지라, 그리하여, 저 "hesitency-hesitancy" 처럼, 그것은 하나의 단순한 말에 암시 될 수 있다. 이소벨의 애정어愛情語인 "ppt"와 모든 그것의 이형가상異形假像은 스위프트의 〈스텔라로의 여행〉(Journal in Stella)의 "꼬마 언어(little language)"로부터 직행한다.

강한 아일랜드의 협력을 지닌 또 다른 전설은 이 꿈 속에, 이소벨의 자신의 이름으로부터 치근 된다. 이소벨은 이슬트-인-벨라(Iseult-la-Belle)요, 채프리조드는 그녀의 세속적 성가聖家(shrine)이다. 라이오네스(Lyonesse)의 트리스탄은 아일랜드로, 선택된 신부新婦 이솔트를 그의 숙부인, 콘월의 마크 왕에게로 데리러 왔다. 그러나 트리스탄과 이슬트는 사랑, 일연의 둔사遁辭, 범죄, 그리고 비충절非忠節이 시작되었다. 양兩 HCE의 선입관先入觀은 여기 잠재의 표현을 발견 한다. 나이 많은 마크 왕, 사랑에 나이 지나친 채, 젊은 남자에 의해 지위를 빼앗긴 채, 금지된 상관관계의 번민煩悶의 감미甘味. 그러나 우리는 한층 멀리 가는 도다. 아모리 트리스탄(Sir Armory Tristram)경卿(아모리카의 트리스트람, 혹은 브리타니)은 더블린의 호우드의 로렌스 가족을 건립하고 호우드 성城을 건립했다. 즉, 두 트리스트람의 꿈, 신분은 불가피한지라. 그러한 문제로, 우리는 두 이슬트를, 그들은, 마치 두 에스터처럼, 하나의 전실에 속하는바. 마크 왕의 신부新婦와 라이오네스(Lyonesse)의 트리스트람 왕과 화이트 백수白手(White Hands)의 이슬트, 그를 로렌스의 트리스트람은 잇따라 결혼했다. 이들은, 따라서, 양자 이소벨에 혼입混入되고, 그리하여 그녀의 신분의 분할을 위해 한층 정당화正當化한다. 우리는 파넬을 위한 그리고 스위프트를 위한 언어의 주제를 가지고, 트리스탄을 위해 역시 하나를 갖는바, 그리고 조이스는 바그너의 전설의 판본板本으로부터 그것을 택擇한다. 그것이 그의 음악-드라마 〈트리스탄과 이솔트〉이다. 살해된 트리스탄의 시체 위의 이솔드의 아리아의 열리는 시행施行은 "Mild und leise"(부드럽고 점잖은): 즉, 이는 신기한 별명인, "Mildew Lisa"로 〈경야〉 속에 분괴分塊되었다.

우리는 아일랜드의 전설 및 역사와 더불어 다른 신원을 발견 하거니와 그것의 약간은 추락의 주제로부터 뻗어나고, HCE를 승진시키고 죄 없는 지도자. 브리안 보루, 핀 맥쿨, 로그헤어 왕(Brian Boru, Finn MacCool, King Laoghair) (혹은 리어리)의 역할로 고양高揚시킨다. 그러나, 꿈의 전면全面은 더블린이지만, HCE는 우주적 부친 상像이요, 그리고 우리는 그가 노아, 줄리어스 시저, 소련 장군, 색슨 인시, 하롤드, 노르웨이 선장 그리고 등등이라 한들 놀라지 않는다. 스칸디나비아의 역할들이, 그러나, 특히 적합한지라, 왜냐하면 HCE는 북유럽 족族(Nordic stock)이며, 그리고 모두의 가장 타당한 신분이요, 역사적이 아니다. 조이스의 젊은 문학적 신神은 입센(Ibsen)이요, 그의 연극 "〈건축청부업자建築請負業者〉(The Masterbuilder)"는 아마도 그들 모두의 가장 잠재적 죄인부罪人父(guilty-father-figgure)를 마련한다. 즉, 할바드 솔네스(Halvard Solness)로서, 그는 자신이 사랑하는 젊은 여인의 요청으로 그가 건립하는 탑을 오르자, 그가 도전하는 하나님에 의하여 타격되고, 비유적으로 라이벌로서, 그로부터 추락하여 죽음에 이른다. 〈경야〉의 본질적 거체巨體는, 만일 우리가 그토록 비교훈적 작업으로 연관된 "과목科目(lessons)"들에 관해 말할 수 있거니와, 신神과 창조創造는 동행하며, 32를 보조하는 11은 승일乘馹(raising)일 뿐만 아니라, 기상起床(rising)을 의미한다. HCE는, 모든 인간들처럼 죄를 지었으나, 죄는 에덴동산으로부터 그를 몰아내고, 단지 에덴 대용물代用物들을, 도시들과 문명을, 창조하고 그에게 심도록 권장한다. 추락은, 역설적으로, 성 오거스틴(St. Augustune)이 말했듯, "오 행복", 즉, "O 페릭 칼파(O felix culpa)"이다. 조이스는, 피닉스 공원에서의 HCE의 죄를 심으면서, 그의 "〈피닉스 범죄자〉(O Phoenix culprit)"에서 말장난한다.

광범위하게 말해서, 그럼, HCE는 애비와 창조주, 〈청부업자請負業者〉(Bygmester) 혹은 건축청부업자 역을 한다. 궁극적으로 그는 그가 창조하는 바와 동일시되는 지라, 도시 그것 자체이다. 그러나 창조주는 그의 영감과 배우자처럼, 그리고 도시들은 강상江上에 건립된다. 이것은 우리를 HCE의 아내의 꿈의 작용으로 가져가고, 그의 꿈의 이름은 아나 리비아 플루라벨(Anna Livia Plurabelle)이요, 아나 리피(anna ALiffey) (단지 유럽의 여성 名), 그 위에 더블린이 건립된다. "Plurabelle"은 그녀의 미와 복수성複數性을 표시한다. (그녀는 모든 여인들을 포함한다) ALP는 그녀의 자연적 거장을 나르는바 (그녀는 청부업자가 세울 수 있는 어느 탑塔보다 더 큰 탑이다). 그리고 거칠게 삼각형의 산의 모형이 그녀를 일편의 영원한 기하학幾何學으로 변용시킨다. 그녀는 우리들의 "자벌레(geomater)"요, 혹은 대리모大地母이다. 삼각형의 ALP는 그녀의 삼위일체의 형태를 암시한다. 그녀는 아내요, 그녀는 과부寡婦, 그러나 그녀는 또한 딸이다. 이소벨은 그녀 속에, 마치 캐이트(Kate) 속에서처럼 세탁부, 지나간 과거의 찬미 자者를 포함한다. 그러나 HCE의 꿈은 그녀에게 주로 살아있는 어머니와 아내의 부분을, 그리고 그녀의 아이들의 여보호자女保護者요, 그녀의 욕하고 우롱하는 남편의 명성을 할당한다. 그녀는 유랑할지언정, 불변의 상징이요, 한편 그녀의 주인은, 모든 남자들처럼, 많은 형태들을 가정假定할 수 있다. 그녀의 신비는 모든 강의 신비이요, 개천은 대양으로 유입하는 강구江口와는 다르다. 그러나 양자는 같은 해수海水이요, 바다의 강의 죽음으로부터이고, 언덕의 새로운 탄생의 현실은 쇄신碎身한 비구름이 해안으로부터 불어오고, 영원토록 파생한다.

쌍둥이 아들들에게, 그들은 일종의 희비극喜悲劇의 변증자辨證者를 설명하거니와, 그것은 이탈리아의 철학자 지오다느 브루노(Giordano Bruno) (1548-1600)요, 〈젊은 예술가의 초상〉에서 스티븐 데덜러스의 말에서 "무섭게 소진消盡된" 노라의 이단자이다. 노란 브르노(Bruno the Nolan)의 〈반대의 원칙들〉(opposite principles)은 천공天空과 지상地上에서 아닐지라도, 따라서 화해하고, 〈경야〉의 많은 것은 하나가 되려고, 그들의 반대의 천성들을 낳는 통일하는 아버지로 뒤 흘러감을 가르쳤다. 조이스는 노란 브루노를 "브라운 앤드 노란"으로 아일랜드 인人으로 화化하게하고, 그의 최초의 젊은 소년을 출판한 더블린의 인쇄업자의 이름, 그리고 그는 다른 말작난의 수사修辭를 브르노의 이론으로 암시하도록 고안한다. "부친 상 브라운…패드레 돈 브루노", "부루노 노란, B. 로한…N. 오하란"(Father San Browne…Padre Don Bruno), (Bruno Nowlan, B. Rohan…N. Ohlan), HCE의 두 아들들의 비극은 자기 자신의 각자가 단지 남男 부친이 지역사회를 지배하는 작업을 빼앗기 위해 적합한 사실에 놓여있다. 그들은 HCE의 두 아들의 비극은, 그이 자신의 각각이, 단지 그의 부친의 절반인 사실에 놓여있다. 그들은 통상적으로 필남筆男 솀과 우체부郵遞夫 숀으로 나타난다. 최초는 대어大語를 쓰고, 둘째는 그것을 나르는지라, 전반적으로 붕괴되고 저하된 형태이다. 솀은 예술가이고, 그의 가장 특별한 현현顯現은 제임스 조이스 자기 자신이다. ("솀"은 "James"의 애란 형태요) 그 사나이는 사자死者를 말하게 할 수 있으나, 생자生子와 전석으로 타협할 수 없는 인간으로, 그 망명자는 행동으로부터 전적으로 차단된다. 숀 (그는 제임스 조이스의 아우 스태니스로스에 약간 빚지거니와)은 탄생한 선동자煽動者(demagogue)요, 전도사(missionary), 일종의 거짓 그리스도(sham Christ), 행동의 세계적 가정에서 그러나 그는 법률의 엔진을 불 지르기 위해 필요한 창조적 스파크가 결함을 안다. 그들은 서로 미워하는 지라, 그러나 그들의 싸움은 정말로 정부政府의 짐을 전체적으로 질 수 있는 합성할 공허한 시도이다. 무엇이든 게다가 타자의 행동에 의해 말살될 경향이 있다. 숀이 그의 부친의 범죄를 비난할 때, 솀은 그에 대한 가짜 증언을 견지한다. 그리고 4재판관들은, 브루노니언(Brunonian)의 명제命題를 기억하면서, "노란 브르만스(Nolans Brumans)"의 평결을 되돌린다. 비난 자는 해를 입지 않는다. 솀과 숀의 투쟁은 루시퍼와 마이클 천사장 간의 전쟁에서 영원한 전형을 발견한다. (믹크 對 닉크), 그러나 우리는 정설定說의 압력에도 불구하고 편便을 들 경향이 아니다. 어느 쪽도 매력적이 아닌지라, 양자는 연민적憐憫的이다. 그들의 불협화는 단지 우리의 귀(耳)가 부친의 조화를 동경할 수 있음을 소리 낸다. 상징적 식물학의 면에서, 솀은 자신 속에 작은 생명을 가질 것이다. 왜냐하면 그는 때때로 "줄기(stem)"로서 제시되기 때문이다. 그러나 이것은 HCE와 ALP로부터 성장하는 거대한 세계의 나무와 비교될 수 없다. 숀으로서는, 그가 심지어 살아 있지 않은지라, 단지 강둑의 한 개의 돌멩이다. 숀에서, 부친의 권위는 한 세트의 화강암의 혼성으로 저락되는바, 반면에 솀은, 모친에 끌려, 그녀의 흐르는 생명의 약간을 들어 마신다. 만일 우리가 하나를 다른 것보다 좋아하면, 우리는 솀을 선택하는 것이 한층 살아 있으리라. 결국, 솀은 책을 썼다.

이것들은, 그럼, 〈경야〉의 주된 인물들이다. HCE는 연극에 이름을 짓고, 캐스팅은 자동적이다. 만일 그가, 무거운 영도領導인, 아담이면, 숀은 아벨(Abel)로서, 솀은 가인(Cain)이여야 하고, ALP는 어머니 이브여야 한다. 만일 HCE가 리어리(Leary) 왕이라면, 숀은 전도사 성 패트릭이여야 한다. 솀은 그의 반대 대對 공작이고, 이사벨은 성 브리지트(Bridget)이다. 모든 인물들이 동시에 반드시 고용되지 않는다. HCE는 책의 많은 부분 동안 한패 출신이요, 그러자 그의 죄는 마찬가지로 권위로서, 전적으로 아들들로 전환한다. 숀은 파넬, 솀은 피고트(Piggot), 그리고 이사벨은 키티 오시에이다. 전체적으로, ALP는 행동을 위한 시간이 거의 없다. 즉, 강이 됨은 아주 가까이 풀-타임(full-time)일지라. 그러나 이제, 배우俳優들을 제시하면서, 우리는 어떻게 그들이 거대한 싱글 드라마로 적응하는지 보아야 한다. 드라마는 그토록 많은 보다 적은 것으로 에워싸는지라, 즉, 우리는 비코의 원형 극장에 들어가야 한다.

(iii)

우리는 피네간 이외 모든 사람에게 언급했고, 하지만 책에 타이틀을 부여하는 것은 경야(각성)이다. 이제 우리는 〈피네간〉에 관해 말하지 말아야 하는바, 그러나, "피네간의 경야"에 관해, 차이가 귀에 분명하게 될 수 없지만, 전적으로 다른 타이틀이다. "피네간의 경야"는 뉴욕의 아이리시 민요로서, 그것은 팀 피네간, 건축 노동자의 죽음을 말하지만, 전투를 좋아한 자로서, 아주 고도高度에서 그의 사다리로부터 추락한다. 그의 아내와 가족 그리고 친구들은 애통해하며 놓인 시체 주위에 앉아 술을 마시지만, 그러나 곧 싸움이 발발 한다.

미키 마로니(Micky Maloney)는 그의 머리를 들었지요,
한 갤런의 위스키가 그에게 비산飛散하자,
그것은 떨어져, 침대 위에 떨어지니
주액은 팀 위로 흩어지는지라.
어흐, 그는 재생하네, 그가 어찌 일어나는지를 볼지라!
그리고 티모시(Timothy) 침대에서 점프하는지라!
보라, 그대의 술이 불길처럼 주위를 나르나니
악마에게 영혼을! 그대는 내가 죽었다고 생각하는고?

이 민요는 마성적魔性的 부활 신화로서 취급될 수 있으며, 우리는 그 이유를 알 수 있다. 보통 사람들의 언어로써 둘러싸인 그것의 심오한 핵核과 더불어, 그것은 조이스에게 너무나 많이 호소적呼訴的이다. 그의 책은 그것의 이야기로서 시작하지만, 그러나 팀 피네간은 성스러운 건축청부업자의 위치까지 고

양高揚되거니와. “오시안 서사敍事”(Occianhic epic)의 시詩의 강력한 주체主體인, 콜맥 왕(King Cormac) 하의 페니언들의 거인 지도자인, 팀 피네간으로부터 전설적 선사시대의 영웅은 거의 떨어질 수 없다. 추락한 채, 그의 머리는 호우드 구丘요, 그의 육체는 더블린의 시市 아래 놓여있고, 그의 발은 채프리조드 가까이 위치한다. 꿈의-드라마에서 그와 유희遊戱하는 한 사람이 단지 있는 바, 그것은 물론 HCE이요, 그러나 우리는, 이 단계에서, 순회를 신분과 혼돈해서는 안 된다. 피네간은 사망하고, 그의 경야는 집착하고 경야 동안 우리는, 그의 신화적 세계의 개관이 부여되지만 또한 그에 뒤따라오는, 참된 역사의 새 세계의 개관槪觀이 부여된다. 다른 말로, 피네간은 비코의 환環, 신들과 영웅들의 통치의 첫 단계를 의미한다. 그러나, 그의 천둥의 추락과 사망과 더불어, 우리는 순수한 인간 통치의 시대를 기대期待해야 하는바, 우리는 비영웅적非英雄的 가족인인, 험프리 침던 이어위커의 도착을 기대한다. 피네간이 전설로 수행될 수 있으며, 위스키의 뿌려짐으로 잠을 깨자, 그는 자리에 도로 누워있도록 일러 받는다. 즉, 병치倂置가 비코의 환의 제 2분야를 위해 만들어졌고, 피네간은 단지 그러한 유형을 부괴하리라. 그럼 그를 잠들게 하고 마침내 바퀴는 충만한 환으로 다가오고 신정치적新政治的 통치권統治權의 귀환 속에 천둥 케틀드럼(kettledrum) (큰 솥 모양의 북)처럼 다가온다.

고로 이제 HCE는 홀로 유희遊戱하고, 해외 바다로부터 도착하고, 그의 추락의 충만 된 혼성混成의 이야기가 말해진다. 3군인들이 피닉스 공원에서 그를 보았듯, 분명히 천진한 아일랜드의 2소녀들에게 그이 자신을 분명히 노정한다. 그녀의 이중의 형태로 (이소벨은 더블린의 도시의 양팔로서 2소녀들과 혼성한다) 분명히 천한 파이프 연기煙氣의 마그라스(Magrath)의 이름을 지닌 사나이가 지나가나니, 크게 오전誤傳되고 확장되어, HCE의 오행汚行 이야기를 그의 아내에게로 전한다. 그녀는 이야기를, 한층 확장하여, 승려僧侶에게 말하자, 곧 더블린 전체에 퍼지고, 한 불결하게 불리는 가련한 HCE에 관한 상스런 민요를 제작하고, 이제 퍼스 오레일리(Persse O'Reilly)를 세례 한다. 그는 달력의 모든 죄로 비난 되고, 따라서 재판에 회부된다. 감옥에 감금된 채, 방문 아메리카 인人에 의하여 욕설된다. (고로 그는 고古세계뿐만 아니라 신新세계에 불순 인人으로 나타날지라), 그는 마침내 관棺 속으로 입관되어 로그 네이(Lough Neagh) 호반湖畔 아래로 깊이 수장水葬된다.

모든 이것은 암시와 루머로 이야기 된다. HCE의 추락은 아담의 것처럼 고대적古代的이다. 루머 사이에 HCE의 아내 ALP에 의해 쓰인 한 통의 편지가 있다 그녀는 편지에 서명했는지라 우스꽝스러운 파티(A Laughable Party)라고, 그 속에 그의 옹호擁護는 마침내 말해지는데, 그는 적들을 가졌고, 그의 범죄犯罪는 크게 과장되었으며, 그는 훌륭한 남편이요 아버지이다. 한편, 파넬 아서 왕과 핀 맥쿨 자기 자신과 함께처럼, 해외에서 속삭이는바, HCE는 정말로 죽지 않았으며, 그의 불굴의 정신은 어느 무덤에 의해서, 아무리 깊이 그리고 물가에도, 포함될 수 없다. 그는 에너지의 죽순을 강제로 쏘아 올린다. 싸움이 있고, 전쟁이 발발한다. 형제의 반대의 주제가 이제 그것의 첫 완전한 길이의 외현外現을 만든다. HCE의 죄는 다시 한번 더 살아있는 순간의 문제가 되었다. 그리고 숀에 첨부한 듯하며 (어떤 암담한 이유로서, 페스티 킹(Festy King)으로 이제 불렸다). 그러나 재판은 HCE의 것보다 한층 덜한 육중肉重한 사건이며, 증인으로서 셈의 외형은 수치스럽고 불신인 채 전체 사건을 어이없이 끝나게 만든다. 우리는 짧은 공간동안 형제들에 관해 잊도록 그리고 덩치 큰 HCE 전설과 관계할 것을 계속하도록 요구된다.

편지는 베린다(Belinda)라 불리는 한 암탉에 의하여 퇴비堆肥더미로부터 파낸 것으로, 유사학구類似學究의 대상이 된다. 어떤 사람들과 장소들이 그 속에 언급되며, 그리고 한 장章은 이들에 대한 12문제의 퀴즈에 헌납된다. 숀은 이제 그이 자신을 능변의 학장學長으로 변경하는 현명한 퀴즈-키드 퀵(quiz-kid quick)으로서 스스로 들어난다. 그는 형제의 반대적 주제의 기다란 연설을 행하며, 이를 어떤 우화寓話로서 설명한다. 숀 자기 자신은 아드리안(Adrian) IV세 교황敎皇으로서 그들의 첫째로 변장하여 나타난다. 그는 아일랜드의 헨리 II세의 합병에 축복을 주었는지라, 왜냐하면 이는 로마의 날개 아래 고대 아일랜드 교회에 축복을 부여하기 때문이다. 셈은 영국이 정복 시時에 더블린의 승정인, 성 로렌스 오툴(St. Lawrence O' Tool)에서 구체화된, 옛 신념을 의미한다. 우리는, 사실상, 숀의 지배적 정신이 나란히 평화롭게 애써 살지 않을지라. 하나의 한층 소박한 우화寓話는 같은 양자 같은 물질의 생산, 어버이의 밀크, 그리하여 그는 마가린(Magareen)의 사랑을 위한 경쟁자들이다. 결론은 형제들 간의 유화가 불가능하고, 즉, 숀에게, 셈은 저주받은, 무애無愛의, 비보호非保護로 의미하지 않으면 안 된다.

우리는 그러자 셈의 완전한 길이의 초상을 제시 받으며, 동시에 이야기에서 중요한 역할을 하는 커다란 음식-주제로 소개된다. 피네간 즉, 피네간의 경야에서, 먹히는 고기(肉)는 죽은 영웅의 그것이었다. 그것은 형제들의 도래到來와 함께, 부친 HCE의 물체로서, 새로운 지배자들을 양육揚陸해야 한다. 셈은 모든 나쁜 음식을 먹으며, 이를테면, 핀 맥쿨의 아일랜드의 연어를 먹지 않지만, 깡통으로부터 어떤 외국의 쓰레기를 더 좋아한다. 셈은 저속하고, 비애란적非愛欄的 불결한 책의 필자이지만, 그는 생장生杖을 기르고, 사자死者를 말하게 만든다. 그는 살아있는 자비慈悲를 의미하지만, 반면에 숀은 온통 죽은 정의定義이다. 우리가 생모生母인, ALP에 접근할 수 있음은 셈을 통해서이다. 즉, 그녀는 편지를 작문했으나, 셈은 그것을 필筆했다. 그리하여 우리는 첫 부部의 최후 장章으로 움직이며, 거기서 아나 리비아 플루라벨의 사랑이야기가 말해지며, 그 속에서 그녀는 111 아이들에 대한 선물의 형태로 그녀의 주主의 명성을 파괴했다는 전쟁의 전리품들을 헌납하자, 이리하여 기억을 감미롭게 하고, 그의 범죄의 찌꺼기를 경감輕減시킨다. HCE와 ALP의 두문자들의 연관은, 예일 대학의 저명한 조이스 학자, 휴 케너(Hugh Kenner)의 지적처럼, 남편과 아내, 아담과 이브의 전형적 특징으로서 텍스트를 통해서, 문명을 통해서 짜여져 있다. 〈더블린의 조이스〉 Dublin's Joyce, p.285 참조

작품의 두 번째 부분은 셈의 총 길이로서 제시되며, HCE와 ALP의 아이들로 주로 관련 된다. 그들은 큰 부분을 경기競技와 공부로서 미리 준비한다. 숀은 이제 춥(Chuff)으로 불리고, 셈은 그루그로 불린다. 춥은 천사이요, 그루그는 악마로 불린다. 그리고 그들은 심하게 싸우고, 한편 29소녀들 (그들은 모두 춥을 사랑하고, 그루그를 증오한다)을 바라보고, 춤을 추고, 노래하며, 그루그를 무답無答의 수수께끼로서 조롱嘲弄한다. 놀이가 학습-시간으로 다가오자, 전체 장章 소년들의 과목들의 텍스트를, 각주들 및 변주들과 더불어, 정돈하도록 마련된다. 과목들의 물체 내용은 이해되고, 아이들이 중세의 삼학삼과三學三科의 주제들과 더불어, 카브라(Cabara)의 비밀의 교리敎理를 커버한다. 그것의 모든 종국에서, 아이들은 신세계로 비행飛行하고, 따라서 그들은 한통의 인사人事 편지를 고대의 부패의 세계로 보내는지라, 세계를 그들은 대신한다.

그러나 이제, 놀랍게도, 그리고 큰 길이의 책장에서, 이번에는 여관지기로서 그의 능력으로 우리는 HCE와 재차 얼굴을 맞댄다. 그의 단골손님들 12

및 4는 아주 두드러지게도 전체 인류 지역 사회를 대표하는지라, 그의 목적이 HCE를 모든 종류의 암담한 방법으로 의심된다. 그가 이야기들을 통해서, 텔레비전을 통해서, 제국주의적 전쟁들의 설명을 통해서, 암담하게 간주한다. 그의 피닉스 파크의 추정상의 죄일지라도 킬킬거리며 암시되는바, 그리하여 HCE는 모든 인간들이야말로 죄인들임을 지적하면서 자기 자신을 억지로 옹호한다. 그러나 그는 욕먹고 강탈당하며, 그를 사형私刑하려 오는 군중들의 소리가 위협적인 운시韻詩(rann)를 노래하는 호스티(Hosty)에 의해 인도된 채, 그로 하여금 바(Bar)를 청소하게 하고 문들을 잠근다. 그러나 그것은 억압된 환각, 꿈속의 꿈. 그리고 HCE, 그의 바에서 홀로, 4노인들을 구하자, 모두들은 그림자 속에 숨으며, 버러진 항아리들과 유리그릇들로부터 찌꺼기를 마시고, 혼수昏睡 속에 마루 위에 쓸어 진다. 그는 자기 자신을 마크 왕으로서 꿈꾸는바, 왕의 숙명의 아씨인 트리스트람을 빼앗고, 늙고 소진한 남자는 그의 아들에게 미래를 넘겨주기에 틀림없다.

다음 부분은 온통 숀에 관한 것이다. 첫 장에서 그는 자신을 민중에게 제시한다. 교활하고, 선동적, 전적으로 불신한, 그의 형제를 위해 증오로서 증충增充한 채 그리고 증오를 어림하는 또 다른 우화로서 준비되고, "개미와 배짱이(Ondt and Gracehoper)"로 불리는 매력적 이야기, 그 속에서 그이 자신은 부지런한 곤충이라, 한편 셈은 무책임한 예술가요, 튀김 자者, 햇빛 속에 몇 시간을 바깥에. 그러나 숀은 그이 자신의 외향적外向的 철학자哲學者로 불충분하고 "배짱이"의 생활은 그것의 점들을 가지며, 숀은 공간을 지배할 수 있으나, 그는 예술가처럼, "박차를 칠 수 없다" 조만간, 숀의 규칙이 붕괴될 때, 우리는 부친에게로 되돌아 가야할지니, 그이 속에 양兩 차원次元은 만나고, 둥근 세계를 만든다. 숀은 통桶의 형태로 굴러가고, 그는 자기 자신을 그의 부친인 음식으로 충만하지만, 그것은 그를 양육하지 않는지라. 그는 둥둥 뜨는 큰 공통空桶이 되고 있다.

그러나, 그의 이름은 이제 욘(Yaun)으로 바뀌고, 그는 일종의 기포氣泡의 그리스도로서 성 브라이드의(St Bride's) 29소녀들로 나타날 준비인지라, 그들에게 의심스런 설교로 껍질 벗기고, 따라서 그의 출발을 위한 시간은 멀지 않았음을 감지하나니, 성배聖杯(셈) 대리인의 신랑으로서 행동하도록 그의 배우자 교회의 대리 신부로서 행동한다. 그리하여 배우자는, 물론, 이소벨이다. 아이린(Erin)의 딸들은 사신인 오시리스(Ocilis) 위에서처럼 그의 위로 울부짖는다. 그의 셋째 장은 그를 슬픈 파괴, 거대한, 부푼, 언덕 위에 반드시 누운, 정당하게 재차 기독화한 욘으로서 보여준다. 4노인들이 그를 질문하지만, 그들은 그의 자신의 본질에서가 아니고, 단지 그가 파생한 원초적 본질에서 흥미를 갖는다. 그들은 HCE에 관해 그리고 그의 고대 죄에 관해, 그가 행한 일에 관해, 그가 세운 세계에 관해, 질문한다. 그러나 욘은 회피적이요, 심문의 일은 4명석한 젊은 대서양의 질문-두뇌집단(Brain Group)에게 인계된다. 따라서, HCE의 권위 있는 목소리가 통과 한다. 그는 자신의 죄를 고백하지만, 그의 아내 ALP에 대한 그의 무사無死의 사랑을 확언하나니, 그녀를 그는 도시로서 장식했다. 그런고로 꿈은 종결되는 듯하거나, 혹은 오히려 대중의 주막(bar) 위의 침실의 꿈은 용해하는데, 저자의 꿈꾸는 눈을 통해서, 우리는 숀의 법률이 결혼의 섹스 불모의 의식의 모습으로 생성되는 데카당티즘(decadentism)의 시절을 본다. 포터(Porter) 부처의 교접이 행해지고 그들의 그림자가 커튼 위에 그 행위를 세계에 반사하지만, 그것은 쇄신刷新 된 번식의 시기를 가져오지 않는다. 이들에게 세계는 나쁜 시절이다. 우리들, 독자는, 그들 속에 살아있다. 그것은 '회귀'를 위한 시간이요, 우리를 신성의 귀환을 명상하도록 무릎을 꿇게 한다.

마지막 부분에서, 한 개의 단순한 장은, 일요일 아침이 다가 오고, 우리는 눈을 동부로 돌리며, 지혜로서 외국의 질서의 희망을 찾는다. 여관집 주인은 재차 잠자러 간다. 그리고 그는 이른바 아들 숀을 꿈꾸는 바, 신권정체神權政體의 대리자인, 하나님의 말의 운반자이다. 소년 케빈은 성 케빈으로 출현 한다. 그리고 우리는 전체 연대기 A.D 432의 한 성실한 역사적 해로 되돌아간다. 이 해는 성 패트릭의 도래의 해이다. 그는 대승정大僧正 (그는 또한 승정 버컬리이다) 그는 충천된 이상주의理想主義를 논박한다. 그리고 주된 목소리로 그리스도의 메시지를 발표한다. 그러나 최후의 말은 하나님의 것도 인간의 것도 아니다. 즉, 그것은 여인의 것이다. 우리는 ALP의 편지의 온전한 텍스트가 마침내 부여 되고, 그녀 자신, 모든 강, 그녀의 죽음과 그녀의 바다 아버지에서 그녀의 죽음과 소모에 관해 그녀 자신을 꿈꾼다. 그의 날은 다한다. 그녀는 한 때 언덕 출신의 젊은 신부新婦이고, 하나의 역할이 그녀의 딸에게 통과했다. 이제, 그녀의 등에 인간의 도시의 오물과 더불어, 그녀는 절멸을 통하여 부활을 찾아야 한다. 그녀는 바다로부터 불어오는 비-구름의 원천으로 되돌아간다. 재탄再誕의 희망은, 강과 마찬가지로 세계를 위해, 즉시 충만 된다. 작품의 취후의 문장은 불완전한지라. 그것을 완성하기 위해 우리는 재차 처음으로 되돌아가야 한다. 그리고 이어 우리는 위대한 환環으로 인간, 죄인 그리고 창조자의 결코 끝나지 않는 역사로 다시 한번 추구하도록 인도된다.

(iv)

이상의 버저스의 〈단편 피네간의 경야〉의 논설에 첨가하여, 버지니아 대학의 패트리카 메이어 스팩스(Patrica Meyer Specks) 교수의 조이스의 〈피네간의 경야〉에 대한 고무적 글을 첨가한다. 이러한 수필집은 한 세기 전에 "〈펜티스 홀즈 20세기의 견해 시리즈〉(Prentice Hall's Twentieth Century Views series)"가 광범위하게 연구한 저자들에 관한 문학적 진실로써 유익한 비평집批評集을 위한 표준을 수립한 바 있다. 탁월한 학자들에 의해 선택되고, 소개된, 이들 수필집은, 학생들, 학자들 그리고 일반 대중에게 쉽사리 있을 법한 각각의 필자에 대한 가장 정보적情報的이요, 고무적 비평의 작업을 성취했다.

하나를 점령하고 다른 것을 점령하는 사건들 사이의 간격은 〈경야〉의 너무나 많은 이야기이라, 그러나 이야기 자체는 조이스가 그것을 말하는 언어로부터 불리不離하다. 그것은 언어이지, 주제가 아니나니, 주제는 어려움을 조장하고, 어려움은 의도적이다. 꿈의 목적은 진리를 암담하게 하고, 그것을 노정하지 않는다. 즉, 현실은 환상의 검은 구름으로부터, 빛의 번쩍임으로부터 온다. 그러나 그것은 기록적 편저자의 의무인 환상이다. 조이스는 한 조각 프로이트적 혹은 융의 꿈의 해석으로가 아니요, 우리에게 꿈을 제공하고 있다. 해석은 우리에게 달렸다. 그는 수수께끼를 수립하지 답이 아니다. 그러나, 조이스의 많은 것과 더불어, 언어의 열쇠는 인기문학人氣文學으로 우리를 기다린다. 즉, 언어의 기법은 루이스 케롤로부터 직행한다. HCE는 저 위대하고 타락한 천사인, 험티-덤티와 동등 시 된다. 그리고 "종잡을 수 없는(Jabberwocky)"의 꿈-언어를 설명하는 것은 험티-덤티이다. 험티-덤티가 "합성어(portmanteau word)"라 부르는 것. 이를테면, "slithy"와 같은 것, 이는 "sly"와 "lithe"의 합성이라, "slimy"와 "slippery"모두 동시에, 이들은 꿈의 질을 구성하는 바로 합법적 방법이다. (한글에서 "운무雲霧"는 구름(雲)+안개(霧)의 한자의 합성어와 비슷하다) 꿈에서, 유랑流浪과 결합結合의 일치요, 단어들은 이를 반영反影한다. 잠 깨는 생활은 우리에게 시체屍體에서부터 새 생명이 솟는 것을 말하지만, 논리적 제언提言이라는 말로 생사生死를 작성하는 것이 우리의 습관이다. 〈경야〉의 언어는 이러한 개념을 해명하는 단절斷切을 택하는데, "cropse"시곡체屍穀體는 하나의 철자 속에 전체의 부활-소환(resurrection)+(sermon)을 종합한다. 깨어나는 언어는 시간과 공간에서 하나를 점령하고 다른 것을 점령하는 사건들 사이의 간격은 구별되는 바, 꿈에서 간격들은 없다. 이러한 동양어東洋語의 놀이는 중국中國의 한자漢字에서 가능하다.

〈경야〉의 기법은 판(pun)(말의 재미)의, 우리를 근본적, 그러나 웃음 혹은 경외敬畏의 고개 질의 분화噴火의 신분을 정상적으로 무시하는, 모호성적 일종의 영광을 대표한다. 바로 제제提題는 복잡한 판(pun)이요, 그것은, 조이스가 전적으로 떼어버린 소유격을 복원시키는 인쇄자들과 편집자들에 의해 놓친 것의 하나이다. 근본적 의미는 소유격 부호를 지닌 하나인 "피네간의 경야(the wake of Finnegan)"이다. 그러나 우리가 책을 읽을 때, 스스로 의미론적意味論的 복잡성에 점점 크게 자장假裝하는 두 번째 의미를 발견하는바, 즉, "피네간들은 잠 깨고, 환이 경신 된다" 바로 이름은 완성과 쇄신의 반대적 개념을 포함한다. 다시 말하거니와, "fin, fine"(불어, 이탈리아어) 그리고 "재차"이다. 한때 우리는 제자를 이해하고, 이미 작품을 이해하기 시작한다.

조이스의 판(pun)(동음이의어)은 루이스 캐럴의 것들보다 한층 복잡하다. 그리하여 그들은 일종의 진행적 변용變容으로, 그것은, 비록 좌절적일지라도, 꿈꾸는 방식에서 아주 논리적으로 보여 진다. 작품의 첫 페이지에서, 우리는 "tauftauf"라는 표현을 만난다. "세례洗禮하다(baptise)"는 "taufen"이다. 성 패트릭의 가정교사는 성 저머니커스(St. Germanicus)였고, 아일랜드의 성직 수여권자는 독일어의 지속을 점치기 위해 사용했거니와, 동시에 기독교의 복음주의의 초민족적超民族的 본질을 사용했음에 틀림없다. 그러나 나중에 "tauftauf"는 이름이 된다. "Toffy Tough". 그리고 최후로 (세례에 합당하게도) 그것은 "douche douche"로 변용한다, 즉 본래는 아주 적게 단지 표면의表面意와 반복은 우리에게 이것이야말로 전혀 판(pun)이 되도록 의미함을 보인다. 독일어는, 여하간, 판을 감수하지만, 단지 영어로 그들을 알 수 있는 독자들을 혼란되게 할지니, 조이스는 유럽의 대부분의 언어들의 가정에서, 위대한 언어학자요, 그리고 그의 언어-유희는 어스(Erse)로부터 산스크리트에 걸쳐, 드물도록 한층 먼 동방東邦을 통해 복수 언어적이다. 〈경야〉의 언어는 "Eurish"란 대부어貸付語들의 초구조超構造를 지닌 애란-영어의 기초로 쉽게 불려왔다. 이는 단순히 변덕이 아니다. 꿈은, 말하자면, 코카시언(Caucasian)의 것으로, 주인공 HCE는 모든 서부행西部行의 이주적移住的 정복자들의 한 타입이다. 모든 강들이 아나 리비아로 흘러 들어가듯, 모든 애란 화족話族은 남편의 피를 풍요롭게 한다. 그의 꿈의 언어는 이것을 보여주어야만 한다.

조이스는 그가 판(pun)을 하지 않는 곳에 풍자적諷刺的으로 개작改作하지 않는다. ("거기 버스가 서고, 나도 선다") 그리고 거기 그는 여전히 그의 언어에 의미 이외의 차원을 부여하기를 고안하지 않는다. 그가 사용하는 방안의 대부분은 작품의 열리는 곳에 논증하거나, 한 때 이야기가 스타트하는 강력한 개발開發을 위한 숙명의 주제들로서 일종의 서곡序曲을 채운다. 이리하여, "강은 달리나니, 이브와 아담 교회(Eve and Adam's)(철자의 역철役綴은 〈피네간의 경야〉 말미의 "the"와 연결된다)를 지나는 한 레벨(수준)에서 한 조각의 순수한 지형인지라, (강은 리피요, 아담과 이브(Adam and Eve's)의 교회는 강둑의 교회이다) 그러나 또 다른 수준에서 그것은 인간 역사의 시작이요, 인간의 추락과 성(섹스)의 극점이다. "사랑의 재사才士인, 트리스트람 경"은 아더리안 전설의 트리스트람이요, 성 로렌스 가족을 설립하고, 호우드 성을 건립했다. 그는 비오라(violer) 애인에게 사랑의 노래를 연주하고, 이슬트와 그의 명예를 어긴다. "Wiederfight"는 "fight again"을 의미한다. (독일어의 "wieder"는 영어의 "again"을 의미한다) 그리고 또한 "wield weapons in wild fight"를 의미한다. "penisolate war"는 고독의 펜의 전쟁이다. (솀, 예술가는 망명에서) 성적 전쟁은 음경陰莖의 찌르기와 더불어, 그리고 반도 전쟁 (웨링턴과 나폴레옹)은 상오의 증오 속에 자물쇠 잠긴 형제들의 투쟁의 타입이다. 조지아 주洲, 로렌스 카운티(County)의 오콘스(Oconce) 강에 "doublin"에 대한 언급은 지리학의 정보의 정확한 단편이요, 저 흐름과 저 카운티(county)의 더블린이라 불리는 도시가 있는 바, 조이스는 역사의 사건들을 스스로를 반복하고, 시간과 마찬가지로 공간에서, 그들 자신들을 반복하는 암시와 연관 된다. 고古세계世界(the Old World)에서 일어나는 것은 신新세계世界에서 또한 일어난다. (집시 어語인 "gorgio"는 "jounger"를 의미하고, 아메리카의 더블린은 아일랜드의 아이로서, 숀처럼, 신세계의 설립자인, HCE의 아이이다.) "Mishe, mishe"는 "I am, I am"의 "어스 말(Erse)"(스코틀랜드와 아일랜드의 고대 켈트어)이다. 성 Bridget는 아일랜드의 어머니이요, 그녀의 불멸을 확약한다.

"Thuartpeatrick"는 "Thou art Patrick"으로, "Thou art Peter"를 메아리하며, 그리고 또한 아일랜드의 부친-성자와 국토 자체의 "peat-rick"이다. "Not yet,…"는 의미의 중첩으로 채워진다. 아이작 바트(Isaac Butt)는 아일랜드의 국민당의 지도자로부터 파넬에 의하여 축출되었다. (바퀴는 회전하나니, 한 지도자는 타他 지도자의 지위를 빼앗는다) 사관士官(cadet), 또는 젊은 아들, 야곱, 머리털의 이소(hairier Esau)로서 아기 염소의 피부로 변장된 야곱은 그의 장남 부틴 아이작을 속이고, 그를 속이는 바트(butt)로 만든다. "Venissoon"은 "very soon"이고, 또한 "venison"(양과 탄 제물의 성서적 문맥에서 타당하게도) 그리고 스위프트와 스텔라 및 바네사에 대한 조화를 온화한다. "Not yet, though all's fair in vanessy"는 "twone nathandjoe"로서 "sosie sesthers"의 값이다. 최후의 말은 스위프트의 기독교적 이름, "Jonathhan"이요, 그를 "Nathan"과 "Joseph"의 수수께끼로서, 둘은 하나로(Twone). "Susannah, Esther" 및 "Ruth"는 "sosie sethers wrotyh"모두 성경에서, 모든 젊은 소녀들은 늙은 노인들에 의해 안달복달하는지라, 그러나 또한 "in vanessy"는 "Inverness", 세 무서운 소녀들은 유혹하고 소녀들 및 세 수상한 자매들은 맥베스(Macbeth)를 유혹하고 매력 했다. 두 소녀들이 하나뿐만 셋이 될 수수께끼 때문에 (모두는 HCE의 딸에 소집되나니), 햄, 셈, 그리고 야벳은 Jhem과 Shen이 될 수 있도록, 노아의 아들들은 "호등弧燈"으로 양조釀造한다. (무지개 빛, arc de ciel 혹은 Regenbogen) 주류酒類는 노아를 술 취하게 하고 그들 앞에 나체裸體로, (무보호의) 노아를 술 취하게 하리라.

우리는 의미의 층을 파헤치는데 멀리 갈 필요가 있는가? 단지 만일 우리가 원하는 한, 〈피네간의 경야〉는 수수께끼이다. 마치 꿈이 수수께끼 인양, 꿈의 수수께끼의 요소는 서술의 지름보다 덜 중요하고, 등장인물들의 그림자 진 중대함이다. 우리는 아주 잘 지낼 수 있나니, 몇몇 열쇠-語들을 아주 잘 지니고, 전반적 흐름, 그리고 우리의 눈이 이상한 뿌리로 당황해 질 때 그리고 불신의 복합, 왜, 그럼 우리는 우리들의 귀를 비틀 일 수 있는가. 얼마나 많은 의미가 음악을 통해서 운반되는지 놀라도다. 즉, 흐린 눈의 조이스의 예술은, 마치 밀턴의 그것처럼, 주로 시청적視聽的이다. 그러나 만일 우리가 작품을 여전히 네빌 슈트(Nevhl Shite)와 아이안 플레밍(Ian Fleming)에 의하여 기록되는 지력의 저러한 법들을 변함으로써, 우리는 자체 작품이 꿈에 관한 것이요, 만일 그것이 대낮처럼 만사를 밝게 한다면 꿈에 관한 책은 엉터리일지라. 만일 깨어나, 합법적이 된다면, 그것은 〈경야〉가 더 이상 될 수 없으리라. 그것은 혼잡하여, 과過-유통流動, 광적狂的 복잡한 상징을 가진 솔기의 찢어짐을 닮아 그것은 꿈을 닮았다고 말하리라. 하락下落이 아니라 보충補充이다. 우리가 꿈을 원하던 원하지 안던 간에 그것은 별 문제요, 그러나 우리는 그가 그럴 듯 한지라, 왜냐하면 우리는 적어도 1/3을 우리의 생활을 잠 속에서 보내기 때문이다.

우리는 〈경야〉에 관해 심각했으리니, 그리고 우리는 어느 책이든 글쓰기에 17년이 걸린다면 심각한 일이다. 그러나 헤밍웨이의 부엉이의 닮음을, 엄숙하게, 경계해야 한다. 이것은 〈율리시스〉처럼, 위대한 코믹 비전이요, 우리로 하여금 거의 모든 페이지를 웃게 만드는 세계의 몇몇 책들 중의 하나이기 때문이라. 그것의 유머는 저 전통적 종류에 속하고, 라블레(Rabelais)에서, 여전히 스턴(Sterne)을 차서 부수고 들어갈지니, 그것은 소극笑劇에서부터 숭고함으로, 그리고 기지機智로부터 쉽사리 조정하도다. 유머는 우리들의 야만에서 아주 많이 발견되지 않을지니, 익살스런 나이, 여기서 유머는 아주 필요하다. 그것은 단테의 그것처럼 실질적으로 인간성의 견해의 감수 속으로 우리를 유혹하는지라. 그리고 낙관적으로 아주, 〈경야〉는 만사가 전체 인류로 최고 검게 보일 때 아마겟돈(Armageddon)의 저녁에 나타난다. 32는 모든 탄환彈丸에 돋음 새김으로 보였으니, 두 젓가락이 궁극적 화로火爐 속에 불탔도다. 그러나 인간은 재차 일어난다. 조이스에서 절멸絶滅은 "annihilation"이 되고, 새 생활인, ad nihilo의 창조는 무의미의 란卵으로부터. 경기가 존속하는 한, 〈경야〉는 큰 타당한 부록들 중의 하나로 남을지라. corpse는 "시곡체屍穀體"이다. 혹은, 엘리엇(Eliot)의 차용을 빌리건대, "죄는 걸 맞는지라, 그러나 모두는 잘 될지니, 그리고 모든 사물은 잘 될지라" 이것은 숀의 철학이요, 자유의 선동자가 아니고, HCE의 신념, 그리하여 그는 "차처매인도래此處每人到來(Here Comes Everybody)" 그이 자신하는 인간이다.

5. 일장춘몽一場春夢(A Spring Dream)

아래 글은 과거에 이미 작고한 조이스 학자인 케너의 글인, "〈더블린의 조이스〉(Dublin's Joyce)"이다. 필자는 털사 대학 하계학교(Summer School)의 조이스 연구에서 그 분의 혜안慧眼을 수수한바, 이를 참조하여 조이스에 관한 글을 쓴다. 그 분은 조이스와 모더니즘 및 포스트모더니즘 그리고 한자漢字에 대한 지식의 달인으로, 조이스의 글을 한자로 풀이한다. 그의 유명한 연구서인, 〈더블린의 조이스〉 또는 〈조이스의 더블린〉(Joyce's Dublin)의 연구는 다분히 한자에 근거한다. 그는 일찍이 예일 대학에서 조이스와 영문학을 수료專修했다.

> 잠자는 자(The Sleeper)
>
> 한 가닥 막후일성幕後一聲
> 우리는 도대체 어디에 있는고? 그리하여 공간의 이름으로 하시에?
> 나는 이해할 수 없도다. 나는 견언見言하는 것을 실패하는지라.
> 나는 감견언敢見言,
> 그대 역시. [F 558]
>
> 포터가의 밤 - 잠자는 둘째 아들 제리(Jerry)의 울부짖음에 의한 소란된 양친들을 〈경야〉에서 살핀다.
>
> 밤마다 - 그 동안 12명 순경들이 HCE가 죄짓는지 염탐하면서 선술집 주인을 시험 한다. [F 557.13-558.20]
>
> 케너

양良 곁의 아雅 곁의 결潔 곁의 질녀, 한편 명상의 행복원 가운데 9와 20의 레익스립 윤년애녀閏年愛女들, 모두 창사낭槍射娘들이, 굉장히 즐거운 시간을 가졌나니, 하위특제何爲特製의 최고 미남 숀의 즐거운 외침과 함께, 왜냐하면 그들은 결코 더 행복하지 않았나니, 후후, 그들이 비참했을 때 보다. 하하. 그들을 보내기로 된 꿈의 이 책 〈경야〉는 17부로 되고, 그것의 음률과 기법은 너무나 두드러지게 판이한지라, 통달한 독자는 단순히 그것에 귀를 자세히 기우림으로써 몇몇 페이지 이내 인용을 가질 수 있다.

[F I-1] 그것은 투척의 비전속으로 와권渦捲으로써 문장 중간에서 열린다. ("강은 달리나니…"). [F 3] 열리는 부분의 운동은 대단히 급하기에, 전환은 날카롭고 빈번하여, 언어言語의 보속步速이 아래처럼 몹시 급하다.

가시귀물可視貴物은 동작으로 휘갈기고 있나니, 행진하면서, 그들 모두다 고진古進하고, 팔딱팔딱 그리고 비틀비틀 말하기에 분주하는지라. [F 20] (내용인즉, 알파벳과 숫자의 개발 - 잘 반 후터와 프랜퀸의 이야기이다)

상황은 모두 분명히 인지認知할 수 있다. 최근의 일시日時의 사건들에 대한 그들의 인가관계認可關係도 그렇다. 작업 중인 축성築城 벽돌공들의 일별一瞥, [F 4], 도시전철都市電鐵, [F 5], 장의葬儀 시설, [F 6], 공원의 산보, [F 7], 박물관의 방문, [F 8] 퇴비 더비를 헤비는 암탉, [F 10] 종말에 갈겨 쓴 네 가지 X를 지닌, 보스턴의 친척으로부터 온 한 통의 편지 [F 1], 한 고고학자의 만남 혹은 아마도 한 일상의 편지 속의 고고학자의 물건의 서술.

(구부려요) 만일 그대가 초심初心(abc)이라면 [알파벳에 흥미가 있다면], 이 점토본 [마치 〈피네간의 경야〉 점토요, 철자 덩어리]에 대하여, 얼마나 신기한 증표인고 (제발 구부려요), 이 알파벳으로 된! 그대는 화독話讀 할 수 있는고 (우리와 당신은 이미 양다리 걸칠 수 없는지라). 그의 세계를? [F 18]

〈율리시스〉의 처녀 마사(Martha)의 말 "word"와 세계 "world"의 혼돈 참조. [U 68] 그것은 모든 것에 관하여 같은 걸로 이야기되고 있어요. 많은(many). 이종족혼성異種族混成 위의 이종족혼성.

이러한 품목들은 사회적 음조로 커다란 정확성을 가지고 (하중-류 급 교외의 마을) 나르도다. 그들은 또한 무의식無意識의 첫 순간에 꿈꾸는 마음에서 잠을 머물도록 분투하고 대항에 대한 혼란을 기록하도록 또한 봉사하도록 한다.

술 취한 초저녁의 기억들은 편지에 언급된 장의葬儀에 스스로 집착하여 방금 종결했는바, [F 6], 창문을 두드리는 나뭇가지의 재발再發하는 팁(tip)은 박물관 수위의 감사勘査의 요구로서 가장假裝 된다. [F 8] [도시] 침대벼룩들 (털썩! 퍼덕! 퍼덕! 벼룩 껑충! (Hop!) 깡충!) [세월의 도약] 풍경의, 번철燔鐵 위의 물고기 마냥 그의 한 복판 주변을 깡충 깡충 뛰면서, 오, 그 [피네간 - HCE]는 홀드하드 언덕의 대구大丘 [호우드 언덕]으로부터 화약고火藥庫 언덕 (매거진 언덕): [무기고]의 극소구極小丘에 까지 뻗어 누워 있는, 잠자는 거인의 토르소를 짓는 40만의 더블린 사람들이 된다. [F 12] 호우드 헤드(Howth Head)로부터 피닉스 파크(공원)의 파우더 매거진까지. 하나의 에로틱 충격은 동양지재棟樑之材, 피네간의 탑塔의 지각의 융기로 그것 자체를 변형한다. 즉, 그의 원두圓頭 첨탑尖塔으로, 엄청나게 큰, 거의 무無에서 창건기원創建起源된, 전탑적全塔的으로 최고 높이의 벽가壁價의 마천루摩天樓를 자신이 태어난 주액酒液의 순광純光으로 보았는지라. 그리하여 그의 바벨탑 꼭대기 저쪽 불타는 관목을 모두 합하여, 도도한고승건축물滔滔漢高僧建築傑作物(hierarchitectiptitopoloftical: hierachy+architect+tipsy+toplpfty)의 이 기다란 〈경야〉 어語는 합성어로서 높은 벽을 의미한다. 통산적通算的 에스컬레이터로 히말라야 산정 및 총계를, 덜커덕거리는 노동구勞動具 든 바쁜 노동자들 및 버킷을 든 총총 타인들과 함께, 산정算定했도다. [F 5]

[F 4-5] 천국의 전쟁과 피네간의 소개, 피네간의 추락墜落과 부활復活의 약속, 도시여! [F 3-4-5]

잠이 점차적으로 몽자夢者의 포착을 확약하자, 이 생생한 소용돌이의 물질은 연속적 에피소드들로 점점 덜 분명해지고, 야심夜心의 웅덩이 속으로 가일층 깊이 빠지거나, 보다 초기의 달(月)들과 해(日)들의 누각漏殼의 기억들로 접착하면서, 그리고 한층 암흑의 심리적 힘으로 스스로 동맹同盟한다.

두 번째 에피소드와 더불어 음속音速은 갑자기 느려지고, 문장은 무기력해진다. 점차로 몽자夢者는 아일랜드에서 영국의 힘의 추락을 맞이했던 조롱嘲弄을 스스로 싫어했음을 듣는다. "오 여기 어찌하여 간음주의자姦淫主義者들의 아비(父)가 등을 뻗고 어두운 황혼을 만났던고", [F 4] 조롱은 퍼스 오레일리의 민요"(the Ballad of Pursse O'Reilly)"를 작시作詩한다.

아래 시구는 14 스탠자의 민요의 작곡으로, 호스티를 위한 환호로 산재散在되다.

그는 한 때 성城의 왕이었는지라
이제 그는 걷어차이다니, 썩은 방풀 잎 마냥…
그는 모든 음모의 아아아빠, 우리들을 괴롭히기 위해
아아, 왜, 글쎄, 그는 그걸 다룰 수 없었던고?
내 그를 기어이 보석하리라, 나의 사랑하는 멋진 낙농꾼,
카시디 가家의 충돌 황소를 닮았나니
모든 그대의 투우鬪牛는 그대의 뿔에 있도다.

(코러스) 그의 투우는 그의 뿔에 있도다.
투우는 그의 뿔!

(반복) 만세 거기, 호스티, 서릿발의 호스티, 저 셔츠 갈아 입을지라,
시에 운을 달지라, 모든 운시의 왕이여!
우리는 이미 가졌었나니, 초오 초오 춥스(거룻배), 채어즈(의자),
츄잉 검, 무좀 그리고 도자기 침실을,
이 연軟 비누질하는 세일즈맨에 의해 만인을 위해 마련되도다. [F 47]

[F I-3] "거기 함께 저 하이버니아 왕국에서 과연 운연막雲煙幕의 독권毒卷이 방사放射되었도다."[역사의 운막雲幕에 가려] [F 48] 몽자夢者는, 교대로 의기양양했다가 & 낙담했다가, 전기傳記 작가에 의하여 인용된 채 자기 자신을 상상한다. "인생이란, 그가 한때 스스로 이야기했는바, (그의 전기광傳記狂은, 사실상, 당장은 아니라도, 뒤에, 그를 사슴고기처럼 죽이나니 일종의 경야, 생시生時든 사신死時든 간에, 그리하여 우리들의 (빵을 버는) 생업生業의 침상 위에는 우리들의 종부種父의 누곡체屍穀體 [생중사生中死, 사중생死中生]가 놓였는지라, [F 55] 공원에서 두 소녀들의 면전에서 불순한 노출의 3군인들에 의해 비난된 채, [F 34] 광범위한 인터뷰에서 간청된 채, [F I-4] (당신 여태 생각해 본 적이 있는가요, 기자 양반, 순수한 땀의 위대성이 그[HCE]의 비객담悲客談이었음을?), [F 61] 사냥개들에 의해 추적된 채, [F 97] 그리고 둘 및 반 사간동안 속악俗惡한 현대어구現用語句와 더불어 미국의 숫돼지에 의해 추적된 채 열쇠구멍을 통해 고함질러졌도

다. [F 70]

공원의 사건의 당황唐惶함이 은퇴하자, 에피소드 서류I의 비네트는 작품을 삼투하는 어두語頭의 메타포 속으로 결합하기 시작한다. [F I-5] 편지는, 예를 들면, 암탉과 고고학자考古學者의 퇴비더미와 혼합되어 과거로부터 신비스런 서적書籍인, 〈켈즈의 책〉(the Book of Kells), 그것의 해설은 약 20페이지에 달하는 학술적 토론의 해설이 된다. 아카데미의 이중어二重語 뒤에, 우리는 1921년에 런던으로부터 조약條約의 데 바레라의(De Valer's) 고매한 거부를 들을 수 있다. "명세서의 보다 정밀한 조사에 의하면, 여러 서류들 또는 단일 서류에 부과된 각양각색의 개성들이 노출될 것이요, 그리하여 실제적 단일 범죄 또는 여러 범죄들의 어떤 예지叡智야 말로 그 또는 그들에 대한 어떤 합당한 경우가 지금까지 어떻게든 발생하도록 다루었기 이전에 어떤 몹시 부주의한 자에 의하여 이루어졌으리라…" [F 107] (조약 논쟁 동안에 바레라는 "서류 2호"를 생산했는바, 그의 내용인즉, 편지 속으로 숨어들음으로써 혼돈 속에 괴롭혔다.) 그리고 12월 Dail(Eireann) 토론은 시민전쟁市民戰爭(the Civil War)에서 끝났다.

하나의 물질적 환영幻影의 재등장의 꿈은, 한 때 아름답게 진군한 것으로, 하나의 물질적 환영된 재등장이다. 각각의 끝에 몇몇 조용한 순간들, 그들의 음률은 고통스런 숨결의 족적足跡이라, 잠의 조용한, 보다 깊은 수준으로의 침강沈降을 기록한다.

빈간貧肝? 고로 그걸로 조금! 그 [Finn-HCE]의 뇌흡腦吸은 냉冷하고, 그의 피부는 습濕하니, 그의 심장은 건고乾孤라, 그의 청체혈류靑體血流는 서행徐行하고, 그의 토吐함은 오직 일식一息이나니, 그의 극사지極四肢는, 무풍無風 핀그라스, 전포인典鋪人 펜브룩, 냉수 킬메인함 그리고 볼드아울에 분할되어, 지극히 극지極肢로다. [쇠약하도다] 등 혹은 잠자고 있나니. 라스판햄의 빗방울 못지않게, 말(言)은 그에게 더 이상 무게가 없도다. 그걸 우리 모두 닮았나니. 비(雨). 우리가 잠잘 때. (비)방울. 그러나 우리가 잠잘 때까지 기다릴지라. 방수防水. 정적停滴 [방울]. [F 74]

혹은 〈피네간의 경야〉의 보다 나중에 [F I-3] "강은 달리나니…"는 [F I-8]의 유천幽天을 닮았다.

나는 저쪽 돌 마냥 무거운 기분이나니. 존이나 또는 숀에 관해 내게 이야기 할지라? 살아 있는 아들 셈과 숀 또는 딸들은 누구였던고? 이제 밤! 내게 말해요, 내게 말할지라! 내게 말해봐요, 느릅나무! 밤 밤! 나무줄기나 돌에 관해 아담화我談話할지라. 천류川流하는 물결결에, 여기저기찰랑대는(hitherandthithering) 물소리의. 야夜 안녕히! [F 216]

위의 [F I-8] 문장의 종말에서 피닉스 고원 사건의 불결한 리넨은 리피 강둑에서 유명한 잡담의 여인들에 의해 세탁된다. 그리고 주인공 이어위커(Earwicker)의 꿈은 새로운 국면으로 전환한다.

[F II-1] 언어는 갑자기 한층 짙어가고, 심리적 드라마는 한층 몽롱해지며, 버클리가 소련 장군을 어떻게 총 쏘는지의 혼돈된 사건 (HCE 자기 자신의 내적 심좌深坐의 분열을 극화하기 위한 애란 시민전쟁으로 부과된 크리미아 전쟁으로 야기된 사건)은 전면을 향해 움직인다. [F II-2] 그는 팬터마임(무언극), 게임, 및 교과서의 유년의 기억을 되찾는다. 그의 자신의 아이들의 행동과 그들을 혼성하면서, 전일의 오후는, 이전의 저녁의 사건들로 무감각하게 움직인다. [F II-3] 그의 주점에서 저녁의 이야기에 대한 긴 짙은 회상回想이야말로 단골손님들이 그들의 유리잔에 마시고 남긴 뒤에 침대로 기어오르는 회상으로 끝난다. 방은 움직이는 한 척의 배처럼 그의 술 취한 혼미두昏迷頭의 둘레를 맴 돈다.

그[HCE]는 둔류臀類의 편의장소便宜場所로 래돌來突하고 바로 자신의 나침반羅針盤을 온통 원점행原點行했는지라, 게다가, 소만상의小灣上衣와 저인망하의底引網下衣의 후가전용後家前用, 이영차 하고 들어 올리고, 고리孤離할지라, 라리의 강세로 그리고 키잡이의 포그 맥휴 오바우라, 행하는 일자一者 그리고 감敢하는 일자一者, 쌍대쌍双對双, 무료無僚의 단쌍자單雙者, 언제나 여기 그리고 멀리 저기, 자신의 위업의 질풍을 타고 흥분한 채 고리 달랑 달랑 그리고 자신의 연이年耳의 웨이크(경야)에 흥분감각과 더불어 우리들의 보리 홈(麥家) 출신의 주인酒人인 그는 바로 왕위옥좌로 폭침爆沈했도다. [F 382. 18-26]

HCE는 무슨 술이든 남은 걸 다 마셨다. 그것이 사토 주병酒甁된 기네스 제製이든 또는 코코넬 제製의 유명한 오랜 더블린 에일 주酒이든…이제 주막은 배(船)로 변용된 채, 그는 노래 "칼로우까지 나를 뒤따라요(Follow My up to

Carlow)" P. J. McCall 작의 민요 속의 "Faugh MacHugh O'Byrne" 수부처럼 홀로 리피 하구河口를 향해 〈낸시 한즈〉(Nansy Nans) 호號를 타고 별빛 아래 출범 한다. 이제 그는 한 가닥 꿈처럼 다음 잇따르는 장章의 조망眺望(비전)을 아련히 바라본다. [F 382. 27-30]

그런고로 저 완강주頑强舟(주酒)선船 핸시 한즈 호가 출범했는지라. 생부강生浮江(립)으로부터 멀리. 야토국夜土國을 향해. 왔던 자者 귀환하듯. 원遠안녕이도離도여! 선범선善帆船이여, 선안녕善安寧!

이제 우리는 성광星光(별빛)에 의해 종범從帆하도다! [F 382. 34]

[F II-4]에서, 이 취침은 그의 결혼야結婚夜를 회고한다. 그는 신부선新婦船을 타고 이슬트를 귀환시키는 트리스탄으로, 그녀의 약혼자인 마크 왕을 속이는지라, 한편 4검열관인 노인들은 창문을 좇는다. 복음자들은, 아일랜드의 년대기를 썼던 4거장들이요, 그의 침대주寢臺柱들이다.

[F III-1]에서, 한 개의 소리치는 시계가 책의 제3부를 시발한다. 테두리가 그의 잠을 빼앗고, 반 쯤 잠깬 몽자夢者는 밤의 세계 속으로 도루 잠이 들자, 다소 통어법通語法의 연결이 꿈의 주파수周波數를 추월한다. 주점酒店에서 대화의 과장誇張이, 시민전쟁의 혼돈처럼, 끝난다. [F III-2] 우체부 숀은, 신일新日의 선구자인지라, 데 바르라 대중 연설로서 현학적衒學的인 거대한 미끄러운 설교를 행하고, 통곡痛哭하는 가운데 그의 작별을 고한다.

그러나, 소년이여, 그대는 강强 구九 펄롱 마일을 매끄럽고 매 법석 떠는 기록시간에 원행遠行했나니 그리하여 그것은 진실로 요원한 행위였는지라, 유순한 챔피언이여, 그대의 고도보행高跳步行과 함께 그리하여 그대의 선해航海의 훈공勳功은 다가오는 수세기 동안, 그대와 함께 그리고 그대를 통하여 경쟁하리라. 에레비아(Erebia)가 그의 살모殺母를 침沈시키기 전에 불사조원이 태양을 승공昇空시켰도다! 그걸 축軸하여 쏘아 올릴 지라, 빛나는 베뉴Benu) 새여! 아돈자我豚者여!(Va faotre) 머지않아 우리들 자신의 희불사조稀不死鳥 역시 자신의 회탑灰塔을 휘출揮出할지니, 광포한 불꽃이 태양(해)을 향해 활보할지로다. 그래요, 이미 암울의 음산한 불투명이 탈저멸脫疽滅하도다! 용감한 족통足痛 혼(Haun)이여! 그대의 진행進行을 작업 할지라! 붙들지니! 지금 당장! 승달勝達할지라, 그대 마魔여! 침묵의 수탉이 마침내 울지로다. 서西가 동

東을 흔들어 깨울지니. 그대가 밤이 아침을 기다리는 동안 걸을지라, 광급조식운반자光急朝食運搬者여, 명조明朝가 오면 그 위에 모든 과거는 충분낙면充分落眠할지니. 아면我眠(Amain). [F 473]

데 발르라는 생각이 떠오른 것은 작품의 제3부에서 이다. 이 단락에서 우리는 달리기 시합에서 젊음의 용감성을 갖는데, 여기는 "구절의 향응饗應(feat of passage)"으로, 그는 자본의 모금 사명 위에 아메리카로… 신랄함과 도당道黨으로부터 벗어났거니와, 평등하게 비참 속에, 균형을 잡나니, 우울한 불투명이여… 그리고 태양조太陽鳥는 질식한다. [F III-3] 욘(Yawn)은 새 질서라, 시체屍體는 하행下行하는 탈저脫疽의 의문으로 재현한다. 도시 건축사의 위대한 연설은, 부분적으로 방송으로, 부분적으로, 강령회降靈恢로부터 정령精靈의 목소리로, 그들의 숙고熟考를 통해서 깨진다.

칠병구七病丘들을 나는 중점적으로 너무나 간신히 소유해 왔으나, 칠십층칠해七十層七海가 포위주변으로서 그대의 구조망丘眺望이도다. 브래이드 브랙포드록(흑항암黑港岩)구丘, 칼톤구丘, 리버톤구丘, 크래이구丘 및 록하츠구丘, A. 코스토피노구丘, R. 터싯구丘. 니코라스 위딘 교마도敎魔圖가 나의 안내였나니 그리고 나는 마이칸의 외소外所에 천개天開 사원을 건립했도다 가공可恐할(에펠) 암적탑岩積塔에 의하여 나의 고가건물은 청명淸明 하늘에 발아창發芽槍의 첨탑을, 장대 같은 운모극종탑雲帽極鐘塔을 돌상突上시켰나니 이와 더 멀리. 상형재금常衡財金과 조세租稅에 의하여 나는 그럭저럭 꾸려가고 성장했나니 그리하여 미량총액微量總額에 의하여 나는 난폭외장적亂暴外障的으로 성장했도다 석곽세城郭稅와 시장세는 대군주의 10분의 1 교구세를 위한 나의 주세主財였나니 그리고 가옥지대家屋地代와 찬탈을 위한 나의 유출流出은 시여금施輿金과 헌금이라 나는 나의 두뇌모頭腦帽 위의 온갖 충격으로 나의 부원심富源心을 근단近單히 실광失狂했나니 마침내 나는 스스로 노력하고 더 한층 다비多肥했도다. [F 541]

말더듬이나 이중二重-협정協定에 의하여 많이 방해받는 것은 자기변호自己辯護이다. 도시는 새로운 질서에 대항하여 옹호되는지라, 그것은 선입견先入見만큼 많이 부패 사이에 자랐나니, 그리고 숀의 정책은 그것으로부터 몽자夢者의 진취적 아들 못지않게 파생派生한다.

[F III-4]에서, 확약確約과 변호辯護의 이러한 노력은 그의 최후로서, 몽자者는 지쳐 유랑流浪한다. (저저것은(thaas) 무엇이었던고? 안개는 무무엇이었던고(whaas)? 너무 격면激眠스러운. 그의 미천微賤한 침실寢室과 그의 둘레의 잠자는 가족의 절반 - 의식 속으로 잠 잘지라) [F 555]

홈(溝) 실내장면. 특등석(박스). 보통 침실 세트. 연어벽지의 벽壁. 배면背面, 빈(空) 아이리시 화상火傷, 아담 제製의 로대露臺, 풀죽은 환기선換氣扇과 함께, 검댕과 금박장식, 불량품. 북北, 실물 창이 달린 벽. 여닫이 창문의 모조은색模造銀色 유리. 틀 문, 위쪽 금속부품 덮개, 무無, 커튼. 창 가리게 내려진 채. 남南, 한쪽 변벽便壁. 딸기 침대보의 더블베드, 유세공柳細工의 클러브 의자 및 착유용窄油用 세 발 의자. 바깥에 서류감, 위쪽의 얼굴 타월. 1인용 의자. 의자에는 여인의 의상들. 십자 띠의 멜빵이 달린 남자 바지, 침대 머리 위의 칼라. 해소진주海蛸眞珠 단추가 달린, 탬버린 장식방울과 걸쇠가 붙은 남자 코르덴 겉옷이 못에 걸린 채. 상동上同의 여성 가운. 백로대 위에 미카엘의 그림, 창槍, 사탄 마魔 살해용, 화연火煙을 토하는 용龍. [F 559]

[F 558.32-559.19]에서, 양친兩親의 놀이가 시작된다. 장면은 내외의 침실이다.

[F 559.20-559.29] 마태복음자의 견해로부터 보듯, 한 남자와 한 여자가 침대에 누워 있다. 침대의 양친에 대한 마태의 견해이라. (소화의 제1자세)

아이는 부르짖고, 어머니는 그를 위안하려고 일어난다.

공공혈空孔穴(홀 홀로우)이라 불리는 하나의 함몰저지陷沒低地를 그대 자신에게 어김없이 지시하도다. 그것은 이따금 우리들의 비탄悲嘆 속에 아주 하수구우울적下水溝憂鬱的 (신들의 황혼黃昏 같은)이요 염호기심厭好奇心(발키리 여신)의 생각을 머리에 떠올리게 하지만, 펜타포리스의 경찰 홍악대興樂隊의 대원들이 바람 부는 삼수요일森水曜日에 자신들의 꽝 울리는 대인기大人氣의 호곡狐曲(울프톤)을 바순 음전취주音栓吹奏하는 것이라. 호곡狐曲! 울보스! [F 565] (주: Leis Walker(1860-1915): 그는 Maria Corell 작의 〈사탄의 슬픔〉(Sowrrow of Stan)의 무대 판에서 사탄 역을 함. 조이스의 〈슬픈 사탄〉은 루이스(Wyndham Lewis)에 의해 몹시 비판 받은 스티븐 데덜러스이다. [U 151] W. Lewis Waller 및 Lucifer는 "loosewallawer" [F 151]로 한 때 동일체요, 신사가 되는 것에 강

박되어 있다는 루이스의 〈시간과 서부인〉(Time and Western Man)의 주장과 연관됨이 틀림없다.)

[F 564.01-565.05]에서, 남자의 벌거벗은 엉덩이, 혹은 피닉스 공원이 노정된다. 때는 마크(Mark)의 견지에서 보여 진다.

고트 촌족부村族父[HCE]가 내일 원거리 하행下行하는지라 더블린까지 행적도幸積道를 따라 자신의 통주筒奏의 잡화비대인雜貨肥大人의 대업大業을 이루기 위하여. 저 두 큰 놈을 택하여 대담 도도한 옆 엉덩이를 찰싹 찰싹 아 아 아 빠빠여. [F 565.27]

[4노인들의 속삭임]

이 놈은 잠들지 않았는고?
쉬! 심히 잠들었도다.
뭐라 소리치는고?
꼬마의 말투. 쉬! [F 565.29]

[마크의 견해] 불협화음의 제2자세 (법원의 공판을 포함하다.)

그건 자단지子但只 모두 그대의 상상 속의 환영일 뿐, 어둑한. 가련하고 작은 무상의 마법국魔法國, 마음의 어둑한 것! [F 565.32]

그대는 몽종夢終했나니, 이봐요. 염부厭父(패트릭)? 사기녹詐欺鹿? 시화示靴! 들을지니, 방에는 환영 혹 표범은 전혀 없나니, 소아자小我子여… 무악담부無惡膽父나니, 아가야. 활보, 활보, 활마闊馬, 나의 울소년鬱少年 나의 꼬마! [F 565.31]

그리하여 잠 속으로 첫 하강下降의 감동적 순간과 대조로, 몽자夢者는, 마법적 후렴(묵상)의 음률音律로, 최초의 햇빛 알 묵상默想의 어둑한 각성覺性 속에 겹쳐 눕도다.

그대 무엇을 보는고? 나는 보이나니, 왜냐하면 나의 불운 앞에 그토록 빳빳지시봉을 봐야하기 때문에. 사다리 주에 맹세코, 어째서 폐경도肺經度! [여기 화자는 주점 밖의 거리 표시판을 읽는 듯하다] 그대는 그러면 원초전설遠初傳說(지도 표식)을 읽을 수 있는고? 나는 실무失霧의 증부憎父로다. 동의同意갈대(초草)여! 단 리어리의 오벨리스크(방첨탑)까지.

야엽夜葉의 치레 말로 칠칠거리면서, 소교활騷狡猾하게, 피네간에게, 다시 죄 짓도록 그리고 험상궂은 할멈으로 하여금 훼르롱 거리도록 그리고 다시 휘죽 거리도록 하려고 한편 최초의 회색 희광曦光(새벽)이 그들의 싸움을 돌리마운트(산인형山人形) 텀블링(전락顚落) 속에 조롱하려고 휘은색輝銀色으로 희도戲盜하는 도다. [F 580.22]

[IV]부의 초두에서, 마침내 새벽이 튼다. (하늘의 쇄신자刷新者에게 소인燒印을 흐틀지라, 그대 남계친男系親이여!)

[새벽 여명의 출현] 천류川流여! 선형신善型神이여! 천공의 소생자蘇生者에게 소인화燒印火를 뿌릴지라, 그대, 아그니 점화신點火神이여! 작열! 수호신(아더)이 도래하나니! 재在할지라! 과도적 공간을 통하여 동사시동動詞始動할지라! 이스터 반항의 이미지리 사이 (아라! 초현실주의!) 그리고 세탁할지라 (금냉金冷, 그대 부두埠頭를 관찰觀察했는고? 단일견單一見! 일광日光비누! 받아드릴지니. 무단재통침자無斷再通侵者는 고소책임질지로다) 그리고 새 햇빛은 "그의 코스, 몽유夢遊의 묘로墓路들 사이로. 심지어 성관城郭의 매지魅地인, 헤리오포리스 장지葬地까지. [F 593]

신 아일랜드는 새 날로 출현出現했도다:

[대중의 환호] 파이아일램프(火燈) 선신善神 만전萬全! 태양노웅太陽奴雄들이 태환호泰歡呼했도다. 애란황금혼愛蘭黃金魂! 모두가 관호館呼했는지라. 경외敬畏되어. 게다가 천공天空의 접두대接頭臺에서든, 쿵쿵진군進軍. 오사吾死. 우리들의 애숙명주愛宿命主 기독예수를 통하여. 여혹자汝或子 승정절도僧正切刀. 충充홍홍 하자何者에게.

타라타르수水?(Taawhaar)? [버클리] [F 613.06]

찬가는 "퍼 제섬 크리스터무 피리움툼(Per Jesum Christum filium tuum)", 그러나 "여혹자汝或子 승정절도僧正切刀, 예스(yes)를 말하는 성직자聖職者는 현실이다. 하인何人에게 효성스런? 하느님 아일랜드를 구하소서는 안전의 그리고 황금의 매출의 절규로 변형하도다." 천공의 접두대接頭臺는 불길한 부랑자로 재영再鳴하는 교수대絞首臺 [612.31-612.36] 드루이드 승僧이 목욕에 폭발하고 - 그는 패트릭을 공격하며 태양을 폭발하려고 시도한다.

아일랜드로 말하건대, 몽자蒙者도 그러하다. 이전의 활동적 날은 잠에 의해 무無로 되었거니와, 그리고 그것의 물질은 모든 이전의 날들의 이상적理想的 질서로 집중하고, 리피 강江을 위한 진흙의 몇몇 더 많은 온수穩睡가 된다. 각성覺醒은 모호한 재생이다. [변화는 무] "하지만 거기 존재 하지 않았던 몸체는 여기 존재하지 않는지라. 단지 질서가 타화他化했을 뿐이로다. 무無가 무화無化했나니. 과재현재過在現在!"[F 613.18]

이전의 포부抱負와 선입견先入見은 밤의 세탁으로부터의 빨래처럼 돌아온다. 모두 그대의 헤로도터스 유전자들은 둥둥 몽고夢鼓(단드럼)의, 견목석여인숙堅木石旅人宿, 여인하원세녀汝人何願洗女들로부터 애절부단哀切不斷하게 되돌아올지니, 미관대美寬大하게 표백되고 송미려送美麗하게 화장化粧한 채, 모든 옷가지는 몇 번의 빨래 비누 헹구기를 요하는지라… [F 614] 급진적 쇄신의 활동적 희망은 포기抛棄되는 도다.

뭐가 가버렸는고? 어떻게 그가 끝났는고?

그걸 잊기 시작할지라. 그건 모든 면에서 스스로 기억할 것이나니. 모든 제스처를 가지고, 우리들의 각각의 말 속에 오늘의 진리, 내일의 추세趨勢.

잊을지라. 기억할지라!

암울한 암델타의 데바(더블린) 소녀들에 의하여.

잊을 지라! [F 614]

연우連雨의 아침, 도시! 찰랑! 나는 리피(강) 엽도낙화葉跳樂話하나니. 졸졸! 장발長髮 그리고 장발 모든 밤들이 나의 긴 머리카락까지 낙상落上했도다. 한 가닥 소리 없이, 떨어지면서. 청聽! 무풍 無風 무언無言. 단지 한 잎, [F 619.28]

6. 정선精選된 <피네간의 경야>

I부 1장

피네간의 추락

[003.01-14] 시간의 시작. 인류 역사의 미발달.

첫 패라그라프는 장소를, 둘째는 시간을 서술한다. 그들은 재화再話되는 〈경야〉의 부분이 아니다. 오히려, 아일랜드의 주된 강江(우리나라 한강에 해당)은 흐르나니, 국토國土의 서북쪽을 시작으로, 광활한 위클로우 초원을 통과하여, 수도 서울인, 더블린 서쪽 상단에 위치한 이브와 아담 성당(교회)을 지나 해안海岸의 변방邊方에서 더블린 만灣의 굴곡까지, 우리를 한 바퀴 회환回還의 넓은 반원형半圓形 비코 촌도村道 혹은 가도街道로 하여, 호우드 언덕이요, 반도半島의 섬(우리나라 작은 제주도를 닮은)과 그 주원周圓으로 귀환歸還한다.

[003.15-003.24] 추락. 초기 아일랜드 역사의 시작의 알림.

사랑의 재사才士인, 트리스트람 트리스탄 경卿(콘월의 마크 왕의 조카요 아일랜드의 이슬트의 애인) 그리고 트리스탄의 이야기는 바그너의 〈트리스탄과 이슬트〉(Tristram and Iseult)의 오페라 속에 가장 잘 알려져 있다. 〈경야〉를 위하여 베디에(Bedier)의 〈트리스탄과 이슬트의 낭만〉(The Romance of Tristan and seult)은 먼 옛날이야기의 가장 중요한 전거典據로, 그것 없이는 작품을 거의 완전하게 이해할 수 없을 정도이다. 트리스탄 경은 아일랜드의 단해端海 너머부터, 그의 반도고전半島孤戰을 재투再鬪하기 위하여 소 유럽의 험준한 수곡 안쪽 해안의 북 아모리카에서 아직 도착하지 않았다. 오코네 류천流川에 의한 톱소야의 바위 암전岩錢이 그들 항시 자신들의 수數를 계속 배가倍加 하는 동안 미국 조지아 주洲, 로렌스 군郡의 능보陵堡까지 스스로 넘치지 않았다. 뿐만 아니라 강풍强風 패트릭을 토탄세계土炭洗禮 하지도 않았다. 비록 베네사 사랑의 유희遊戱에 있어서 모두 공평하였으나, 이들 쌍둥이 에스터 자매가 격하게 노정怒情하지 않았나니라. 아빠의 맥아주麥芽酒의 한 홉(펙)마저도 젬 또는 셈(HCE의 쌍둥이 아들)으로 하여금 호등弧燈으로 발효醱酵하게 하지도 않았다. 그리하여 눈썹을 닮은 무지개의 붉은 동단東端이 바다의 수면 위에 지환指環처럼 보였도다. 이것이 아일랜드의 선사시대를 암시한다.

[003.15-003.24] 〈피네간〉과 천둥.

추락墜落이라 (바바번개개가라노가미나리리우우뢰콘브천천둥둥너론투뇌뇌천오바아호나나운스카운벼벼락락후후던우우크!) 저 위대한 추락은 이토록 짧은 고지告知에 고대의 견실한 사나이, 역사의 원조(우리나라 조부祖父 단군檀君에 해당하거니와) 피네간의 골강滑降을 야기했도다. 이의 추락의 신호는 그의 객客을 이 역사의 원조 거인 땅딸보의 발가락을 탐하여 한껏 서쪽으로 보내는지라. 그리하여 그들의 더블린 시市 북단北端에 위치한, 세상에서 가당 크다는, 피닉스 공원의 울타리 상통행징수문소上通行徵收門所(톨게이트)가 공원 밖의 노크 언덕 위에 위치하나니, 그곳에 북 아일핸드의 신교도인, 오렌지(Orange) 당원들이 최초 더블린 인들이 리피(강)를 사랑한 이래 목초牧草 무위도식無爲徒食 한 채 누워 있었도다.

[004.01-004.17] 역사의 초기. 전투의 발발 - 추락과 봉기.

여기야말로 (더블린의 피닉스 공원 내) 의지자意志者와 비의지자非意志者, 석화石花(굴)神 대 어신魚神의 무슨 내 뜻 네 뜻 격돌의 현장現場이람! 역사의 시작은 개구리의 합창合唱으로 시작한다. 브렉케크 개골 개골 개골! 코옥쓰 코옥쓰 코옥쓰! 아이 아이 아이! 아이고고! (조이스의 작품들을 통해 거듭 되는 음향, 그는 본래 성악가요, 그의 작품들은 가곡들이라 해도 과언이 아니다) 그 곳(피닉스 공원, 이는 아일랜드의 에덴동산 격)에는 켈트 족의 창칼 든 족당徒黨들이 여전히 그들의 가정과 사원寺院들을 절멸하고 혹족酷族들은 투석기投石機와 원시의 무기로 머리에 두건頭巾 쓴 백의대白衣隊로부터 사람 잡는 뒤집힌 본능을 들어내고 있었다. 창칼 투창의 시도 그리고 총포銃砲의 파성破聲. [역사는 전투로 시작된다] 신토神土의 혈아족血亞族이여, 두려운지고! 영광혈누여, 구하소서! 섬뜩한, 눈물과 함께 무기로 호소하면서. 살살살인殺殺殺人. [싸움의 현장, 전투의 폭풍, 추락과 봉기蜂起의 연속] 한 가닥 슬픈 종소리, 한 가닥 슬픈 종소리. 무슨 우연 살인, 공포와 환기換氣의 무슨 붕괴崩壞인고! 무슨 종교 전쟁에 의한 무슨 진부한 건축물을 폭풍에 의해 파괴 했던고! 무슨 가짜 딸꾹질이 야곱의 뒤죽박죽 잡성雜聲으로 그들의 건초모乾草毛를 바라는 무슨 진짜 느낌을! 오 여기 어찌하여 간음주의자姦淫主義者들의 아비(父)가 등을 뻗고 어두운 황혼黃昏을 만났던고, 그러나 (오 나의 빛나는 별들과 육체여!) 어찌하여 가장 높은 천국이 상냥한 광고廣告의 허공虛空에 뜬 무지개를 부채질하여 다리를 놓았던고! 그러나 [역사는] 과거에 있었고 현재도 있는지라? 이슬트여? 정말 그대 확실한고? 과거 오래 된 참나무 이제 그들은 토탄土炭 속에 모두 넘어졌나니 그러나 재(灰) 쌓인 곳에 느릅나무 솟는 도다. [시간의 흐름] 역사의 흐름이 중단되어도, 재기再起해야 하나니, 그리고 종말은 당장은 없으려니 게다가 목하目下의 몰락沒落은 경칠 세속俗世의 불사조不死鳥처럼 재생再生을 가져오리라.

[004.18-005.04] 동양지재, 역사의 원조 - 피네간: 탑의 건립자, 그의 도래.

동양지재棟梁之材 피네간, 말더듬이로서, 자유인(프리메이슨)인 그가, 〈성서〉에서 여호수아 사사기師士記[모세의 후계자 기록]가 우리에게 민수기民數記[모세의 제5서 중 제4권의 기록]을 주었거나 또는 자유 사색가 헬비티커스가 신명기申命記[그의 말씀은 대부분이 모세에 의하여 이스라엘 백성에게 증언되었다]를 위임하기 전에 (성서를 득하고 암송하기 전에) 골 풀 양초 우거진 그의 집의 두 개의 뒷방에서 (한층 멀리 뒤로) 가상假想할 수 있는 가장 넓게 살았나니, 어느 효모작일酵母昨日 그가 욕조 속에 자신의 머리를 단호히 틀어박았는지라, 자신의 미래의 운명을 살피기 위해서였나니 그러나 그가 재빨리 다시 그것을 흔들어 꺼내기도 전에, 모세의 권능權能에 의하여, 바로 그 물이 증발하자, 모든 창세주創世酒가 그들의 출애굽을 맞이했는지라. 그런고로 얼마나 그가 주수酒水에 젖은 남근자男根者인지를 그대에게 보여 줘야만 했던고! 그리고 오랜 세월 동안, 독주毒酒 가촌家村의 시멘트 및 건축물의, 이 나무통 운반 신공神工 (역사의 창시자인 피네간)은 황하黃河(중국의 강 이름에서 유래) 곁에 생자들을 위하여 그 강 둑 위에 극상極上의 건축물을 쌓았도다. 피네간은 사랑스런 애처愛妻 애니 녀女와 함께 살며 이 작은 피조물을 사랑했는지라. 그는 양손에 마른 갈초渴草로 그녀의 작은 음소陰所를 감추었도다. 이따금 수지樹脂 공 같은 머리에 주교관主敎冠을, 손에는 멋진 수건을 쥐고 그가 습관적으로 좋아 하는 상아유象牙油의 외투에 휘감긴 채, 마치 어떤 동양東洋(H)의 유아乳兒(C) 군주君主(E)처럼 그는 자신의 점토가벽粘土家壁의 높이와 넓이를 곱셈에 의하여 측정하곤 했나니, 마침내 모두 질(대환희大歡喜!) 속에 솟은 자신의 원두圓頭 첨탑尖塔으로, 엄청나게 큰, 거의 무無에서 창건기원創建起源된, 전탑적

全塔的으로 최고 높이의 벽가壁價의 마천루摩天樓를 자신이 태어난 주야酒液의 순광純光으로 보았는지라.

[005.05-005.12] 피네간 가문家門의 문장紋章과 관두冠頭의 서술, 그의 운명.

최초에 그[피네간]는 문장紋章과 이름을 적나라하게 드러내는 지라. 그는 바로 거인촌巨人村의 주연酒宴 폭음자暴飮者요, 그의 고문장古紋章의 꼭대기 장식인 즉, 부대적附帶的 초록빛의, 광폭狂暴스런, 은색의, 한 수 산양山羊인 즉, 두 처녀를 추종하는, 무서운, 뿔을 하고 있었도다. 그의 가문家紋이 달린 방패防牌, 이를 미친 궁술가弓術家와 태양신太陽神으로, 수평하게 둘러쳤도다. 강주强酒는 호미를 다루는 그의 경작 인을 위한 것이라. 호호호호, 핀 씨氏여, 그대는 피네간(재삼) 씨라! 래요일來曜日 아침이면 그리고, 오, 그대는 포도주(바인)라! 송요일送曜日 저녁이면, 아, 그대는 식초食醋(비니거)로 변하리라! 하하하하, 핀[피네간] 씨여, 그대는 다시 벌금을 물게 될지라!

[005.13-006.12] 피네간의 추락 원인 - 가사假死하다.

그러면 정말이지 저 비극적 아픔을 주는 뇌우雷雨의 수요일木曜日에 즈음하여 이 도시의 원죄사原罪事[피네간의 원죄의 사건]를 가져 온 것은 도대체 무엇이었던고? 우리들의 입방가옥立方家屋 (사우디아라비아의 메카(Mecca) 시市에 있는 위대한 모스크, 이슬람교에서 가장 신성한 신전神殿으로, 모하메드의 탄생지誕生地이다) 그루머에 그것에 계속 요동치는지라, 마치 그의 아라바타 언덕(Arafata Hill)의 천둥소리를 귀로 듣고 목격하듯, 그러나 우리는 또한 속세월續世月을 통하여 듣나니, 천국으로부터 여태껏 낙하落下된 백석白石을 혹욕黑慾하는, 불사不死의 모슬렘 교도敎徒의 저 초라한 코러스를 [피네간의 추락 - 죄에 대한 비난], 고로 실견實堅을 탐하는 우리를 유지할지니, 오 버티는 자여, 무슨 시간에 우리가 기상起床하든 그리고 우리가 언제 이쑤시개를 잡든 그리고 우리가 피침대皮寢臺 위에 동그랗게 눕기 전에 그리고 밤 동안 그리고 별들의 소멸시消滅時이든 간에! 이웃 예언 신에 대한 한갓 수긍首肯은 성인聖人 신神에게 윙크하기보다 낫기 때문이라. 그렇지 않고는 항시 마산魔山과 이집트의 깊은 청해靑海 사이에서 조롱嘲弄하는 수도원장을 닮을지라. 곡초穀草를 검은 곱사등이 결정하리니. 그땐 향연饗宴은 나르는 금요일金曜日인지 아닌지를 우리는 알게 되리로다. 그녀는 침좌寢座의 재능才能을 지니며 그녀는 수시로 사나이 조력자들에 응답하리라. 사랑하는 몽녀夢女여. 요주의要注意할지라! 요의要意! 혹자或者가 말하듯, 그건 [추락의 원인] 필시 절반折半 불발화不發火의 벽돌 때문이었으리라, 아니면 타자他者가 그걸 보았듯, 그의 뒤쪽 경내境內의 붕괴가 원인일지 모르나니. 거기 지금쯤 똑 같은 소문所聞이 천일야화千一夜話 식으로 퍼지는지라, 모두들 가로되 그러나 너무나 슬프게도 아담이 이브의 성적聖赤의 사과를 먹었듯 확실하게, 압연기壓延機의 벽관壁館, 삵 마차, 석동기石動機, 영궤차靈櫃車, 가로 수차樹車, 호화차呼貨車, 자동차, 마락차馬樂車, 시가차단市街車團, 여행 택시, 확성기차擴聲器車, 원형광장 감시차監視車 및 바시리크 성당, 천층탑天層塔 광장, 들치기들과 졸병들과 제복 입은 순경들과 그의 귀를 물어뜯는 사창가私娼街의 암캐 계집들 및 말버러[더블린 명]의 막사幕舍 그리고 그의 4개의 오래된 흡수공吸水孔[더블린의 대법원 건물의 인유], 대로大路, 그리고 그의 검은 오염汚染의 조업연돌操業煙突이 12침탑針塔[골웨이의 산꼭대기], 한번 꾸벅 그리고 안전제일 가街를 따라 활주하는 승합자동차들 및 무담無談 양복점 모퉁이 둘레를 배회하는 다정마부多情馬夫들 및 그의 마을의 타고난 방房지기 아이들, 가정 청소부들, 천개天蓋 타는 놈들의 매연煤煙과 도약跳躍과 쿵쾅, 모든 외방外房으로부터의 연모광경戀慕光景과 온갖 소음 속의 트럼 트럼, 나를 위한 지붕 및 너를 위한 암초의 공포恐怖다 뭐다 하여, [이상 추락의 원인들] 그러나 그의 다리(橋) 아래서 음색音色을 맞추다니. 어느 경조警朝 필[피네간]은 만취낙滿醉落했도다. 그의 호우드 구두丘頭(Howth Head)가 중감重感이라, 그의 벽돌 몸통이 과연 흔들였도다. (거기 물론 발기勃起의 벽 있었으니) 쿵! 그는 후반後半 사다리로부터 낙사落死했도다. 댐! 그는 가사假死했는지라! [피네간은 완전히 죽지 않았나니] 묵默덤! 석실분묘石室墳墓(Mastaroom), [돌로 된 고대 이집트의 미라 석실 분묘] 마스터배묘, 단남이 낙혼樂婚할 때 그의 현기絃器(뮤트)는 장탄長歎하도다. [노래 가사의 인유: 바늘과 핀/담요와 정강이/남자가 결혼하면/그의 슬픔이 시작하도다] 전 세계가 보도록.

[006.13-006.28] HCE의 경야經夜의 현장 - 휴식을 위해 그를 자리에 눕히다.

분탄糞嘆? 나는 응당 보리라! 맥크울, 맥크울, 저주咀呪 다시 오리라, 그대는 왜 사행死行(혹은 가사假死, 죽은 척) 했는고? 고행하는 갈신목요일渴神木曜日 조조弔朝에? 피네간의 크리스마스 경야 케이크에 맹세코 그들은 애목탄식哀目歎息하나니, 백성의 모든 흑안黑顔 건달들, 그들의 경악驚愕과 그들의 우울중첩憂鬱重疊된 현기眩氣에 찬 우울다혈憂鬱多血의 탄포효嘆咆哮 속에 엎드린 채. 거기 연관하부煙管下夫들과 어부들과 집 달리들과 현악사絃樂士들과 연예인演

藝人들 또한 있었도다. 그리하여 모두들 극성極聲의 환희에 종세鐘勢했도다. 현난眩亂과 교난攪亂 및 모두들 환環을 이루어 만취했나니. 저 축하의 영속을 위하여, 한부흉부漢夫兇婦의 중국 한漢나라 왕조와 그들의 주적主敵인 훈족의 멸종滅種까지! 혹자或者는 킨킨 소녀小女 코러스, 다자多者는, 칸칸 애가哀歌라. 그에게 나팔 입을 만들어 목구멍 아래위로 술을 채우면서. 그는 빳빳하게 뻗었어도 그러나 술은 취하지 않았도다, 프리엄 오림! [노래 가사] 그는 바로 버젓한 쾌노快勞의 청년이었는지라. 그의 통침석桶寢石을 날카롭게 다듬을지니, 그의 관棺을 두들겨 깨울지라! 이 전全 세계 하처何處 이 따위 소음을 그대 다시 들으리오? 저질低質의 악기며 먼지투성이 깡깡이를 들고. 모두들 침상아래 그를 기다란 침대에 눕히나니. 발 앞에 진한 위스키 병구甁口. 그리고 머리맡에는 수레 가득한 기네스 창세주創世酒 총계總計 흥야주興液酒가 그를 비틀만취 어리둥절하게 하나니, 오!

[007.20-008.08] 피네간-HCE, 그는 더블린 아래 잠들다-박물관 입관入館이다.

하지만 우리는 심지어 우리들 자신의 야시夜時에, 저 숭어 충만한 류천변流川邊에 잠든, 수놈 뇌어雷魚가 사랑했고 암놈 뇌어雷魚가 의지依支하는, 윤곽輪郭의 뇌용어형雷龍魚型 [피네간] 우리는 〈성서〉에 나오는 거대한 해수海獸를 생각할지니, 그것의 살은 베해몬드의 하마河馬의 살과 함께, 낙원의 음식이라. 또한 그리스도의 물고기의 상징이라, 그의 살[신자들의 음식]은 여전히 볼 수 있지 않을 것인고. 여기 지사志士 나리. 귀여운 자유녀와 잠자도다. 만일 그녀가 깃발 걸친 여인 혹은 비늘 여인, 냄새 누더기 여인 또는 일요녀日曜女라면, 부원富源의 금광金鑛 또는 푼 돈 중重의 거지라면. 아하, 확실히, 우리 모두 꼬마 애니[ALP, 여주인공]를 사랑하나니, 아니면, 우리는 글쎄다, 사랑 꼬마 아나 애니를, 그녀의 파산波傘 아래, 찰랑찰랑 웅덩이 물소리 사이, 그녀가 매에매에 산양처럼 아장아장 걸어 갈 때. 여어! 투덜대는 아기 HCE 잠자며, 코 골 도다. 벤 호우드(헤더 숲) 언덕 위에, [벤 호우드 위에 만병초 암 냥(nanny goat): 호우드 언덕의 헤더 숲의 블룸과 몰리의 유년 시 정사情事 장면[U 144]의 연상聯想 갑작스러운 음률, 음, 운율은 그녀의 잠자는 파트너를 회상시킨다] 채프리조드에서 또한. 그에 붙은 학두개골鶴頭蓋骨 [호우드 헤드], 그의 이성理性의 성주물공城鑄物工[HCE], 낮은 안개 속에 낮게 보이나니. 무슨 언덕? 그의 진흙 발, 그가 지난번 그들 위에 넘어진 초지草地[피닉스 공원], 저기 짙은 안개 속에 입석立石 한 채, 탄약고彈藥庫 벽壁 입구 곁에, 우리들의 매기가, 그녀의 샤울 자매姉妹[공원의 두 소녀들]와 함께, 만사를 목격한 곳인지라. 한편 이 미인美人들의 연합전선聯合戰線의 배경은 60고지의 배면背面이니, 만인에게 허락된 병구兵丘로다! 성채城砦의 대면袋面은, 봄, 타라봄, 타라봄, 3군인들이 [염탐하는] 숨어 잠복하고-기다리는 고지병사高地兵舍요 교도소矯導所 격. 그러므로 구름이 굴러 갈 때, 재미在美여, 조감鳥鑑의 관광물觀光物이라.

이것은 그의 최고 지독한 최암울最暗鬱 석모夕帽를 쓴 크롬웰(선泉)로부터 그의 암 망아지를 어루만지고 있는 나-베르기[메신저-심부름꾼]이지요. 전리戰利된 채. 이것은 웨링던을 안달하게 하기 위한 신령녀神靈女들의 급보急報. [소녀들이 그들의 아버지 격인 웨링던에게 보낸 위조 편지] 나-베르기의 단短 셔츠 앞섶에 교차交叉된 엷고 붉은 선들로 씌어진 급보지요. 맞아, 맞아, 맞아요! 도약자跳躍者 아더. 두려움을 공恐할지라! 전야시戰野視를 두려워하는 그대의 작은 아(가) 씨(웰링턴의). 포옹抱擁의 행위. 곁잠. 이것은 웨링던을 전선戰線으로 보내는 신령녀들의 책략策略이었지요. 그래그래 그녀. 그래 봐요! 신령녀들은 모든 리포레옹 병사兵士들에게 질투병嫉妬瓶의 재再 구애求愛를 하고 있어요. 그리고 리포레옹은 웨링던 한 사람에게 배척背脊 광분狂奔하지요. 그리고 그 웨링던은 봉수捧手를 들고. 이것은 사자使者 베르기, 피모皮帽에 맹세코, 웨링던에게 그의 귀까지 공 하나로 그의 비밀 약속을 어기면서. 이것은 웨링던이 팽개친 반송급보返送急報입니다. [웨린던은 지니들의 편지에 우롱 당하지 않고, 대신 그들에게 콘돔을 보낸다] 나-벨지움의 후방지역後方地域에 산개散開한 급모急報. 아이, 애고哀苦, 아이고! 버찌 신령녀들. 그대 무화과 목! 경칠 요정의 안(Ann), 서목誓木, 웨링던, 그것은 웨링던의 최초의 농담, 맞받아 쏘아 붙이기. 그이히, 그이희, 그이희! 이것은 그의 12마일 암소피화皮靴를 신은 나-벨지움, 오른 발, 왼발 그리고 최전最前 전진前進, 신령녀들을 위하여 야영野營 행보行步하면서. 한 모금 마셔요, 모두 마셨는지라, 왜냐하면 그는 부점맥주腐店麥酒 보다 기네스 한잔을 되도록 빨리 사리(買)로다. 이것은 러시아의 탄환彈丸이에요, 이것은 참호塹壕요. 이것은 미사일 군대입니다. 이것은 들창코를 한 대포 졸병이지요. 그의 1백일의 방종放縱 끝에. 이것은 축상자祝傷者 입니다. 타라의 과부寡婦들! 이것은 귀골貴骨 백白장화長靴 신은 신령녀입니다. 이것은 적장赤長 양말의 리포레옹이고요. 이것은 웨링던, 코크의 파편破片곁에, 발포 명령. 뇌둔성雷屯聲! (어릿광대! 유사遊射!) 이것은 낙타부대駱駝部隊, 이것은 홍수굴洪水窟, 이것은 작전作戰 중의 교량병橋梁兵,

이것은 그들의 기동대, 이것은 포화지대怖火地帶 입니다. 알메이다 화살촉! 지나치게 엉성한 알티즈! 이것은 웨링던의 절규絶叫지요: 브람! 브람! 컴브람! 이것은 신령녀의 절규입니다. 습뇌襲雷! 하느님이시여 영국英國을 벌하시라! 이것은 벙커 구릉丘陵 아래 그들의 추방병사들을 향해 달려가는 신령녀입니다. 모母 모친母親 살을 애는 추위와 함께 여행旅行 행보旅步의 여행旅行 너무나 공기空氣로운. 거기 그들의 심권心權을 위해. 이것은 나-벨기에의 팅크 탱큐(감사) 그의 냉철통冷鐵桶 속의 감식鑑食 포도용 은銀 쟁반. 조국을 위하여! 이것은 그들이 뒤에 남긴 즐거운 신령녀의 마라톤 쌍표雙標(비스마크)입니다. 이것은 위링던, 도망치는 신령녀에게 왕王의 헌신獻身을 위한 축하-능자能者에게 자신의 같은 기념記念 수지애호봉樹脂愛好捧을 휘두르나니.

도둑盜師, 그의 커다란 백용마白龍馬, 캐인호프로부터 웨링던을 염탐廉探하다니. 석벽石壁 웨링던은 노최대老最大의 결연자結緣者요. 리포레움은 멋진 유幼 독신자. 이것은 웨링던을 히죽히죽 비웃는 하이에나 히네시 이나니. 이것은 둘 여 소년과 히네시 사이에 있는 힌두 신神인지라. 찰깍. 이것은 리포레옹의 반쪽 3잎 모자帽子를 전장오물戰場汚物에서 줍는 노노怒老의 웨링던이지요. 이것은 폭사爆射를 위한 껑충껑충 미쳐 골이 난 힌두 사나이예요. 이것은 리포레움의 모자 절반을 그의 거대 백용마白龍馬 궁둥이 쪽 꼬리에 매달고 있는 웨링던이지요. 철렁. 그것은 웨링던의 최후의 장난이었지요. 히트, 타打, 히트! 이것은 웨링던의 똑 같은 백용마白龍馬, 칼펜헬프, 리포레움의 모자帽子 절반과 함께 엉덩이 흔들면서, 힌두 사시동斜視童을 모욕하기 위해. 헤이, 여봐, 헤이! (황소 걸레! 취욕醉辱!) 이것은 사시동斜視童, 모자광帽子狂, 껑충 뛰고 펄쩍 뛰고, 웨링던에게 고함지르나니: 망자亡者여! 거지 쌍놈! 이것은 웨링던, 태어날 때 견고한 유신사幽紳士, 재주再呪의 신(shin)(정강이) 쉬머에게 성냥 곽을 소공燒供하는지라. 그대 빠는 놈! [풋내기!] 이것은 개망나니 흉물凶物 사시동斜視童, 그의 크고 광대한 말의 뒤 꽁지 꼭대기에서 리포레움의 모자 절반을 몽땅 날려 보내다니. 혹 (황소 안眼! 경기競欺!) 이리하여 코펜하겐 교전交戰은 종결 되었나니라. 이 길은 예녀신음박관藝女神音博館. 신발 조심 거출去出할지라.

3마리 까마귀들 [지니들 또는 3군인들]이 남南짜기 날아가자, 저 하늘의 향지向地로 대홍수의 꽉꽉 울음 우는지라, 거기 반향삼성反響三聲이 향답響答하도다, 울어라, 무슨 상관이랴! 그녀는 결코 밖으로 나오지 않으니, 뇌신雷神이 강우降雨 할 때 또는 뇌신이 요정妖精스런 소녀들과 함께 홍분하여 뻔쩍일 때 혹은 뇌신이 뇌신의 질풍을 묘혈墓穴처럼 내려 칠 때. 천만에 결코 아니나니! 그대 성운星雲에 맹세코! 그녀는 살금살금 발걸음이 겁이 났을 테죠. 장각葬脚과 희번덕이는 굴안屈眼으로 모든 행동이 우수憂愁에 잠기나니. 홍 흠 어머! [〈리어 왕〉의 구절, 〈피네간의 경야〉에 자주 동정하는 상투어] 그녀는 아주 정말 희망하는지라, 새들이 빠이빠이 할 때까지. 여기, 그러자 방금 나타나기 시작하나니, 그녀[캐이트]가 오도다, 한 마리 평화조平和鳥, 평락원조平樂園鳥, 파선녀모婆善女母의 풍숙명조風宿命鳥, 풍경의 침모針母인양, 그녀의 곱사 등에 뱀 머리 부대가 피우피우 짹짹 그리고 지껄지껄 그리고 그의 꼬마 요정등妖精燈 평화의 익살스런 뱃머리 타이를 나풀나풀 펄럭 펄럭이며, 여기 꼬집으며, 저기 깨으면서, 고양이 고양이 약탈 고양이. 그러나 근야近夜는 정전停戰이라, 군사평정軍事平靜, 그리하여 조명助明에 우리는 진흙 키스 인人을 위해 소인小人 노동자들에게 기원하나니 그리고 영세永世의 가장 행복한 피녀아彼女兒를 위해 찬복燦福의 휴전 있으리로다. 자 내 곁 가까이 올 지라 그리고 우리 찬란한 출격의 날을 노래하세 나. 그녀는 보다 잘 탐시探視하기 위해 마부馬夫의 헤드라이트를 차굴借窟했나니 (그녀는 귀엽도록 황소를 쉬쉬 사방으로 쫓으며) 그리하여 모든 전폐물戰廢物이 그녀의 바랑 속에 들어가도다. 소모된 탄약통과 딸랑 딸랑 단추들, 버려진 병들과 만민萬民의 화주火酒, 쇄골과 견갑골, 지도, 열쇠, 나무더미 단전短箋, 피로 아롱진 바지와 함께 달빛 어린 브로치, 뽐내는 밤의 양말대님, 마멸된 신발 더미, 니켈 제製 도끼, 마초용馬草用 가마솥, 추한 교구 목사의 목욕통, 곡사포의 화약통, 중내장中內臟과 대大내장, 이것저것 괴 물건들, 종형鐘型의 흉막胸膜, 적赤 수사슴에서 나온 최후의 탄식(수사슴의 노래!) 그리고 태양시太陽視했던 가장 아름다운 죄(그건 종終비밀!). 키스와 함께. 교차交叉 키스. 십자 키스, 키스 십자十字. 삶의 끝까지. 안녕히.

[011.29-012.17] ALP의 도둑맞은 선물들 - 인생에 있어서 그녀의 역할.

얼마나 관대하고 미美가 넘치며 얼마나 참된 아내 인고, 당시 엄강嚴强히 금지된 채, 우리들의 사적史的 선물들을 예언적 후기 과거로부터 훔치다니, 우리 모두를 과실의 미려美麗스런 가마솥의 귀족 상속인이요 귀부貴婦로 만들기 위해서로다. 그녀는 우리들의 빚(債)의 한복판에 생이별하고 있나니, 우리들을 위한 모든 누곡淚谷을 통하여 소세笑洗하면서, (그녀의 출산은 통제 불가한 것인지라) 냅킨 보자기를 그녀의 마스크로 삼고 그녀의 나막신 킨 차기 아리아 (너무 뽐내며! 너무 독창獨唱이라!) 만일 그대 내게 원하면 핥아드리리라. 오우!

오우! 뿔 따귀[음경](희랍)가 서면 바지(트로이)는 추락이라. (영원히 그림에는 양면兩面이 있기에). 왜냐하면 높은 무사려無思慮의 측로側路에서 생업生業을 살게 할 가치가 있게 만들지니 그리하여 세상은 평민들이 그 속에 앉을 세방細房인지라. 젊은 여걸은 그런 이야기와 함께 도망치고 젊은 사내로 하여금 비역 청지기의 등 뒤에서 유창하게 떠들도록 내버려둘지니. (젊은 남녀 영웅들의 생生과 사死) 그녀[ALP]는 저런 둔자鈍者[HCE]가 잠자는 동안 그녀의 야기사夜騎士의 의무를 알고 있도다. 당신 무슨 납전鎈이라도 모았소? 남편이 말하나니. 제가 뭘 하려고요? 한 가닥 싱긋 웃음과 함께 아내가 말하는지라. 그리고 우리 모두 혼녀婚女[케이트 또는 ALP]를 좋아하나니 왜냐하면 그녀는 용전적傭錢的이기에. 비록 장지長地가 빚더미 홍수 아래 놓여있고, 무모無毛 주악한主惡漢의 이 녹습綠濕진 면모面貌위에 이마 털과 눈 수풀은 덧없을 지라도 [드러누운 HCE와 북구 신화의 거인 시체 비교] 그녀는 성냥불 꾸고 이탄泥炭 세稅내고 바닷가 뒤져 열식할 새조개 캐고 그리하여 토탄녀土炭女가 할 수 있는 모든 걸 다하여 생업을 추구하리로다. 팝. 권태를 계속 훅 날려 보내기 위해. 폽폽! 그리고 심지어 낭군郎君 험티[HCE]가 모든 우리들의 큰 질책자叱責者의 털 많은 가슴으로 재차 망실亡失 추락墜落한다 해도, 햇볕 쬐는 조반자朝飯者인, 그를 위하여 연거푸 다가올 아침의 난란亂卵이 신중히 마련되어 있으리로다. 고로 진실이나니 바싹 바싹 빵 껍질 있는 곳에 즙차汁茶 또한 있기 마련인지라.

[012.18-013.05] 도시와 언덕의 개관 - 고로 이것이 더블린이라.

그런 다음 그녀는 앤 여왕의 관용寬容을 지닌 그녀의 호기好奇 넘치는 일에 착수하여, 첫 수확收穫에 관해 과화果話하거나 그녀의 교구세敎區稅를 취하면서, 우리는 여기 여타지餘他地에서처럼 타구他丘뿐만 아니라 두 개의 매거진(Magazine) 구릉丘陵(Hill)들을 볼 수 있나니, 여섯과 일곱 씩, 마치 그토록 많은 남구男丘들 그리고 여구女丘들처럼, 둥글게 자리하여, 성 브리짓(St. Bridget) 경기와 성 패트릭 경기, 그들의 휙휙 소리 나는 사틴 복과 탭탭 타이트 복 차림으로, 윌턴의 우행愚行 놀이를 하며, 공원판公園板의 3조組 목음木陰 곁에. 일어설지라, 생쥐들! 우리에게 직사장直射場을 만들지라! 명령이야, 니콜라스 프라우드여. 코크(Cork) 언덕의 단각구短脚丘 혹은 아버 언덕의 소지구沼地丘 혹은 써머 언덕의 도약구跳躍丘 혹은 콘스티튜션 언덕의 촌구村丘[모두 더블린 소재의 언덕들], 비록 매每 군중은 그의 몇 개의 음조를 가지고 그리고 매 업業은 그의 예민한 기술을 가지며 매 조화성調和聲은 그의 부호를 가질지라도, 오라프 한길은 위쪽에 그리고 아이브아 한길은 아래쪽에 그리고 시트릭 광장廣場은 그들 사이에. 그러나 그들[오라프, 아입브아, 시트릭 3형제]은 모두 인생의 황폭慌暴한 수수께끼 화畵를 해화諧和하고 완화緩和해 줄 생계를 짜내기 위해 그곳 사방에 모두 비비적거리고 있는지라, 번철燔鐵 위의 물고기 마냥 그의 한 복판 주변을 깡충 깡충 뛰면서, 오, 그[피네간-HCE]는 홀드하드 언덕의 대구大丘[호우드 언덕]로부터 화약족火藥足 언덕[메거진 언덕: 화약 창고]의 극소구極小丘 까지 뻗어 누워 있도다.

[013.29-14.15] 시간의 고별-년대기年代記의 4기장記帳.

고로, 어쨌거나 나태자懶怠者의 바람이 책의 페이지에서 페이지를 넘기나니, 무구교황無垢敎皇(이노센트)이 대립교황對立敎皇 아나크르터스와 유쟁遊爭하사, 행사자行死者 서書 속의 생자生者의 책엽冊葉들, 그들 자신의 연대기가 장대壯大하고 민족적인 사건들의 환環을 조절하나니, 화석도化石島처럼 통과하게 하도다.

서력西曆 1132년. 인간은 개미와 유사하거나 또는 의남아蟻男兒처럼 세천細川에 놓인 거백광巨白廣의 고래 등 위를 편답遍踏하나니. 에브라나(Ublanium)[더블린]를 위한 고래의 싸움이라.

서력西曆 566년. 대홍수 후 금년의 봉화烽火의 밤에 한 노파老婆가 늪으로부터 사死한 이탄泥炭을 끌어 모으기 위해 그녀의 광주리(키쉬) 바닥 아래 그것을 보면서 버들 세공의 광주리를 찾고 있었나니, 그녀가 자신의 자우기심雌牛奇心을 만위滿慰하기 위해 달려갔을 때 그런데 맙소사 그러나 그녀는 단지 단단하고 멋진 태동화胎動靴와 작은 우아한 흑화黑靴의 충낭充囊을 자신 발견했는지라, 땀에 너무나 함빡 부습富濕했도다. 모두 장애물항障碍物港(Hurdlesford)[더블린 만]의 불결한 작물들.

(침묵)

서력西曆 566년. 이 때 구리 발髮의 한 처녀[이씨의 암시]가 심히 구슬퍼하는 일이 발생했도다, (얼마나 슬픈지고!) 왠고하니 그녀의 총아寵兒인 인형이 불살귀(火殺鬼)의 부실한 양귀비에 의해 강탈당했기 때문이라. 지겨운(바리오하크리볼리) (Ballyauhgacleeahbally) 혈전血戰이라.

서력西曆 1132년. 두 아들이 호남好男과 마파魔婆에 이르기까지 단시에 태어나다. 이들 아들들[HCE의 쌍둥이들의 암시]은 자신들을 캐디[Caddy-솀]와 프리마스[Primas-숀]로 불렀나니. 프리마스는 신사 보초였고, 모든 낭인良人들을 훈련시켰도다. 캐디는 주점에 가서 일편평화一編平和의 소극素劇을 썼나니. 더블린을 위한 불결 어화語話.

[014.28-015.11] 목장 장면-꽃들과 전쟁터.

자 이제 모든 저 장정長征과 편력編曆 또는 분노憤怒 또는 울혈鬱血의 세월 뒤에, 청본靑本의 대책大冊으로부터 암흑의 우리들의 귀와 눈을 쳐들지니 그리하여, (볼지라!), 얼마나 평화롭게 애란적愛蘭的으로, 모든 황혼 짙은 사구砂丘와 광휘光輝의 평원平原이 우리 앞에 우리의 애란 자연국自然國을 보여주고 있는고! 지팡이 든 목자牧者가 석송石松 아래 기대어 쉬고 있나니; 어린 두 살 수사슴이 자매 곁으로 환송된 녹지 위에 풀을 뜯고 있는지라, 그녀의 요동치는 경초鏡草 사이 삼위일체 샘록(클로버)이 저속함을 가장假裝하도다; 높은 하늘은 상시 회색이라. 이리하여, 또한, 당나귀의 해 동안. 수 곰과 발인髮人의 쟁기질 이래 수레국화가 볼리먼[더블린의 지역 명]에 계속 피어 머물고 있었나니라.

[015.12-015.28] 인간의 변덕-이동移動-꽃들의 안정安定.

그들의 설어舌語들과 함께 바벨탑은 공허해 왔나니 (혼유생混儒生 공자孔子가 그들을 장악하도다), 그들은 존재했고 사라졌도다. [이하 8행은 바벨탑처럼 다양한 언어들로 서술된다] 미련未練한 흉한兇漢들이었고 마두가흉인馬頭歌兇人들이었고 놀만의 귀여운 약혼자들이었고 다우多愚의 앵무새들이었도다. 사내들은 해빙解氷했고 서기들은 홍홍 속삭였고, 금발 미녀들은 브루넷 사내들을 탐소探索했도다: 당신 나를 사랑(키스)해요, 이 천한 캐리 돼지? 그리고 흑양黑讓들은 지옥 남들과 서로 말을 되받았나니, 그대의 선물은 어디에, 이 얼간이 바보? 그리하여 그들은 서로 군락群落했는지라. 그리고 그들 스스로 추락했도다. 그리하여 [여전히 오늘밤도] 고대의 밤처럼 들판의 모든 대담한 화녀군花女群들이 그들의 수줍은 수 사슴 애인들에게 오직 말하나니: 나를 도태淘汰해요 내가 당신한테 의지意志하기 전에!: 그러자, 그러나 잠시 뒤에: 내가 한창(꽃이 필) 일 때 꺾어 봐요! 글쎄 정말 그들은 의지意志했나니, 쾌혼快婚하고, 그리하여 후련하게 얼굴 붉히는지라, 정녕코! 고래(鯨)를 외바퀴 손수레에 있는 동안 씻을지라. (글쎄 그대에게 말하나니 내 말이 진실이 아닌고?) 아가미와 지느

러미가 가물대고 흔들게 하기 위해. 팀 팀미캔(桶)이 그녀를 유혹했나니, 유혹하는 탬. 털썩! 퍼덕! 벼룩 껑충!

깡총! [세월의 도약]

[015.29-016.09] 뮤트가 쥬트를 만나다 - 뮤트가 그에게 이야기를 시도하다.

아넴(Anem)의 이름에 맹세코 작은 언덕 위에 가죽 옷 입은 무리들 속의 파사론 야인野人 조비거는 누구란 말인고? 자신의 돈처녀豚處女 돈두豚頭를 흔들며, 그의 도족跳足을 오그라뜨렸나니 [쥬트의 나타남] 그는 열쇠발가락. 이 짧은 정강이를 지녔는지라, 그리고, 잘 살펴볼지니 저 흉부胸部, 그의 최고로 신비스런 유근乳筋. 어떤 두개頭蓋 냄비에서 가벼운 음료를 흔들고 있도다. 내게 용남龍男처럼 보이는지라. 그는 거의 전월全月 여기 숙영지宿領地에 붙어 있나니, 곰 놈 술꾼 숀 같은 자요, 정월주인正月酒人 또는 이월양조자二月釀造者, 삼월주정三月酒精꾼 또는 사월만취한四月滿醉漢과 강우강상降雨降霜의 사기詐欺 폭도暴徒일지로다.

[016.10-017.16] 뮤트와 쥬트의 대화 시작 - 클론타프 전투의 기억들.

무슨 놈의 웅남熊男 족속族屬. 그건 은부隱父임이 분명하도다. [동굴 문에서 골수 뼈를 핥으며] 자 우 이들 활수물猾收物 뼈 더미를 가로질러 그의 화광火光 속으로 도섭跳涉하게 할지라. (동굴!) 그는 아마도 우리를 헤라클레스 기둥으로 우송할지 모르나니. 자 이리 와요, 술고래 바보, 오늘 기분이 어떠한고, 말을 할 줄 아는고, 나의 갈수낭인渴修良人? 아. 수다쟁이 그대 스칸디나비아 말은? 아니. 그대 영어를 말할 수 있는고? 아아니. 그대 앵글로색슨 말을 발음發音? [여기 뮤트(원주민 - 셈)는 낯선자의 국적을 확인하려 한다. 아아아니. 아 분명! 그래 쥬트로군. 우리 모자帽子를 교환하고 경칠 나혈裸血 전투戰鬪에 관해 몇 마디 강동사强動詞를 약弱하게 서로 조사할 지로다.

쥬트- 그대!

뮤트- (아주) 락樂이도다.

쥬트- 그대 귀머거리?

뮤트- 약간 어렵도다.

쥬트- 하지만 그대 귀 벙어리 아닌고?

뮤트- 아니. 단지 모방 화폐 전달자.

쥬트- 뭐라? 그대 어찌 불평인고?

뮤트- 난 단지 말 말더듬이도다.

쥬트- 경칠칠칠 일이라, 확인할 일! 어떻게, 뮤트?

뮤트- 술 때문에, 어리석은 귀머거리.

쥬트- 누구 주점? 어디에?

뮤트- 그대가 늘 가는 소똥 여관…

쥬트- 그대 통桶 소리는 내게 거의 불가청不可聽이라. 그대 좀 더 현시하게 굴지니, 내가 그대인양.

뮤트- 가졌는고? 그걸 가졌는고? 주저? 탈脫, 부후루! 부루 약탈! 나 자신을 기억 관찰 할 때 나 자신 자광自鑛 속의 분노憤怒 쿵쿵이라!

쥬트- 흑안黑眼 잠시. 과거는 과사過事로다. 자네의 주정에도 불구하고 이 금金장신구로 그대의 현기眩氣를 나더러 무無해주구려. 여기 참나무 토막, 목전木錢이라. 기네스 전주錢酎는 그대 몸에 좋으나니.

뮤트- 청聽, 이 녀석! 어찌 목전木錢인지 난 모르나니, 파상波狀 화투복灰套服의 켈트 비단 할멈! 더블린(水跳) 바(酎場)를 위하여 천만 환영. 오래된 불쾌한 연어(魚)! 그[HCE]는 동란주점同卵酒店에서 수란秀卵되었도다. [추락되었다] 여기는

[017.17-018.16] 뮤트가 추락墜落에 관해 말하다-뮤트와 쥬트의 대화가 끝나다.

성급한, 마르크 1세 군주가 살던 곳. 저기, 거기 달빛 아래, 미니킨의 도섭장徒涉場.

쥬트- 단지 그 이유인즉, 눗렁다黙言者가 예언하기 때문이라. 우리들의 오화誤話를 요약컨대, 그(HCE)가 총 마차의 쓰레기 더미를 여기 땅 위에 적투積投했기 때문이도다.

뮤트- 바로 여기 개울 연못 곁에 소천방小川房의 군집고석群集古石.

쥬트- 주主 전습원全濕原이여! 어찌 전부前父 그 같은 소리를? [뮤트의 설명 불신]

뮤트- 소똥 초원草原 위의 황소와 비슷한 소리. 띠 까마귀 우르릉! 나는 포각泡角의 저 자에게 골아 줄 수 있나니, 녀석을 안쪽 양모羊毛 내의內衣로, 내가 목매달고 앉아서, 브리안 오린이 그랬듯이.

쥬트- 글쎄 나는 그대의 말더듬이 사투리 같은 어형語形 속에 시종일관 한

마디도 이해할 수 없으니, 나에게 기름띠와 생 벌꿀이도다. 온통 들리지도 않는 음화淫話로다! 안녕히! 숙명宿命이면 그대 만날지니.

뮤트- 같은 추락墜落. [모두 이제 무덤 속에]

쥬트- 악취惡臭(저주)!

뮤트- 살게 하라! 여기 땅 속에 알카리(石灰)누어있나니. 매일밤 대자大者가 소자小者곁에, 상인常人은 또한 외래인과 더불어, 티티 고아孤兒는 소인형 집에, 크고 장대한 호텔에서처럼, 불 속에 빠진 집게벌레의 몽마夢魔, 생수면生睡眠인 사장지砂葬地 속에 불대등자不對等者가 대등자對等者 마냥. [〈바빌론 호텔〉(Grand Babylon Hotel)의 패러디]

쥬트- 너절한 얘기(똥)이다!

뮤트- 정숙유화靜肅宥和! 공포방귀의 파도에 의하여 길이 저물었나니. 절망의 노래 그리하여 조상의 패총貝塚이 그들 모두를 삼켜버렸는지라. 이 근처의 연토年土는 벽돌 먼지가 아니고 꼭 같은 순환에 의하여 부토腐土로 변했도다. 룬 석문자石文字를 달리는 자가 사방문四方文을 읽을 수 있게 하라. 고노성古老城캐슬, 신성新城캐슬, 퇴성退城캐슬, 허물어지도다! 한漢블린을 위하여 내게 차 삯을 진정眞正하게 말할지니! 겸허녀謙虛女의 시장市場. 그러나 또한 그걸 모두 유순하게 말할지라. 토루자土壘者여! 그대 조용할지라!

쥬트- 조용?

뮤트- 거인巨人은 요술쟁이 앰미(집게벌레)와 함께 요새要塞에 있나니.

쥬트- 어찌?

뮤트- 여기 부왕父王 바이킹의 무덤이 있도다.

쥬트- 무엇!

뮤트- 자네 놀랐는고, 석기시대石器時代의 쥬트 그대?

쥬트- 내 눈을 뇌타雷打 당했도다, 진흙 뇌신.

[018.17-019.19] 책 자체 - 알파벳, 뱀 등.

(구부려요), 만일 그대가 초심初心(abc)이라면 [알파벳에 흥미가 있다면] 이 점토본粘土本[마치 〈경야〉- 점토요, 철자 덩어리]에 대하여, 얼마나 신기한 증표證票인고 (제발 구부려요), 이 알파벳으로 된! 그대는 화독話讀 할 수 있는고 (우리와 당신은 이미 양다리 걸칠 수 없는지라). 그의 세계를? [worlds: 〈율리시스〉의 마사의 word와 world의 혼돈] 그것은 모든 것에 관하여 같은 걸로 이야기되고 있어요. 많은(many). 이종족혼성異種族混成 위의 이종족혼성. 매달려요

(Tieckle). 그들[고대인들]은 살았고 웃음 지었고 사랑했고 그리고 떠났지요. 유죄有罪. 그대의 원형原型 왕국은 미데스 현자賢者와 포손 현자에게 부여된 거지요. 우리들의 고대 하이덴버인의, 운雲-중中-두頭가 지구地球를 걸어 다니던 시절의, 상실喪失과 재생再生의, 곡담曲談, 무지 속에 그것은 인상을 암시하고 지식을 짜며 명태名態를 발견하고 기지를 연마하며 접촉을 야기하고 감각을 감미甘味하며 욕망慾望을 몰아오고 애정에 점착하며 죽음을 미행尾行하고 탄생誕生을 망치며 그리하여 노사老死의 누각樓閣을 촉진하는지라. 그러나 돌풍突風과 함께 그의 배꼽에서 나와 라마 솥뚜껑, 끌, 귀 모양 보습 날, 농경農耕의 저 황소 마냥, 쟁기의 목적은 사시사철 지각地殼을 파소破析하고, 앞 골쪽으로, 뒷벽 쪽으로. 여기 말하자면 쌍둥이 모습들 호전적으로 무장武裝하며 말을 타면서. 말을 타면서. 무장하는 호전적인 모습들. 여기 보구려. 더욱이, 이 꼬마 여 인형 그리고, 그들을 붙들지라, 얼굴 F 대 얼굴 F! [HCE와 ALP의 얼굴] [모두 진흙에 박힌 기호 및 문자들]

[019.20-019.30] 숫자 111에 관해-아들들과 딸들.

[문자 모양] 도끼 1격擊 도끼 2격 도끼 3격, 도끼와 닮았나니. 1곁에 1과 1을 차례로 놓으면 동상同上의 3이요 1은 앞에. 2에 1을 양養하면 3이라 그리고 동수同數는 뒤에. 커다란 보아 왕뱀으로부터 시작하여 삼족三足 망아지들 그리고 그들의 입에 예언의 메시지를 문 야윈 말들. [이하 책들의 기원] 그리하여 아이들의 100 중량重量 비발효성非醱酵性 무게의 일기日記, 우리들이 만공포절萬恐怖節 전야까지 정독할 수 있는 것. 정주자定住者와 반反 정주자 및 후기회전근後期回轉筋 반정주자 [모두 후손들]의 견지에서 도대체 어떻게 전개될 그리고 무슨 목적을 띤 두서없는 꼬불꼬불 이야기인고! 언제나 우리들, 우리들의 너나할 것 없이, 아지兒地의 아들들, 아들들, 꼬마 아들들, 그래 그리고 초원 꼬마 아들들은 말할 것도 없고, 우리들의 모든 이씨와 계집애들, 남의 딸들이, 아직 아숙訝熟하지 못할 때! 비난의(비격對格) 대답! 무한대의 어머니 저주! [두 소녀들, 세 군인들, HCE 및 ALP: 모든 딸들과 아들들에 의해 책은 정독되다.]

[019.31-020.18] 고대의 세월-쓰기와 읽기.

정말이지 당시 공무空無의 나날에 아직도 황무지荒蕪地에는 누더기 종이(紙) 뭉치 조차 없었으니 그리고 강산强山 필筆(펜)(축사畜舍)은 생쥐들을 놓칠

세라 여전히 신음했도다. 만사가 고풍古風에 속했나니라. 그대는 내게 구두 한 짝을 주었고 (표식 부付!) 그리고 나는 바람을 먹었나니. [〈햄릿〉 III. (2.99)의 글귀: 나는 상속자를 증오한다(I hate the heir)의 패러디] [나는 그대에게 금화金貨를 퀴즈(시험)했고 (무엇 때문에?)] 그리고 그대는 교도소에 갔나니. [고대(풍)의 연속] 그러나 자네, 명심할지라, 세상은 추락하는 만사에 관하여, 자네, 지금, 과거 그리고 미래未來에 영원히, 우리들의 낮은 이성적 감각의 금단하禁斷下에 그 자신의 룬 석문자石文字를 쓰고 있으리니

[020.19-021.04] 그대의 손 안의 책-그것의 이야기와 무도

울지 말지라 아직! 무덤까지는 많은 미소微笑 마일이 있나니. 남자男子 당當 70명의 처녀處女들과 함께, 나리, 그리고 공원은 소광燒光으로는 너무 어두운지라. 그러나 그대의 수신修身 속에 그대가 무엇을 지녔는지 볼지니! 가시귀물可視貴物은 동작으로 휘갈기고 있나니, 행진하면서, 그들 모두가 고진古進하고, 팔딱팔딱 그리고 비틀 비틀거리며, 모든 바쁜 딱정벌레들이 나름대로 작은(트로이) 이야기를. 말하기에 분주奔走 하는지라. 옛날 옛적 한 놈이 (그대의) 사향麝香 위에 그리고 두 놈이 그들의 격자格子 그늘 뒤에 그리고 세 놈이 딸기 그루터기 두렁, 채프리조드, 사이에. 그리고 병아리들이 그들의 이빨을 쪼았나니, 어리석은 나귀인 그가 말 더듬기 시작했도다. 그대는 당나귀에게 그가 그걸 믿는지 안 믿는지를 물어 볼 수 있는지라. 그리하여 나를 단지 꼭 껴안아요, 벽에도 귀(발꿈치)가 있나니. 마흔 개의 보닛을 지닌 저 아낙네. [Galway의 Tommy Healy(아일랜드 정치가, 1855-1931)의 부인의 별명] 왠고하니 당시는 굴렁쇠가 높이 뛰던 시대였기에. 노아 야남野男과 비개 아내에 관하여, 정중鄭重한 가남家男과 경박녀輕薄女[이브, Alp, 프랜퀸 등]에 관하여, 또는 불(알) 까기를 원하는 황금 청년들에 관하여 [셰익스피어 작 〈심베린〉 IV. 2.237: 황금 청년들과 소녀들은 모두…(Golden Lads and girls all must…)의 인유] 또는 난처녀亂處女가 사내 행세토록 하는 것에 관하여. 악혼무인惡婚舞人인 그는 그녀의 프리스큐 미무美舞와 그녀의 미체무美體舞의 미도迷途에 의하여 미혹迷惑 당했나니. 오월 요정妖精, 그녀는 바로 경쾌한 뱀 여인! 트리퍼리 경쾌무輕快舞로부터 기대첩무期待妾舞(발가락)까지! 가면假面이라, 볼란테무舞, 버랜타인 애안 무舞. 그녀는 최고 남서풍녀南西風女 쓸모없이 불어제치나니. 안으로 불고, 안으로 강류江流하도다. 호호! 그러니 그건 확실히 그녀지 우린 아닌지라! 하지만 안도安堵할 지라, 용모容貌 신사여.

[021.05-023.15] 프랜퀸과 잘 반 후터의 이야기 - 왜 나는 성숙한 침묵처럼 보이는고?

[후터 백작과 프랜퀸 이야기] 그것은 밤에 관한 이야기, 늦은, 그 옛날 장시長時에, 고석기古石器 시대에, 당시 아담은 토굴거土掘居하고 그의 이브 아낙 마담은 물 젖은 침니沈泥 비단을 짜고 있었나니, 당시 야산거남夜山巨男[아담]은 매웅우每雄牛이요 저 최초의 늑골강도녀肋骨江盜女[갈비뼈를 훔친 이브], 그녀는 언제나 그의 사랑을 탐하는 눈에 자도현옥自道眩惑[이브의 유혹]하게 했는지라, 그리하여 매봉양남每棒羊男은 여타 매자계청녀每雌鷄請女와 독애獨愛를 즐기며 과세過歲했나니, 그리고 잘 반 후터 백작은 그의 등대가燈臺家에서 자신의 머리를 공중 높이 빛 태웠는지라, 차가운 손으로 스스로 수음유락手淫遊樂[수음]했도다. 그의 두 꼬마 쌍둥이 형제, 트리스토퍼와 힐라리 성城이요 니토옥泥土屋의 연유포상煙油布床 위에서 자신들의 유녀인형하녀遊女人形下女[딸]를 뒤 발치기 하고 있었나니라. 그런데, 경칠 맙소사, 그의 주가여숙酒家旅宿을 찾아 온 자가 그의 의질녀義姪女요, 희롱여왕戱弄女王 프랜퀸 말고 누구였던고. 그러자 프랜퀸은 창백 장미꽃을 꺾으며 문 정면에다 자신의 습음뇨濕淫尿[배뇨]를 했도다. 그리고 그녀가 점등點燈하자 애란의 화토火土가 활활 불탔는지라. 그리고 그녀는 자신의 미소년美少年 [후터 백작의 쌍둥이 중 하나]의 면전面前에서 문을 향해 말했나니. 쇠자衰者 마르크여, 왜 저가 한 줌의 주두酒豆를 닮아 보일까요? [첫 번째 수수께끼] 그리하여 그처럼 스커트 양은 전초전前哨戰을 시작했도다. 그러나 문지기[또는 후터 백작 자신]는 화란어和蘭語의 농담으로 그녀의 은총을 수답手答했나니. 쇄분鎖糞(저주)! 그런고로 그녀의 적의敵意의 나리(그래이스)는 지미 트리스토퍼를 유괴誘拐하고 음사陰沙의 서부 황야 속으로 우주雨走, 우주, 우주했도다. 그리고 후터 백작이 그녀를 뒤좇아 부드러운 비둘기 소리로 휴전보休戰報를 쳤나니. 멈춰요, 도적이여 멈춰, 나의 애란愛蘭의 정지로 돌아와요. 그러나 그녀는 그에게 전서답戰誓答했나니. 무망無望이로다. 그렇게 어딘가에 낙천사落天使의 한 가닥 미애성美哀聲이 들렸도다. 그리고 프랜킨은 세탑世塔 튜라몽에 40년의 만보漫步를 위해 떠났나니. 오마리(Grace O'Malley)가 40년 동안 항해航海했던 전설傳說. 그녀는 애점愛點의 축복을 쌍둥이에게서 은銀비누 은부평초銀浮萍草 뭉치로 씻으며 자신의 4올빼미 양모현주羊毛賢主[후터 백작]로 하여금 자신의 간지럼 오락(섹스)을 교접敎接했는지라, 그는 루터 추문한醜聞漢이 되었도다. 그렇게 한 다음 그녀는 우주雨走 또 우주하기 시작했나니, 그런데, 맙소사, 그녀는

쌍둥이를 그녀의 앞치마에 싼 채, 늦은 밤에, 또 다른 시간에, 후터의 백작 댁에 다시 되돌아 왔던 것이로다. 그리하여 그녀가 정작 도달한 곳은 단지 브리스톨[HCE의 술집]이었나니. 그리고 후터 백작은 자신의 상처나족傷處裸足의 뒤꿈치를 그의 주장酎場 속에 담근 채, 스스로 온수를 흔들며 지미 힐라리[다른 쌍둥이 아들]와 그들의 첫 유아기의 우유아愚乳兒[힐라리]는 찢어진 침대보 위 아래쪽에 있었나니, 형제자매, 서로 비꼬면서 그리고 기침하면서. 그리고 프랜킨은 창백한 자[후터 백작]를 붙잡고 다시 불을 환히 켜자 붉은 수탉이 구계丘鷄 볏으로부터 훨훨 포화砲火인양 날랐도다. 그리고 그녀는 사악자邪惡者[후터 백작] 앞에서 그녀의 수습행水濕行[배뇨의 암시]을 행하며, 가로 대. 넝쿨자者 마르크여, 왜 나는 두 줌의 주두酒豆처럼 닮아 보일까요? 그러자. 폐분閉糞(저주咀呪)!하고, 사악邪惡者가 온건녀溫乾女에게 수답手答하며, 말하는지라. 그런고로 온건녀는 악의적으로 한 놈 지미[트리스토퍼]를 미리 내려놓고 다른 지미 놈[힐라리]을 빼앗았나니 그리하여 우남憂男의 땅으로 소로小路내내 [스위프트의 〈걸리버 여행기〉의 소인국인(Lilliputian)들에 대한 암유] 우주雨走, 우주, 우주했도다. 그리고 반 후터 백작은 높은 애란 족성族聲[아일랜드의 한 종족]으로 그녀 뒤를 수다 떨었나니. 멈춰 멍청이 멈춰 나의 정장停場으로 되돌아오라. 그러나 프랜퀸은 전답戰答했나니. 나는 그걸 좋아하고 있도다. 그리고 황막荒漠하고 노파老婆의 비명悲鳴 [호우드 성주인 성 로렌스의 가족 Grannuaile(노파)의 암시, 때는 에리오(애란)의 어딘가 유성流星의 광야光夜였는지라] 그리고 프랜퀸은 털럴민에서 40년의 만보漫步를 위해 떠났나니 그리하여 그녀는 팽이 못(釘)으로 잔인하고 미친 크롬웰의 저주를 쌍둥이 녀석에게 쏟아 부으며, 자신의 4종달새 목소리의 교수敎師로 하여금 그를 그의 눈물로 감동하게 했는지라 그리하여 그녀는 그를 일확안전一確安全까지 도행倒行시켰나니 그러자 그는 한 사람의 트리스탄이 되었도다. 그렇게 한 다음 그녀는 우주雨走하고, 우주하기 시작했도다. 그리고 한 벌의 변장變裝 차림으로, 매우도, 반 후터 백작 댁에 다시 되돌아 와, 라리힐[힐라리]을 스스로 그녀의 앞치마 밑에 감추었나니라. 그런데 그녀의 제3의 미관美觀인, 그의 또 다른 야사夜事의 장가 구역 곁에서가 아니었던들, 그녀는 도대체 왜 멈추려했던고? 그리고 본 후터 백작은, 자신의 4부部 위장胃腸으로 반추하면서 (감히! 오 감히!), 그의 식료상자까지 자신의 격앙의 궁둥이를 들어 올렸나니, 그리고 지미 쌍둥이 트리스토퍼와 어리석은 유아幼兒는 수포水布 위에서 사랑했는지라, 입맞추거나 침을 뱉으면서, 그리고 빈둥거리거나 입을 쪽쪽 다시면서, 마치 그들의 제2 유아기의 소천所天하인 그리고 천진天眞신부처럼. 그리고 프랜퀸은 빈 종이를 들어 올려 불을 붙이자 골짜기가 반짝이며 거기 놓여 있었도다. 그리고 그녀는 세 혹의 방주궁도方舟弓道 정면에서 자신의 최수습행最水濕行[다시 배뇨 행위]을 행하며, 물었나니, 우울자憂鬱者 마르크여, 왜 나는 세 줌의 주두走豆처럼 닮아 보일까요? 그러나 그런 식으로 전초전前哨戰은 종료되었도다. 왠고하니 번개 불의 포크 창槍과 더불어 나타나는 야영野營의 종소리처럼, [노래 제목: 〈캠벨즈가 오도다〉 (The Campbells are Coming)] 처녀들의 무서운 표적인, 그 자신 뇌우자雷雨者 반 후터 백작은 그의 3스톤짜리 덧문 성城의 마늘 창개槍開 아크 어두운 길을 통하여 껑충 껑충 장애물 경기하듯 급히 도출逃出했는지라, 브로딩나그. 거인모巨人帽 및 그의 평민 칼라 및 담황색淡黃色 셔츠 및 볼브리간 제製의 양말 장갑 및 로드브록 방사복紡絲服 및 장선腸線 탄약대彈藥帶 차림으로

[023.16-024.02] 침묵의 산: 남男-종알대는 흐름: 녀女

오 행복불사조 죄인이여! (O lucky fall) 하느님의 사랑을 통하여 부활을 가져왔던 추락에 대한 성 오거스터스(Augustus)의 축사祝辭. 이 구절의 변형인 O Phoenix Culprit는 이 작품에 수없이 등장하는 통상적 형태이다. HCE의 추락과 부활의 온당한 말로서, 아담의 행복한 추락(성 토요일을 위한 미사에서)과 피닉스 공원에서의 이어위커의 죄와 결합한다. 무無는 무無로부터 나오나니(Ex nickylow malo comes) 구릉丘凌, 소천小川, 무리 지은 사람들, 숙사宿舍를 정하고, 자만하지 않은 채. 가슴 높이 그리고 도약할지라! 구릉 없으면 이들은 옛 노르웨이 전사戰士 또는 애란 태생에게 그들의 비법秘法을 내뿜지 못하리로다. 왜 그대는 침묵하는고, 응답 없는 혼프리[HCE-피네간의 추락 가체巨體-촌변의 윤곽-호우드 언덕]여! 응답 없는 리비아여, 도대체 어디서부터 그대[ALP-강]는 도약하는고? 운모雲帽가 그에게 씌어져 있고, 상을 찌푸린 채, 그녀를 듣기 갈구하며, 그는 엿듣고 있을 터인지라, 만일 그것이 근처의 쥐(鼠) 이야기인지, 만일 그것이 극동極東의 전쟁의 소음騷音인지. 목표目標할지라, 그의 골짜기가 어두워지고 있도다. 두 입술로 그녀는 이러이러한 그리고 저러저러한 이야기를 내내 그에게 혀짤배기 소리로 말하고 있도다. 그녀 그이 그녀 호호 그녀는 웃지 않을 수 없으니. 저주咀呪라, 만일 그가 그녀를 가지 꺾을 수만 있다면! 그는 감지불하感知不可하게, 재현再現 하나니. 음파音波가 그의 타격자打擊者로다. 그들은 그를 쿵쿵쿵 소리로 사기詐欺치나

니. 노도파怒濤波 그리고 잡탕파雜湯波 그리고 하하하 포파도咆波濤 그리고 불상관마이동풍지파不相關馬耳東風之波[아일랜드의 4파도波濤] 그의 마님에 의하여 륙봉합陸封合 된 채 그리고 그의 자손들, 아가들과 젖먹이들 속에 영구화되고, [네가 호반의 파도에 기인된 화석화의 재생] 비탄의 피리 시인들은 그의 얼굴 이면에서 그에게 말할 수 있으리니, 우리들이 맛보는 로우스 산産의 빵, 그의 단단한 큰 넙치 꽁지가 어떠한지, 또는 그녀에게 그녀의 분첩에 내하여, 우리들이 마시는 생명의 샘 그녀의 풍락사과風落司果[예기치 않은 행운 또는 행복한 추락] [대大 연대기자年代記者들(Mamalujo) 및 아일랜드 해안의 4갑岬(points)은 아일랜드의 4파도波濤(Four Waves)로서 알려지다. [〈율리시스〉 제9장 참조] 작은 안목이 어떠한지, [행복의 가족] 우리들의 빵과 음료의 부여자附與者들, 마을에는 피뢰침의 성탑聖塔도 없으려니와 계선장繫船場에는 떠있는 선박船泊도 없으리니, 아니 간단한 모음으로 말할진대, [HCE: 아내에게 육봉합 된 채, 그의 자손들에게 영구화 된 채, 시인詩人들은 HCE와 ALP에 대해 말할지니, 그들이 아니면 성탑聖塔(행복)도 없으리라]

램프 등燈의 황혼 곁에 (노보) 신新더블린에서 꼭꼭 숨어라 놀이하는 아이들도 없을 뿐만 아니라, 운반용의 편리 도구道具도 이기利器도 멍청이 암시도 없을 것을.

[024.03-024.15] 강대한 해방자 [HCE]의 행위 - 그는 소생한다.

그[피네간]는 자기 자신과 자기에게 속하는 모든 것을 위하여 자신의 경작치耕作齒의 기술에 의해 굴입掘入 및 굴출掘出했나니 그리하여 그는 생활을 위하여 자신의 찬조贊助 아래 그의 동료로 하여금 땀 흘리게 했으며 자신이 노역勞役의 공恐 빵을 득得한지라, 저 용폭남龍暴男, 그리고 그는 우리를 위하여 무충법無蟲法을 만들고 전주全主의 악惡으로부터 우리들을 구했나니, 저 강대한 해방자解放者, 땅딸보 - 침판 - 집게벌레 - 고자질쟁이[피네간 - HCE] 그리고 정말 그가 그렇게 한, 우리들의 최고 숭광崇光 받는 선조, 마침내 그는 자신의 홀아비의 집에서 연말에서 연종年終까지 온몸을 저 붉은 외투로 덮은 호인好人임을 생각했나니. 그리고 화조花鳥가 여신餘燼을 흩어 버릴 때 속삭이는 무초茂草들이 그를 잠에서 깨울 수 있기를 재삼 의도하고 재삼 기원할지라. 그리하여 만일 정말로 노인老人에 의해 약자若者에게 이야기 될 수 있다면 재삼 그렇게 하리라. 그대[피네간 - HCE]는 나의 결혼을 위하여 주酒푸념하는고, 그대는 신부新婦 및 화상花床을 갖고 왔는고, 그대는 나의 종언終焉을 위해 아이고 외칠 것인고? 경야? 〈생명주!(Usqueadbaugham!)〉 [이 때 누군가가 고함을 지른다] 악마로부터 가련한 영혼들이여! 그대 내[피네간]가 주사酒死했다고 각주覺酎 했던고?

그리고 그대[피네간]에게 선물을 운반하면서, 우리 그렇잖은고, 피니안 당원들? [피터, 잭 또는 마틴(Peter, Jack & Martin): 스위프트의 〈터무니없는 이야기〉(Tale of a Tub)에 나오는, 가톨릭, 성공회 및 루터교의 성당 명] 그리고 우리가 그대를 아까워하다니 우리들의 타액唾液이 아닌지라, 그렇잖소, 드루이드 중들이여? 그대는 당과 점에서 사(買)는 초라한 소상小像들이나, 피안염가물避眼廉價物들, 피안물避眼物들은 아니나니. 그러나 그 대신 들판의 공물供物들. 벌꿀 향香, 저 파허티 박사, 의약인醫藥人이 그대를 효선效善되게 가르쳐 주었는지라. 아편 꼭지가 만사萬事 통과약通過藥. 그리고 벌꿀은 과거 더 이상 없는 최고의 성약聖藥, 꿀 벌통, 벌집 및 봉밀, 영광을 위한 식물食物, (그대는 항아리를 잘 지키도록 유의할지니, 그렇잖으면 신주배神酒盃가 너무 가벼워 질지로다!) 그리고 하녀가 그대에게 가져다주곤 했던 것처럼, 약간의 산양山羊 밀크를, 나리. 그대의 명성은 노자勞者 핀탄 (Papa Vestray) [오크니 제도(Orkney Islands)(스코틀랜드 동북의 여러 섬들)의 하나로서, 바이킹 시절 그곳 켈트 성직자였던 Papae의 이름에서 유래함] 이 그대의 소식을 배 너머로 나팔을 분이래 마치 바실리커 연고軟膏 [맥백발麥白髮…영웅!(wheater…Hero!): (1)노래 가사에서 유래함: 그대의 머리카락이 백발이 될 때 나는 그대를 더 한층 사랑하리라. (2)불타佛陀: 그는 자신의 머리카락을 잘라 공중에 던져버림으로서 사치를 포기했다는 전설에서. 그는 이전에 어떤 승려에 의하여 영웅이라 불리 움] 마냥 사방에 퍼지고 있는지라 그리하여 보스니아 가옥들 저쪽으로 많은 집들이 있나니 그리하여 그들은 그대를 따라 이름을 부르고 있도다. 이곳 사나이들은 언제나 그대에 관하여 이야기하고 있나니, 돼지 볼을 두고 둥글게 앉아, 술찌꺼기에 맹세로, 연어 가家 불타는 자신의 교화敎化 뒤로 7번 인사 받다. 속에서 성스러운 지붕 나무 아래, 기억의 술잔을 교환하면서, 거기 모든 공계곡空溪谷이 공명空鳴을 공지公知하는 도다. 그리고 높은 곳의 야자 땀방울이 그대의 수념물手念物 불타는 자신의 교화 후로 7번 인사 받다. 등표證票인 거기 우리들의 산사나무 몽둥이를 감탄하면서. [기념비 건립을 위해 동원된 노역의 암시] 여태껏 애란인들 사후(Sahu) 이집트 신화에서 영혼들의 부패하지 않은 거처. 이 계속 씹어 온 모든 이쑤시개는 저 포대 받침[(1)M. 트웨인 작 〈허클베리 핀〉 중의 구절 (2)워싱턴 D.C 의 Lafayette 광장]에서 잘라 만든 나무

토막이로다. 명예화주名譽貨主가 스스로 하락하사, 만일 그대의 몸이 굽게 되고 토고土固되면, 그것은 벼 묘苗심는 자들이 다량의 짐을 실었기 때문이요, 그대가 여신들 무릎 앞에 만사 영낙零落될 때, 그대는 우리들의 노동녀들에게 자유가 얼마나 안유安諭한가를 보여 주었도다. 용감한 늙은 간 이집트의 주된 신들, 형제자매, 남편과 아내, 들이여, 모두들 그렇게 말하고 있는지라 (두개골 같으니!) 그것은 그대에 합당한 파종자播種者, 그들 모두의 향취사香臭者였도다. 정말이지 하지만 그 [3인칭의 피네간]는 그랬나니, 그대는 대포유자大砲遊子(G.O.G) 그는 이제 사멸한 몸이라 우리는 그의 타당성의 통의痛義를 쉽게 발견할 수 있지만, 그의 위대한 사지四肢, 불타佛陀의 엉덩이에, 타스카의 백만 촉안百萬燭眼이 모이란 대양大洋을 잇따라 뻗치는 동안, 그의 최후 장거리 장휴長休와 함께 평화 있을지니! 대大애란과 대大브르트국國에서 그 같은 전경戰卿은 결코 없었으리라, 아니, 그대[다시 2인칭으로] 같은 자 모든 천봉군尖峯郡에서 결코, 모두들 말하도다. 천만에, 뿐만 아니라 어떤 왕도 어떤 열왕列王, 취왕醉王, 가왕歌王 또는 조왕弔王도 아니나니. 그대는 열두 개구쟁이들이 환위環圍할 수 없었던 느릅나무를 넘을 수 있으며, 이암이 저버린 숙명석宿命石을 높이 들어올릴 수 있었도다. 우리들의 명분을 포달包達하기 위하여 우리들의 운명의 융홍자隆興者 및 장홍목인葬興牧人 위대한 맥쿨라 만일 그대가 돼지 골목대장 자신이요 파도에 몹시 부표浮漂되어 흡수당한다면 그대는 도대체 어디에 밧줄을 칠 것이며 혹은 그 누가 각하閣下보다 나은 선자善者가 되리요? 마이크 맥 마그너스 맥콜리가

[더블린에는 만사 옛날 그대로] 만사는 똑같이 진행되고 있나니 혹은 그렇게 우리 모두에게 호소하는지라, 여기 오랜 농가에서. 성소聖所위에 온통, 나쁜 악취를 나의 인후염 숙모에게 토하구려. 조반을 위한 뿔 나팔, 주식을 위한 종 그리고 만찬의 차임벨. 벨리 1세가 황皇이 되고, 그의 의관議官들이 만 도島의 장식회연裝飾會宴에서 만났을 때처럼 그의 의관議官들이 만(Man) 도島의 정식 회연會宴에서 만났을 때처럼 (his members met in the Diet of Man) 인기 있나니. 진열장에는 똑 같은 상점 간판. 야곱 공장의 문자 크랙커 그리고 닥터 티블 점店 닥터 티블 점店 [(Dr. Tibble's Vi-Cocoa): 더블린 소재인 듯 하나, 자세한 것은 미상임 〈율리시스〉, 16: 805 참조]의 버지니움 코코아 및 모母 해구점海鳩店의 조청(시럽) 이외에 에드워즈 점의 건조乾燥 수프. 레일리-교구목教區牧이 공그라졌을 때 미트(肉) 한 잔을 마셨나니. 석탄은 모자라지만 정원의 이탄을 우리는 다량 가졌는지라. 그리고 소맥小麥은 다시 고개를 들고, 거기 씨

앗이 새삼 맺히고 있도다. 소아들은 학교 정규 레슨에 참가하고, 선생, 주저아躊躇兒와 함께 봉니사업封泥事業 [(beesknees) (bee's knees) (속어)] 완성의 절정. 만을 판독하고 곱셈으로 식탁들을 뒤엎고 있나니. 만사는 책을 향하고 그리하여 결코 말대꾸하는 법이 없는지라,

유리 엉덩이 톰 보우(무덤) 또는 수음자手淫者 티미 [Glasheen 교수는 이들 양자를 Glassarse로서, 그래드스톤(William Ewart Gladstone)(1809-1898)(영국의 수상)과 동일시한다. (Glasheen 105 참조)] 뒤에서. 디즈라엘이여 정말! 아니야 그건 로마 가톨릭의 패트릭이 아니잖소? 그들이 운송되던 아침 그대 [피네간-HCE]는 이중 관절의 문지기였나니 그리하여 애완愛腕이 아는 바를 우의수右義手가 포착할 때 그대는 전적으로 조부가 되리로다. 케빈[HCE의 쌍둥이 아들 숀]은 막 살이 통통 찐 빰을 가진 귀염둥이, 사방 벽에다 분필로 알파벳 낙서를 하면서, 그리고 그의 작은 램프와 학생 허리띠와 단 바지를 입고, 채굴採掘 주변을 우편배달부의 노크 놀이를 하면서. 그리고 만일 비누가 밀크에 적신 빵이라면 그대는 그의 옆에 활검活劍을 유치留置할 수 있을진대, 그러나 이(虱)에 맹세코, [가벼운 저주] 악마가 때때로, 뇌광雷光에 불붙은 바람둥이인, 어떤 젤리[HCE의 쌍둥이 아들 솀] 놈이 저 마네킹 속에 자리하여, 그의 최후의 세척洗滌으로부터 변비증의 잉크를 제조하면서 [제7장 참조], 자신의 생일 셔츠 위에다 푸른 줄무늬의 글을 갈기다니 헤티 재인은 마리아의 아이. 그녀는 자신의 백금의白金衣를 입고, 지복일至福日에 불꽃을 재연하기 위하여 상아象牙 횃불을 들고, 다가오리라 (왜냐하면 모두들 그녀를 선택할 것이 확실하기에) 그러나 에씨 샤나한(Essie Shanahan)(스위트의 연인)은 그녀의 스커트를 내리지요. 그대는 루나의 수도원의 이씨[HCE의 딸]를 기억하는고? [여기 이씨는 스위프트의 연인과 연관됨] 그녀의 적탄폭한赤炭暴漢들이 그녀 주변을 계속 서성거릴 때, 모두들 그녀를 성스러운 메리라 불렀는지라. 그녀의 입술은 붉은 딸기요 둔미純美의 피아, 만일 내[화자話者]가 윌리암스 우즈의 삼림목공소森林木工所에 고용된 서기라면, 나는 도회의 모든 사지주四肢柱에다 저들 포스터를 부착하리라. 그녀는 래너즈(Lanner's)에서 일야이회一夜二回 공연을 하고 있나니. 빙글빙글 도는 킥킹 업 타 바린 무舞와 함께. 카츄차 단무短舞의 박자에 맞추어. 구경 가면 그대의 심장이 도락道樂하리로다.

[027.22-027.30] HCE가 자리에서 일어나려고 시도한다 - 4노인들이 그를 제

지한다.

이제 안락할지라, 그대 점잖은 사나이[피네간]여, 그대의 무릎과 함께 그리고 조용히 누워 그대의 명예의 주권主權을 휴식하게 할지라! 여기 그를 붙들어요, 무정철한無情鐵漢 에스켈이여, 그리고 하느님이시여 그대를 강력하게 하옵소서! 그것은 우리들의 따뜻한 강주强酒인지라, 소년들, 그가 코를 훌쩍이고 있다오. 디미트리우스 오프라고난이여(DimitriusO'Flagonan), 주정천식酒酊喘息을 위한 저 치료약의 코르크 마개를 막을 지로다! 사과왕호司果王號를 물에 띠우는 포토벨로 미항美港 이래 그대는 충분히 술에 심취沈醉했었는지라. 영원히, 평화를! 그리고 착항着港할지라 그대, 영구히! 결코 마녀를 겁내지 말지니! 여기 잠들라. 권무捲霧하는 곳, 거기 해악이 서식하는 곳, 거기 신괴神怪가 계속 방사하는 곳, 오 잠잘지라! 제발 그러할지라!

[027.31-028.34] 전체 가정은 원만하다-아내도 그러하다.

나는 기묘한 베한과 늙은 캐이트 그리고 집사 버터에게 눈을 부쳐 왔나니, 나를 믿을지라. 그녀는 나의 장벽葬壁을 건축하기 위해 도울 그녀의 전쟁 기념 우편엽서를 가지고 꿈틀꿈틀 요술부리지는 않으리니, 내보자內報者들이여! 나는 그대의 덫을 시동하리라! 확실히 정말 확실히! 그리고 우리는 다시 그대의 시계를 차는 도다, 나리, 그대를 위해. 우리는 그랬던고 그렇지 않았던고, 말더더듬듬이들아? 고로 그대는 전적으로 곤경에 빠져서는 안 되도다. 뿐만 아니라 그대의 찌꺼기를 흘리지 말지니. 선미외륜船尾外輪 힘차게 굴러가고 있도다.

나는 현관에서 그대[HCE]의 마님을 보았도다. 마치 애란 여왕을 닮았나니. 정頂, 아름다운 것은 바로 그녀 자신[ALP]이라, 역시, 말해 무엇 하랴! 헛말? 그대는 트로이 해리 녀석[애란의 불운 명] 이야기를 내게 오래 해주고 해리 녀석은 트로이 초녀인草女人 이야기를 많이 해 주었나니 정말 멋진 숭어(魚) 격. 악수할지라. 그녀에게는 쇠스랑만큼도 잘못이 없나니 단지 그녀의 법전法典 탓일 뿐이로다. 성 티오볼드 티브가 폴록스의 둥근 1인용 털 쿠션 위에서 하품을 하거나 고양이의 시간을 시근대고 있는지라, 재단사裁斷師의 딸이, 그녀의 마지막 한 뜸까지, 자신의 꿈을 함께 바느질하고 있는 것을 살피고 있도다. 또는 매혹을 불 지르는 겨울을 기다리는 동안, 더 많은 새끼 새들이 굴뚝에서 낙하하기를 유혹하면서. 애송이 고양이의 무식료無食料는 눈사태 때문이라. [(1)Bold Tib: Tabita: 아마도 이시와 함께하는 가족 고양이 명. (2) Castor & Pollux: 성좌星座로서 Zeus 와 Leda의 쌍둥이 아들들, 그들은 황도대黃道帶(Zodiac)의 3번째 기호들로, 그들의 이중 화염이 배의 돛대 머리에 나타나면, 폭풍우가 끝난다는 것] 만일 그대가 의미를 설명하기 위해, 남중男中최선남最善男[불타佛陀]으로서, 그리고 그녀에게 금은金銀에 관해 멋지게 말하기 위해 거기 오직 있기만 한다면. 저 입술은 다시 한번 습濕하리니. 마치 그대가 그녀를 말 태우고 아름다운 핀드리니을 향해 갔을 때처럼. 이쪽은 말고삐다 저쪽은 리본이다 그대의 양손은 온통 분주한지라 고로 그녀는 자신이 땅위에 있는지 또는 바다 위에 있는지 또는 공익空翼 집게벌레[HCE]의 신부新婦 마냥 청공을 통해 날고 있는지 결코 알지 못했도다. 그녀는 당시 몹시 새롱거리거나 하지만 날개를 치듯 퍼덕거렸는지라. 그녀는 노래 반주도 할 수 있고, 최후의 우편이 지나 가버릴 때 추문醜聞[HCE의 공원의 죄]을 경호敬好하는 도다. 감자 캐비지 혼성주와 애플파이를 든 다음 저녁 식사를 위해 40분의 곁잠을 잘 때 콘서티나 풍금과 카드놀이 시간 보내기를 좋아하여, 모슬린 천 의자에 단정히 앉아 있나니, 그녀의 이브닝 월드 지를 읽으면서. 보고 있자니 심통心痛 쓰리게 할 판이라, [이하 신문의 내용] 전신담傳神談 또는 공갈담恐喝談들로 충만된 채. 뉴스, 뉴스, 모든 뉴스. 죽음, 표범이 모로코 시에서 한 녀석을 죽이다. 폭풍산暴風山[북 아일랜드 의회]의 골난 장면들. 그녀의 행운과 더불어 신혼 여행하는 스틸라 별. 중국 홍수에도 기회 균등이라 그리고 우리는 이러한 장미 빛 소문을 듣는지라. 딩 탬즈(Ding Tams) (그는 모든 꼭 같은 해리 놈) [Dick, Tom, Harry: 이 놈 저 놈, 어중이떠중이 (U 16)]에 관해 소난감지騷亂感知하도다. 그녀는 홍분을 탐探하고 있는지라, 낄낄 깔깔, 그들의 연재 이야기의 들락날락, 연인과 여인과 경단 고동(貝)의 사랑, 자유 번안飜案의 노르웨이 아낙네. 그녀의 최후의 눈물로 한숨 짖는 밤, 염열鹽熱의 분묘墳墓에 초롱꽃이 불고 있으리라. 이제 끝. 그러나 그것이 흘러가는 세상사. [Congreve 작 〈세상의 길〉(The Way of the World)의 익살] 경마시競馬時까지. 저 녀석에게는 무無 회은灰銀 또는 무無 가발! 우우쭐 대는 양초가 펄럭펄럭 타오르는 동안. 아나 스테시[ALP의 다른 호칭] 안녕하세요! 최귀족最貴族의 적귀요適貴腰라, 자칭 경매상인, 아담즈 부자상회가 말하다. 그녀의 머리털은 과거처럼 여느 때나 갈색이라. 그리고 물결결파파도치며. 익사한 몰리의 머리털 묘사 [참조: wavyavyeavyeavyevyevyevyhair(물결물결결누거위거우운머기카락)(U 228)] 그대[핀] 이제 휴식할지라! 핀은 이제 더 이상 없나니!

[028.35-029.36] 피네간은 돌아오지 않으리 - 대치자(HCE)가 이미 여기 있도다.

왜냐하면, 저 갈고리 연어의 동명同名의 씨족대용품氏族代用品이라도, 지혜의 핀과 연어의 이름의 대용(namesake) 공복공복 백년 전쟁의 서식지, 내가 듣듯, 밀매 주점, 시장市長 나리[HCE] 또는 다과월계수多果月桂樹처럼 번성하면서, 필사적으로 뱃전 쪽에 펄럭 사死 늘어지고 (헐거이!) 그러나 깨 나무 가지를 1야드 장長 들어 올린 채 (좋아!) 바람 부는 쪽으로 (치행사癡行師를 위해!), 양조장자釀造場者의 굴뚝 높이 그리고 곰(熊) 바남의 쇼 현장만큼이나 아래 넓게. 어깨의 분담分擔으로 영류癭瘤하여 침잠沈潛한 채, 그는 이토록 조부 나비(蟲)인지라, 불 파리인, 저림(곤경) 속의 두창痘瘡 아내 [ALP] 그리고 세 이(虱) 같은 꼬마 별아別兒들, 두 쌍의 남충男蟲 및 한 난쟁이 녀女빈대[[HCE의 딸] 와 함께. 그리하여 그는 저주咀呪하고 재再 저주했나니 그리고 그대의 사우자四愚者[4대가 - 마마누요]들이 여태껏 보았던 행실[공원의 비행]을 보여 주었거나 아니면 그는 그대 한통속 비둘기가 알고 있는 바를 보는 걸 결코 마다하지 않았는지라, 고운孤雲이 하소下笑의 증인을 위하여 눈물 터뜨리니 그리하여 이 이야기로 이제 요부妖夫와 요녀妖女들에 관하여 족足하리로다. 비록 동방풍금東方風琴이 그걸 [비행] 서풍西風에 전하고 아스트라 성星이 그걸 영원히 그의 천계天界 주변에 회전하게 한다 해도. 창조주인 그[HCE]는 지금까지 자신의 창조된 자들을 위하여 하나의 창조물을 창조해 왔도다. 하얀 단성單星을? 붉은 신정성神政星을? 그리고 모든 핑크 색 예언자들의 주안酒宴을? 정말 그렇도다! 그러나 아무리 과거에 그렇다 해도 지금 한 가지 확실한 것은, 사보관蛇保官이 법으로 보증하고 마피크가 점점點點으로 나타내는 것, 즉 저 사나이, 대체점자代替占者 흄[HCE] 귀하, 우리가 그를 생각했듯 무시당한다 해도, 하지만 명수明水가 값진 이상, 이 유서 깊은 땅에 도래했나니, 거기 우리는 서로 서로 조류를 타고 우리들의 교구의 천공 안에 사는지라, 거룻배의 선체 속에 쿵캉 캉쿵 억지로 방향 틀며, 쌍둥이 터번 원주선原住船, 종種블린 만호灣號, 이 군도群島의 최초의 방문 범선, 그의 이물에 인물두장용人物頭狀用의 위클로우 군형郡型의 밀초 노파상老婆像과 함께, 그의 심연에서부터 물 뚝똑딱 떨어지는 사해死海의 표류동물, 그리고 지금까지 내내 60과 10 [60+10=70년] 동안 무언극어우無言劇魚優처럼 자기 자신을 꾸짖어 왔나니, 그의 음면陰面 곁에 자신의 시바 여인[ALP], 항시, 그의 터번 아래 서리 발髮 키우면서 그리고 사탕 지팡이를 섬유 녹말로 바꾸면서 (그에게 만사 끝!) 그리고 또한, 주가도취시酒家陶醉時에 그는 배(腹)를 털없이 부풀리게 했나니, 우리들의 노범자老犯

者는 천성으로부터 겸저謙低하고, 교우적交友的이며 자은적自隱的이었는지라, 그것을 그대는 그에게 붙여진 별명을 따라 측정할지니, 수많은 언어들의 채찍질 속에, (악을 생각하는 자에게 악을!) 그리하여, 그를 총괄하건 대, 심지어 彼者彼者의 모세 제오경第五經인, 그는 무음無飮하고 진지眞摯한지라, (H)그는 이(e)이라 그리하여 무반대無反對로 (E)에덴버러 성시城市에 야기된 애함성愛喊聲에 대해 궁시적窮時的으로 (C)책무責務지리라.

I부 2장
HCE - 그의 별명과 평판

[044. 22-047. 29] 스텐자의 퍼스 오레일리의 민요가 호스티를 위해 갈채로서 흩뿌려지다 - 호수티를 위한 갈채들로 수놓인 채.

그리하여 잔디밭 주변을 운시가 운주韻走하나니 이것은 호스티가 지은 운시로다. 구두口頭된 채. 소소년들 그리고 소소녀들, 스커커트와 바바바지, 시작詩作되고 시화詩化되고 우리들의 생명의 이야기를 돌(石) 속에 식목植木하게 하소서. 여기 그 후렴에 줄을 긋고. 누구는 그를 바이킹족으로 투표하고, 누구는 그를 마이크라 이름 지으니, 누구는 그를 린 호湖와 핀 인人으로 이름 붙이는 한편 다른 이는 그를 러그 버그 충蟲 단 도어鯯魚, 렉스 법法, 훈제 연어, 건 또는 권으로 환호하도다. 혹자는 그를 아스(수 곰)라 생각하고, 혹자는 그를 바스, 콜, 놀, 솔, 윌(의지), 웰, 벽壁으로 세례 하지만 그러나 나는 그를 퍼스 오레일리라 부르나니 그렇잖으면 그는 전혀 무명 씨氏로 불릴지라. 다 함께. 어라, 호스티에게 그걸 맡길지니, 서릿발의 호스티, 그걸 호스티에게 맡길지라 왜냐하면 그는 시편에 음률을 붙이는 사나이인지라, 운시, 운주韻走, 모든 굴뚝새의 왕이여. 그대 여기 들었? (누군가 정말) 우리 어디 들었? (누군가 아니) 그대 여기 들었는고? (타자는 듣는고) 우리는 어디 들었? (타자는 아니) 그건 동행하도다, 그건 윙윙거리고 있도다! 짤깍, 따 가닥! (모두 탁) (크리칵락칵락악로파츠랏쉬아밧타크리피피크로티그라다그세미미노우햅프루디아프라디프콘프코트!)

아디테 (고성高聲), 아디티 (고성)!
뮤직 큐(음악 삽입).
"퍼스 오레일리의 민요(발라드)"

[045] 〈퍼스 오레일리 민요〉

그대는 들은 적이 있는고, 험티 덤티라는 자
그가 어떻게 굴러 떨어졌는지 우르르 떨어져
그리하여 오로파 구김살 경卿처럼 까부라져
무기고武器庫 벽의 그루터기 곁에,

(코러스) 무기고 벽의
곱사 등, 투구와 온통?

그는 한 때 성城의 왕이었는지라
이제 그는 걷어차이다니, 썩은 방풀 잎 마냥
그리하여 그린 가街로부터 그는 파송될 지라, 각하의 명을 따라
마운트조이 감옥으로

(코러스) 마운트조이 감옥으로!
그를 투옥하고 즐길지라.
그는 모든 음모의 아아아빠, 우리들을 괴롭히기 위에
느린 마차와 무구의 피임避妊을 민중을 위해
병자에게 마유馬乳, 매주 7절주節酒 일요일,
공개空開의 사랑과 종교 개혁으로,

(코러스) 그리하여 종교 개혁,
형식상 끔찍한.

아아, 왜, 글쎄, 그는 그걸 다룰 수 없었던고?
내 그를 기어이 보석하리라, 나의 사랑하는 멋진 낙농꾼,
카시디 가家의 충돌 황소를 닮았나니
모든 그대의 투우鬪牛는 그대의 뿔에 있도다.

(코러스) 그의 투우는 그의 뿔에 있도다.
투우는 그의 뿔!

(반복) 만세 거기, 호스티, 서릿발의 호스티, 저 셔츠 갈아 입을지라,
시에 운을 달지라, 모든 운시의 왕이여!

말더듬이, 말더듬쟁이!
우리는 이미 가졌었나니, 초오 초오 춥스(거룻배), 채어즈(의자),
츄잉 검, 무좀 그리고 도자기 침실을,
이 연軟 비누질하는 세일즈맨에 의해 만인을 위해 마련되도다.
작은 경탄驚歎인 그(H)는 사기詐欺(C) 에라원(E)일지라, 우리의 지방 사내들이
그를 별명짓었나니, 침던이 처음 자리를 잡았을 때

(코러스) 그의 버킷 상점과 함께
하부, 바갠웨그 구릉지의.

너무나 아늑하게 그는 누워 있었나니, 화려한 호텔 구내에서,
그러나 곧 우리는 모닥불 태워 없애리라,
그의 모든 쓰레기, 장신구 및 싸구려 물건들
그리하여 머지않아 보안관 크랜시는 무한 회사를 끝장낼지니
집달리의 쿵 문간 소리와 함께,

(코러스) 문간에 쿵쾅
그 땐 그는 더 이상 놀며 지내지 못하리니.

상냥한 악운이 파도를 타고 우리들의 섬을 향해 밀려 왔도다.
저 날쌘 망치 휘두르는 바이킹 범선
그리고 에브라나 만灣이
그의[험프리의] 검은 철갑선을 보았던 날에, 담즙의 저주를,

(코러스) 그의 철갑선을 보았나니.
항구의 사장沙場에.

어디로부터? 풀백 등대가 포효하도다. 요리 반 페니, 그[험프리]는
호통치나니, 달려올지라, 아내와 가족이 함께
핀갈 맥 오스카 한쪽 정현正弦 유람선 엉덩이
나의 옛 노르웨이 이름을 택할지니
그대[험프리] 오랜 노르웨이 대구大口처럼
(코러스) 노르웨이 낙타 늙은 대구
그[험프리]는 그러하나니, 과연.
힘 돋을지라, 호스티, 힘 돋을지라, 그대 악마여!
운시와 함께 분발할지라, 운시에 운을달지라!
때는 정원의 선수鮮水 푸는 동안이었나니
혹은, 육아경育兒鏡 의하면, 동물원의 원숭이를 감탄하는 동안
우리들의 중량重量 이교도 험프리
대담하게도 처녀에게 구애했도다.

(코러스) 하애하구何愛何求, 그녀는 어찌 할고!
장군[험프리]이 그녀의 처녀정處女精을 빼았었나니!

그는 자신을 위해 얼굴을 붉혀야 마땅하니, 간초두乾草頭의 노 철학자,
왠고하니 그런 식으로 달려가 그녀를 올라타다니.
젠장, 그는 목록 중의 우두머리라
우리들의 홍수기洪水期 전 동물원의,

(코러스) 광고 회사 귀하.
노아의 방주, 운작雲雀처럼 착하도다.

그는 흔들고 있었도다, 웰링턴 기념비 곁에서
우리들의 광폭한 하마 궁둥이를
어떤 비역쟁이가 승합 버스의 뒤 발판[바지 혁대]을 내렸을 때
그리하여 그는 수발총병燧發銃兵에 의해 죽도록 매 맞다니,

(코러스) 엉덩이가 깨진 채.
녀석에게 6년을 벌할지라.

그건 쓰디쓴 연민이나니 무구빈아無垢貧兒들에게는
그러나 그의 정처正妻를 살필 지라!
저 부인이 노 이어위커를 붙들었을 때
녹지 위에는 집게벌레 없을 것인고?

(코러스) 녹지 위에 큰 집게벌레,
여태껏 본 가장 큰.

소포크로스! 쉬익스파우어! 수도단토! 익명모세!
이어 우리는 게일 자유 무역단과 단체 집회를 가지리라,
왠고하니 그 스칸디 무뢰한의 용감한 아들[HCE]을 멧장 덮기 위해.
그리하여 우리는 그를 우인牛人 마을에 매장하리라
악마와 덴마크 인人들과 다 함께,

(코러스) 귀머거리 그리고 벙어리 덴마크인들
그리고 그들의 모든 유해遺骸와 함께.

그리하여 모든 왕의 백성들도 그의 말馬들도,
그의 시체를 부활復活하게 하지 못하리니
코노트 또는 황천黃泉에는 진짜 주문呪文 없기에,

(되풀이) 가인(캐인) 같은 자를 일으켜 세울 수 있는.

호스티 작의 민요는 얼마간 왜곡된 것이긴 하지만, 두 소녀들과 세 군인들과의 사고는 분명하다. 운시韻詩는 한 때 존경받던 HCE의 추락을 상세히 설명한다. 그의 선량한 이름은 파넬의 그것처럼 조롱과 비방의 진흙을 통해 오손되고, 그는 천민賤民이요, 〈성서〉의 가인(Cain) 같은 존재가 된다.

I부 3장
HCE의 재판과 투옥

〈경야〉(그것은 소설일 수도 아닐 수도 있거니와)는 그의 실험적 문체, 이질적 언어, 신조어의 다언어적 유희와 함축으로, 특히 아내 I부 - 3장은 "언어의 바벨탑"으로 불리는지라, 이는 인간의 밤과, 밤의 경험을 재창조하려는 조이스의 초인적이요 영웅적 시도이다. 그것은 거대한 학구적, 모더니즘의 타이탄적 과시요, 충돌만화경과 같은 "만물의 혼질서(chaosmos of Alle)"의 표출이다.

[074.06-12] 그[HCE]는 사라지다. 마침내 그는 다시 깨어나다.
그의 육체가 동면하다. 그는 다시 잠들다.
어떤 핀. 어떤 핀 전위前衛!, 그는[HCE] 대지면大地眠으로부터 경각徑覺할지라, 도도滔滔한 관모冠毛의 느릅나무 사나이, 오 - 녹자綠者의 봉기(하라)의 그의 찔레 덤불 골짜기에, 잃어버린 영도자領導者들이여 생生할지라! 영웅들이여 돌아올지라! 그리하여 구릉과 골짜기를 넘어 주主풍풍파라팡나팔 (우리들을 보호하소서!), 그의 강력한 뿔 나팔이 쿵쿵 구를지니, 로란드여, 쿵쿵 구를지로다.

왠고하니 저들 시대에 그의 오신悟神은 전찬가全贊家 아브라함[HCE]에게 물으리라 그리고 그그를 부르리라. 총가總家아브라함이여! 그리하여 그는 답하리라. 뭔가를 첨가添加할지라. 윙크도 눈짓도 않은 채. 하느님 맙소사, 당신은 제가 사멸死滅했다고 생각하나이까? 그대의 록림綠林이 말라 갔을 때 침묵이, 오 트루이가여 그대의 혼매축제魂賣祝祭의 회관 속에 있었으니, 그러하나 다시 고상래도高尙來都 콘스탄틴노풀의 우리들 범황凡皇[부활復活의 HCE]이 그의 장화長靴를 신고 스웨터를 걸칠 때 다환多歡의 소리가 밤의 귀에 다시 울릴지니. [F 074]

I부 4장
HCE-그의 서거逝去와 부활復活

조이스는 주제적主題的 작가라기보다 오히려 기법적技法的 작가로서, 그것은 "위태위태"하기까지 하다. 이를 테면, 그는 많은 신조어와, 시적詩的 응축어凝縮語(작가의 영혼의 언어) 및 실험적 문체들을 최초로 조탁하여 구사했는데, I부-4장에서, 이 생소한 문학 장치들은 전통의 흐름에 아직 숙달되지 않은 채, 필자에게 한 척의 침몰하는 배처럼 위험스럽다. 그에게 또는 필자에게 위험危險(스릴), 그것은 부활復活하는 코미디이다.

[102.31-103.11] ALP의 노래

ALP의 노래-바빌론의 강가에서-또한 최후의 단락은 타당하게도 〈성서적〉이요 호마적(Homeric)이다. "Nomad"는 율리시스(Ulysses)가 될 수 있으리라. "Naaman"은 호머적 "No Man"일뿐만 아니라, 또한 〈성서〉의 벤자민(야곱의 막내아들)의 아들이다. 아무도 생명의 강江인 요단의 강을 비웃지 않게 하라. no man. sheet, tree 및 stone은 〈피네간의 경야〉 제8장의 빨래하는 아낙들을 예고한다. bibbs 및 Babalong은 아이들에 의한 재생을 암시하지만, 그러나 〈성서〉의 "시편" 137절부터의 "바빌론의 강"은 시인이요, 조이스의 당대인 및 동료인, T. S. 엘리엇의 〈황무지〉의 "달콤한 템스 강이여, 조용히 흘러라, 내 노래 끝날 때까지"(182행)를 상기시키며, 이는 우리들의 亡命을 암시하기도 한다.

[그녀는] 그에게 999기期의 그녀의 임차권을 팔았나니,
다발 머리 그토록 물감 새롭게 무두질 않은 채,
우자愚者[HCE]여, 위대한 이사기한易詐欺漢이여, 그걸 꿀꺽 몽땅 삼켰나니.
대구낭자大口囊者(C.O.D)는 누구였던고?
항문우자肛門愚者(Bum!)로다!

도교島橋에서 그녀는 조류를 만났다.
아타봄, 아타봄, 차렷아타봄봄붐!
핀은 간조를 갖고 그의 에바는 말에 탔나니.
아타봄, 아타봄, 차렸아타봄봄뭄!

우리는 여러 해 추적의 고함소리에 만사 끝이라.
그것이 그녀가 우리를 위해 행한 짓!
슬픈지고!

무광자無狂者[HCE]가 네브카드네자르와 함께 배회할지라도 그러나 나아만으로 하여금 요르단을 비웃게 할지로다! 왠고하니 우리, 우리는 그녀의 돌 위에 자리를 폈는지라 거기 그녀[ALP]의 나무에 우리의 마음을 매달았도다. 그리하여 우리는 귀를 기울었나니, 그녀가 우리에게 훌쩍일 때, 바빌론 강가에서. [F 103]

I부 5장
ALP의 선언서

[123.11-123.29] 그것의 문체에 관한 비평가의 인용-그의 관찰을 유사한 경우에 기초하기.

모든 저러한 사각四脚 엠(ems)(사대가들)(Four Masters)의 과다성過多性, 초과수성超過數性 그리고 왜 친애하는 신神을 크고 짙은 디(dhee)로 철자 하는고(왜, 오, 왜, 오, 왜?) 준결승準決勝의 무미건조한 엑스(aks)와 현명한(wise) 형태. 그리하여, 18번째로 또는 24번째로, 그러나 적어도, 모리스 인쇄자에 감사하게도, 최후로 모든 것이 제트(zed) 완료되어, 그의 최후의 서명에 첨가된 장식체裝飾體의 페네로페적的 인내, 한 개의 뛰는 올가미 밧줄에 의해 꼬리 붙은 732획수나 되는 책 끝에 달린 간기刊記(판권板權 페이지)-이리하여 좌우간 모든 이런 것에 경이로워하는 누구인들, 저러한 상호분지相互分枝의 오검(Ogham) 문자文字(고대 브리튼, 특히 아일랜드에서 사용된) 같은 상내만류上內滿流하는 성性(섹스)의 둥근 덮게 마냥 덮고 있는 여성 리비도(생식본능)가, 굽이쳐 흐르는 남성 필적의 획일적인 당위성當爲性에 의하여 준엄하게 통제 받고 쉽사리 재차 독려督勵되는 것을 보도록 열렬히 추공追攻하지 않으리오.

다프-머기[농아자, 교수], 그런데 그는 이제 아주 친절한 배려에 의하여 인용될 수 있으리라. [그의 초음파광선통제超音波光線統制에 의한 음상수신감광력音像受信感光力은 명암조정가明暗調整價가 칼라사진 애호 류한 주식회사로부터 마이크로암페아 당 1천분의 1전錢에 제조되는 것과 동시에, 오히려 조금도 늦지 않을 가까운 장래에 기록을 달성할 수 있나니] 이러한 종류의 무작위無作爲 낙천적樂天的인 제휴提携(파트너십)를 율리시수적栗利匙受的 또는 사수적四手的 또는 사지류적四肢類的 또는 물 수제비적的 또는 점선통신點線通信의 모스적的 혼란이라 최초에 불렀나니. [색소폰관현악음운론적 정신분열생식증의 연구에 관한 어떤 기선관념機先觀念 제24권, 2-555 페이지 참조] 충분한 정보의 관찰에 잇따라, 달인으로부터 여러 마일 떨어져 짧은 혀의(말 없는) 퉁-토이드에 의하여 이루어 졌는지라. [반무의양심半無意良心의 마굴턴 파派의 교사敎唆들 간間의 후기욕구좌절後期欲求挫折, 도처, 참조] 즉, 저 비극적 수부의 (자두 흡입 모형 삼각 상사모 소매상小賣商의) 여러 이름들과 대중적으로 연관된 잘 알려지지 않은 베스트셀러의 순환항循環港 해기海記의 경우에 있어서, 제이슨 순항의 조류에 의한 맥퍼슨스 오시안 순찰로부터의 카르타고 해사보고海事報告가, 교묘하게도 뒤집혔는지라 그리하여 맵시 있게도 매화일일흥每話一一興 - 그 자체의-다양多樣(버라이어티)한 에게 해海 12군도식群島式 베데커 여행안내서로서 재출판 되었나니, 이는 수거위의 간 지름을 그대의 암 거위가 노략질하듯 만족스럽게 희망할 수 있었도다.

[123.30-124.34] 편지의 구멍(동공)에 대한 제도-교수가 화가 났거나 혹은 오장이지다(cuckolded).

티베리우스트 이중사본 가운데서 인물들의 무과오無過誤의 신분이 가장 교활한 방법으로 밝혀졌도다. 본래의 서류는 한노 오논한노(Hanno O'Nonhanno)의 인내불가忍耐不可의 원본原本으로 알려진 것 속에 있었나니, 말하자면, 그것은 어떤 종류의 구두점의 표시도 드러내지 않았느니라. 그런데도 왼쪽 페이지를 미광微光에 비쳐 보건대, 이 모세 신서神書는 우리들 세계의 최고광最古光의 말없는 질문에 가장 두드러지게 반응했나니 그리하여 그의 오른 쪽 페이지는 방문객들에게 퀴즈를 위한 사소한 필요 쉿 소리 속의 총 발사, 뒤죽박죽 속의 지리멸렬支離滅裂 및 망토 벗은 오취자午醉者의 아들 놈 전하全何의 문제를 가지고. 그러나 어찌 우리는 아들들 중의 아들이 자신의 무지 속에 한 가지(일)없이 그의 노령으로 스스로 대양사회大洋社會를 떠났다는 이야기를 듣지 못했도다. 털코 맥후리 형제. 그리하여 그는 매번 그랬나니, 저 아들 놈, 그리고 다른 때, 그 날에도 그리고 내일도 비참기분자悲慘氣分者(디어매이드)가 그 이름이니, 시편서집詩篇書集의 필자요, 친우의 마구착자馬具着者 그리고 그는 한 가지 욕구 때문에 동료로 변신하나니. 딸들은 뒤따라가며 그 편지를 쓴 필경사筆耕師[셈]를 찾고 있는지라, 아름다운 목을 한 톨바의 호남자들이 토티아스킨즈의 한 노령자를 위한 군무병軍務兵 모집이라. 형식상으로 타모자他母者와 혼동된 채. 아마 콧수염을 기르고 있을지도. 그대 글쎄, 경락輕樂의 존경스러운 얼굴을 하고? 그리고 오르락내리락 사다리를 가지고 무급 당구장을 사용하다니? 비록 집배원集配員 한스는 아닐지라도 그[HCE]가 가졌다면 단지 얼마간의 작은 라틴 웃음일 뿐 그리고 별반 그리스 오만傲慢없이 그리고 만일 그가 자신의 부싯돌 같은 충돌 구근에 의해 번민하지 않는 다면, 그가 유머를 가질 수 있는 한, 정말이지, 그리고 이섹스 교橋처럼 정말로, 갖게 되리라. 그리하여 맹세코 떠버리 험담이 아니나니, 나는 선언하거니와, 정말이지! 천만에! 모두들 아주 안도하게도, 비상처대학鼻傷處大學의 소나기 화花의 농율목弄栗木 사이의 저 캑캑 턱을 한 원숭이의 자아自我 반가설半假說은 호되게 추락되고 말았는지라, 저 밉살스러운 그리고 여전히 오늘도 불충분하게 오평誤評받은 노트 날치기(분糞, 채, 수치羞恥, 안녕하세요, 나의 음울한 양말? 또 봐요!) 문사文士 셈에 의해 그의 방房이 점령당했도다.

I부 6장
수수께끼 -선언서의 인물들

[126.10-139.14] 퀴즈의 소개 - 여기 **셈**(형)이 질문하고, 숀(아우)이 대답한다.

이곳 퀴즈 장은 연극의 허세로서 열린다. 그러자 퀴즈의 두 참가자들, 질문자와 대답자는 동일시된다. 열 두 질문들이 필경사 셈에 의해 질문이 주어지고, 우체부 숀에 의해 대답된다. HCE의 무수한 속성들이 노정된다. 첫 질문은 서사적 영웅 핀 맥쿨과 동일시된다.

[152.04-152.14] 무크(쥐여우)와 그라이프스(포도사자)의 우화 시작.

거기 나의 예술이 비상飛翔하고, 그로부터 그대는 천둥과 공쾌空快히 조우遭遇할 것이요, 그리고 거기 나는 진실에 집착하여 나무에 기어오르고 거기 무구자無垢者는 최선으로 보이나니 (정수라!) 거기 그의 담쟁이덩굴 당소糖巢속에 호랑가시나무가 있도다.

근처, 그[묵스 - 숀]는 자신이 여태껏 눈여겨보았던 가장 무의식적으로 소지처럼 보이는 개울과 우연히 마주쳤도다. (예언의 111번째 항에 편향하건대, 무변의 강경江境은 영원히 존속하는지라) 구릉으로부터의 개울은 스스로 미요녀美妖女 니농이란 별명으로 기원起源했도다. 그것은 귀여운 모습을 하고 다갈색 냄새를 풍기며 애로隘路에서 생각하며 보라는 듯 얕게 속삭였도다. 그리하여 그것이 달리자 마치 어느(A) 활기찬(L) 졸졸 소용돌이(P)처럼 물방울 똑똑 떨어졌나니 아이我而, 아이, 아이! 아我, 아! 작은 몽천夢川이여 나는 그대를 사랑하지 않는도다!

[157.08-158.05] 둘 사이에 또 다른 대화 - 매도罵倒에 호소하다.

그리하여 그들은 서로 아전 투구했는지라, 아스팔트 역청瀝靑이 피사스팔티움 내광耐鑛을 타욕唾辱한 이후 여태껏 칼을 휘두른 최황랑자最荒凉者와 함께 맹견과 독사.

단각환자單角宦者!

발굽자者!

포도형자葡萄型者!

위스키잔자盞者!

그리하여 우우자牛愚者가 배구자排球者(발리볼)를 응수했도다.

[157.07-158.05] 양인兩人 사이의 또 다른 대화 - 욕설辱說에 의지하며. 아일랜드의 제왕의 딸: 이솔트는 콘월(Cornwall)의 여왕이었다.

운처녀雲處女 뉴보레타(Nuvoletta)가, 16하미광夏微光으로 짠, 그녀의 경의輕衣를 걸치고, 란강성欄干星 너머로 몸을 기대면서 그리고 어린애처럼 자신이 할 수 있는 모든 걸 귀담아 들으면서, 그들 위를 내려 보고 있었도다. 견상자肩上者[묵스]가 믿음 속에 그의 보장步杖을 고공高空으로 쳐들었을 때 그녀는 얼마나 경쾌驚快했던고 그리고 무릎마디자者가 의혹 속에 자구원自救援의 사도바울 맥脈을 연기演技하고 있었을 때 그녀는 얼마나 과운폐過雲蔽 했던고! 그녀는 혼자였나니. 모든 그녀의 운료雲僚들은 다람쥐들과 함께 잠들고 있었도다. 그들의 뮤즈 여신, 월月 부인은, 28번의 뒷 계단을 문지르면서 (달의)상현上弦에 나와 있었나니. 신관부信管父, 저 스칸디 정강이(魚)인, 그는 바이킹의 불결 블라망주를 대양식大洋食하면서, 북삼림北森林의 소다 객실에 일어나 앉아 있었나니라. 비록 그 천체天體가 그의 성좌星座와 그의 방사放射와 함께 사이에 서 있었건만, 운처녀 뉴보레타는 그녀 자신을 반성하며 귀를 기울이고 있었으니, 그리하여 그녀는 묵스로 하여금 그녀를 치켜 보도록 하기 위해 그녀가 애쓰는 모든 것을 애썼는지라. (그러나 그는 너무나 무류적無謬的으로 원시遠視였나니) 그리하여 그라이프스(Gripes)로 하여금 그녀가 얼마나 수줍어 하는 지를 듣도록 하기 위해 (비록 그는 그녀를 유의留意하기 위한 자신의 존체存體(his ens)에 관하여 너무나 지나치게 이단제도적異端制度的(schystimatically)으로 심이心耳스럽기는(auricular) 했지만) 그러나 그것은 모두 온유溫柔의 증발습기蒸發濕氣의 헛수고에 불과했나니, 심지어 그녀의 가장假裝된 반사反射인 운요녀雲妖女, 뉴보류시아까지도, 그들이 자신들의 영지靈知를 그들의 마음에서 떼어내도록 할 수 없었나니, 왜냐하면 용맹신앙勇猛信仰의 숙명과 무변無邊 호기심을 지닌 그들의 마음이 태양 헤리오고브루스(Heliogobbleus)(H)의 광도량廣度量 콤모더스(Commodus)(C) 및 극한極漢 에노바바루스(Enobarbarus)(E) 및 경칠 추기경이다 뭐다 그들이 행한 것이 무엇이든 그들의 파피루스(papyrs) 문서文書와 알파벳 문자원부文字原簿들의 습본濕本이 말한 것을 가지고 비밀협의중秘密協議中이었기 때문인지라 마치 그것이 그들의 와생식渦生息인양!(spirations) 마치 그들의 것이 그녀의 여왕국女王國을 복제분리複製分離할 수 있는 양! 마치 그녀가 탐색 진행을 계속 탐색하는 제 3의 방녀放女가 되려는 양! 그녀는 자신 사방의 바람이 자신에게 가르쳐 준 매력 있고 쾌력快力 있는 방법을 온통 시험 했도다. 그녀는 작은 브르타뉴의 공주(la princesse de la Pecice Bretagne) 마냥 그녀의 무성색광霧星色光의 머리칼을 바삭 뒤로 젖혔나니 그리하여 그녀는 작고 예쁜 양팔을 마치 콘워리스-웨스트 부인(Mrs. Cornwallis-West)처럼 토실토실 둥글게 하고 포즈의 이미지의 미美처럼 그녀의 전신全身위로 미소를 쏟았나니 그리하여

[158.06-158.24] 어둠이 내리고 있다-쥐여우와 포도사자가 머문다.

그러자 그때 저기 방축防築으로 무외관無外觀의 한 여인[ALP]이 내려 왔나니 (나는 그녀가 발에 한질寒疾에 걸린 흑녀黑女였음을 믿거니와) 그리고 그녀는 그의 성상聖霜 묵스가 펼쳐있던 곳에서 그를 애변신적愛變身的으로 끌어 모았는지라, 그리하여 그를 자신의 불가시不可視의 거소居所, 즉 고소高所, 탐욕 독수리관館으로 날랐나니, 그 이유인 즉 그는 그녀의 주교主教 푸주한의 에이프런의 신성한 성헌聖獻의 엄숙한 그리고 최고급 쇠꼬치육肉이었기에. 그런고로 묵스가 이성을 가졌음을 그대는 알리니 그리하여 내내 모든 걸 나도 알고 그대도 알고 그도 알았도다. 그리하여 그때 여기 방축으로 총중대總重大의 한 여인이 내려 왔나니 (하지만 그녀의 발꿈치의 냉冷에도 불구하고, 모두들 그녀가 이름답다고

말하는지라) 그리하여, 그가 도붓장수의 실타래에 대한 저주풍咀呪風처럼 휘날려 있는지라, 그녀는, 신지身枝로부터 경악驚愕(아이쿠) 속에, 겁먹은 듯 자율조自律調로 찢어진 채 매달린, 그라이프스를 확 끌어내렸나니 그리하여 그녀와 함께 그 지복자至福者를 자신의 불시不視의 편옥片屋,

[159.05-159.18] 빨래하는 아낙들이 강둑으로부터 그들의 세탁물을 가지러 온다.

관객의 눈에 띠는 것이라곤, "사랑의 재사才士인, 트리스트람 트리스탄 경"의 탑원塔院 곁의 석목木石이다. [F 216] 단지 한 거루나무와 한 톨 돌멩이, 그리고 뉴보레타 만이 남는다.

[159.06-159.18] 뉴보레타가 한 거루 나무로 변한다.

무크와 그라이프스의 우화가 끝난다. [여기 목석은 필자가 1993년 〈더블린 조이스 국제회의에 참가 차 호우드 언덕 비탈에서 확인한 성헌물聖獻物들이다] 만나 성찬옥聖餐屋으로 그녀와 같이 데리고 갔도다. 그런고로 불쌍한 그라이프스는 과오過誤했나니 왜냐하면 그것이 언제나 그라이프스 같은 자가 현재에, 언제나 과거에 그리고 언제나 미래에 할 방식이리라. 그리하여 그들 가운데 어느 누구도 결코 사료 깊지 못했나니. 그리하여 이제 남은 것은 단지 한 그루 느릅나무와 한 톨의 돌멩이 뿐. 피에타(베드로)의 신앙심과 함께 나무가지 잘리니(바울), 사울은 단지 돌멩이 예禮일 뿐. 오! 그래요! 그리하여 노보레타, 아씨여.

12번째의 질문과 대답

비난 받는 형兄으로서 셈. 12번째 최후의 질의응답은 〈12동표銅標〉(Law of the 12 Tables)의 구절에서 연유하고, 이는 셈의 질문이기 때문에 숀이 셈의 목소리로 대답해야 한다. 그는 "우리는 동등(same, same)"이라는 의미로 대답한다. 이 4개의 단어들은 간단한 라틴어처럼 보이나, 그 해석이 모순당착적矛盾撞着的이다. "Semus sumuw!"는 단복수 동형이라, "I am Shem", "We are the same"으로 해석의 모호성을 낳는다.

그리하여 그[셈]는 결코 스스로 비육肥育된 적이 없으며 머리를 세탁하기 위해 자신의 고국 땅을 떠나다니, 당시 그의 희망은 끈 달린 장화長靴 속에 자신의 고뇌를 털어 버리려 했기에, 만일 그가, 한 거만한 파지갑破紙匣의 방랑자로서, 하늘이 그들의 물꼬지(파산破散)의 심술을 분출하고 있었을 때, 우리들의 방주方舟 무소위험호無騷危險號(Noisdanger)에서 한 입을 걸식乞食하기 위해, 나의 해안海岸에 다가왔을 때, 나 자신과 맥 야벳은, 사두마차四頭馬車를 탄, 그를 족출足出할 것인고? 아아! 만일 그가 나 자신의 유흉형제乳胸兄弟, 나의 이중애二重愛, 나의 단편증인單偏憎人이라 한들, 우리가 꼭 같은 화로에 의하여 빵 소육燒育되고 꼭 같은 소금에 의하여 서명탄署名誕되었다 한들, 우리가 꼭 같은 주인으로부터 금탈金奪하고 꼭 같은 금고를 강탈당했다 한들, 우리가 한 침대 속에 던진 채 한 마리 빈대에 의하여 물렸다 한들, 동성색남同性色男이요 천개동족天蓋同族, 궁둥이와 들개, 빰과 턱이 맞닿아, 비록 그것이 그걸 기도하기 위해 나의 심장을 찢는다 한들, 하지만 나는 두려운지라 내가 말하기 증오할지니!

12성聖 저주받을 것인고?(Sacer esto?)

대답: 우린 동동同同(세머스, 수머스)!(Semus sunus!)

I부 7장
문사 셈

[193.09-193.30] 그는 자기 자신을 보도록 그리고 자신이 미쳤음을 보도록 권고 받는다 - 정의(Justinus)는 자비(Mersius)를 향해 그의 연설을 끝맺는다.

나로 하여금 끝내게 할지라! 유다에게 강장주를 조금만, 모든 조의嘲意의 나의 보석이여, 너로 하여금 눈(眼) 속에 질투를 불러일으키도록. 내가 보고 있는 것을 너는 듣는고, 하메트여? 그리고 황금의 침묵은 승낙을 의미함을 기억할지라, 복사뼈 의시자疑視者 씨氏! 예의악禮儀惡됨을 그만 두고, 부否를 말하는 걸 배울지라! 잠깐! 이리 와요, 열성가 군君, 너의 귀속의 가위 벌레를 내가 말해 줄 때까지. 우리는 숏 돌진할지라, 왜냐하면 만일 지주의 딸이 그걸 지껄이면 모두들 그걸 세상에 퍼뜨리자 이내 캐드버리 전체가 온통 발광하고 말테니, 볼지라! 너는 흔들 거울 속에 네 얼굴을 보는고? 잘 볼지라! 난시를 구부릴지라 내가 할 때까지! 그건 비밀이나니! 추물이여, 글쎄, 수발총병들이여! 나는 그걸 크리켓 쇼로부터 얻었는지라. 그리고 교인은 그걸 청색 제복의 학동한테서 배웠도다. 그리고 경쾌한 양말자는 그걸 유혹자의 아내한테서 적어 두었나니. 그리고 란티 야인은 늙은 주석탄朱錫彈 부인한테서 윙크를 탈奪

했는지라. 그리고 그녀는 그 대신 부수도사 타코리커스에 의해 참회를 받았도다. 그리고 그 착한 형제는 그가 너를 배변하도록 할 필요를 느끼고 있는지라. 그리고 얄팍한 포레터 자매는 단순히 서로 흥분하고 있었나니. 그리고 켈리, 케니 및 키오는 일어서서 무장을 하고 있도다. 만일 내가 그걸 믿는 걸 거절한다면 십자가가 나를 뭉그러뜨리도록. 만일 내가 그를 믿기를 거절한다면 수 세월을 통하여 요묘搖錨 당해도 좋은지라. 만일 내가 무자비로 너를 이웃으로 삼는다면 성체가 나를 질식시켜도 좋을지니! 정靜! 너는, 셈(위선자)이여. 숙肅! 너는 미쳤도다.

그가 사골死骨을 가리키자, 산자 골수骨髓가 아직 상존함을 지적하는지라. 불면, 꿈속의 꿈.

아아멘.

[193.31-195.06] 머시어스(MERCIUS)가 그의 어머니를 위증僞證한 것을 스스로 비난한다-숀-셈의 갈등은 각 상반되는 형제들이 인간 천성의 단지 한쪽 절반을 개발해 왔음을 암시한다. 숀은 타인을 위한 자신의 필요를 허락 할 수 없다. 그는 자신의 독립을 아주 절실하게 주장하지 않을 수 없는지라, 서로 협력하기를 거절하고, 지식의 보다 높은 좌座를 점령할 자신의 특유한 힘과 권리權利를 주장해 왔다.

자비慈悲(피자彼者)의 신이여, 당신과 함께 하소서! (Domine vopiscus!) 나의 실수失手, 그의 실수, 실수를 통한 왕록王綠! 천민이여, 식인食人의 가인佳人이여, 너를 낳은 자궁과 내가 때때로 빨았던 젖꼭지에 맹세코 예서豫誓했던 나, 그 이후로 광란무狂亂舞와 알콜 중독증의 한 검은 덩어리로 언제나 내내 되어왔던 너, 지금까지 존재하지 않았던지 또는 내가 존재할 것인지 아니면 네가 존재할 생각이었는지 모든 존재성에 대한 강압감强壓感에 마음이 오락가락한 채, 내가 여인처럼 방어할 수 없었던 저 천진무구天眞無垢를 사나이처럼 애통하면서, 볼지라, 너[숀] 거기. (대조적 형제) 카스몬과 카베리, 그리고 나의 여전히 무치無恥스러운 심정의 가장 깊은 심연에서부터 모비즈에 감사하나니, 거기서 여청년汝靑年의 나날은 내 것과 영혼성永混成하나니, 이제 혼자가 되는 종도終禱의 시간이 스스로 가까워지기 전에 그리고 우리가 자신의 정기를 바람에 휘날리기 전에, 왜냐하면 (저 왕족의 자가 극진極盡에서부터 일적주一滴酒를 아직 마시지 않았나니 그리고 기둥 위의 화병, 스패니얼 견犬 무리 그리고 그들의 노획물, 종자從者들과 대중 주점의 주인은 1밀리미터도 꼼짝하지 않았으니 그리고 지금까지 행해진 모든 것은 아직도 재차 거듭 거듭해야 하기 때문이라, 수압일水壓日의 재난災難, 그런 데 볼 지라, 너는 정명定命되어, 목조일木嘲日의 새벽 그리고, 시視, 너는 군림君臨하도다) 그건 재난의 초탄初誕의 그리고 초과初果인 너를 위한, 낙인찍힌 양羊이여, 쓰레기 종이 바스켓의 기구器具인 나를 위한 것이나니, 천둥과 우뢰리언의 견성犬星의 전율에 의하여, 너는 홀로, 아름다운 무마無魔의 돌풍에 고사枯死된 지식의 나무, 아아, 유성석流星石으로 의장儀裝되고 그리하여 성독백어星獨白語, 동굴지평인洞窟地平人처럼 빤짝이며, 무적無適의 부父의 아이, 될지라, 내게 너의 비밀의 탄식의 침대寢臺인, 암음暗陰의 석탄 굴속에 눈에 띄지 않은 채 부끄러워하는자者, 단지 사자死者의 목소리만이 들리는 최하최외最下最外의 거주자, 왜냐하면 너는 내게서 떠나 버렸기에, 왜냐하면 너는 나를 비웃었기에, 왜냐하면, 오 나의 외로운 유독자여, 너는 나를 잊고 있기에!, 우리들의 니갈색모泥褐色母가 다가오고 있나니, 아나 리비아, 예장대禮裝帶, 직모纖毛, 삼각주, 그녀의 소식을 가지고 달려오는지라, 위대하고 큰 세계의 오래된 뉴스, 아들들은 투쟁했는지라, 슬슬슬프도다! 마녀의 아이는 일곱 달에 거름 걷고, 멀멀멀리! 신부新婦는 펀체스타임 경마장에서 그녀의 공격을 피하고, 종마는 총總레이스 코스 앞에서 돌을 맞고, 두 미녀는 합하여 하나의 애사과哀司果를 이루고, 목마른 양키들은 고토故土를 방문할 작정이라, 그리하여 40개의 스커트가 치켜 올려지고, 마님들이, 한편 파리 슬膝 여인은 유행의 단각短脚을 입었나니, 그리고 12남男은 술을 빚어 철야제徹夜祭를 행하니, 그대는 들었는고. 망아지 쿠니여? 그대는 지금까지, 암 망아지 포테스큐여? 목 짓으로, 단숨에, 그녀의 유천流川고수머리를 온통 흔들면서, 걸쇠 바위가 그녀의 손가방 속에 떨어지고, 그녀의 머리를 전차표로 장식하고, 모든 것이 한 점으로 손짓하고 그러자 모든 파장波狀, 고풍古風의 귀여운 엄마여, 작고 경이로운 엄마, 다리 아래 몸을 거위 멱 감으며, 어살을 종도鐘跳하면서, 작은 연못 곁에 몸을 압피鴨避하며, 배의 밧줄 주변을 급주急走하면서, 탤라드의 푸른 언덕과 푸카 폭포의 연못(풀) 그리고 모두들 축도祝都 브레싱튼이라 부르는 장소 곁을 그리고…

살리노긴 역域 곁을 살기스레 사그렁미끄러지면서, 날이 비오듯 행복하게, 졸졸대며, 졸거품일으키며, 혼자서 조잘대며, 그들의 양 팔꿈치 위의 들판을 범람하면서 그녀의 살랑대는 사그렁미끄럼과 함께 기대며, 아찔어슬렁대는, 어머마마여, 어찔대는발걸음의 아나 리비아여.

그가 생명장生命杖을 치켜들자 벙어리는 말하도다.

꽉꽉꽉꽉꽉꽉꽉꽉꽉꽉꽉꽈(Quioquioquioquioquioquioquioq)!

I부 8장
여울목의 빨래하는 아낙네들

[196.01-196.32] 여울목의 빨래하는 아낙네들.

아나 리비아에 관해! 글쎄, 당신 아나 리비아 알지? 그럼, 물론, 우린 모두 아나 리비아를 알고 있어. 모든 것을 나에게 말해 줘. 내게 당장 말해 줘. 아마 들으면 당신 죽고 말 거야. 글쎄, 당신 알지, 그 늙은 사내[HCE]가 정신이 돌아 가지고 당신도 아는 짓을 했을 때 말이야. 그래요, 난 알아, 계속해 봐요. 빨래랑 그만두고 물을 튀기지 말아요. 소매를 걷어붙이고 이야기의 실마리를 풀어 봐요. 그리고 내게 탕 부딪히지 말아요-걷어 올려요!-당신이 허리를 굽힐 때. 또는 그것이 무엇이든 그가 악마원惡魔園에서 둘[처녀]에게 하려던 짓을 그들 셋[군인들]이 알아내려고 몹시 애를 썼지[HCE-공원에서 저지른 죄] 그자는 지독한 늙은 무례한 이란 말이야. 그의 셔츠 좀 봐요! 이 오물 좀 보란 말이야! 그게 물을 온통 시커멓게 만들어 버렸잖아. 그리고 지난 주 이맘때쯤 이후 지금까지 줄곧 담그고 짜고 했는데도. 도대체 내가 몇 번이나 물로 빨아 댔는지 궁금한지라? 그가 매음賣淫하고 싶은 곳을 난 마음으로 알고 있다니까, 불결마不潔魔 같으니! 그의 개인 린넨 속옷을 바람에 쐬게 하려고 내 손을 태우거나 나의 공복장空腹腸을 굶주리면서. 당신의 투병鬪甁으로 그걸 잘 두들겨 깨끗이 해요. 내 팔목이 곰팡이 때를 문지르느라 뒤틀리고 있어. 그리고 젖은 아랫도리와 그 속의 죄의 괴저병壞疽病이라니! 그가 야수제일野獸祭日에 도대체 무슨 짓을 했던고? 그리고 그가 얼마나 오랫동안 자물쇠 밑에 갇혀 있었던고? 그가 한 짓이 뉴스에 나와 있었다니, 순회재판 및 심문자들, 험프리 흉폭한凶暴漢의 강제령, 밀주, 온갖 죄상과 함께. 하지만 시간이 경언耕言 할지라. 난 그를 잘 알아. 무경無耕한 채 누굴 위해서도 일하지 않을 지니. 당신이 춘도하면 당신은 수학하기 마련. 오, 난폭한 같으니! 잡혼하며 잡애하면서 말이야.

[215.12-216.05] ALP와 HCE의 귀환-그들은 밤이 되자 나무와 돌의 변용 [이하 구절은 HCE에 관한 것]

아하, 하지만 그녀는 어쨌거나 괴 노파였나니, 아나 리비아, 장신구발가락! 그리고 확실히 그[HCE의 암시]는 무변통無變通의 괴노남怪老男, 다정한(D) 불결한(D) 덤플링(D), 곱슬머리 미남들과 딸들의 수양부. 할멈과 할아범 우리들은 모두 그들의 한 패거리나니. 그는 아내 삼을 일곱 처녀를 갖고 있지 않았던고? 그리고 처녀마다 일곱 목발을 지니고 있었나니. 그리고 목발마다 일곱 색깔을 가졌는지라. 그리고 각 색깔은 한 가닥 다른 환성을 지녔도다. 내게는 군초群草 그리고 당신에게는 석식夕食 그리고 조 존에게는 의사의 청구서. 전하前何! 분류! 그는 시장녀市場女와 결혼했나니, 안정安情하게, 나는 아나니, 어느 에트루리아의 가톨릭 이교도 마냥, 핑크색 레몬색 크림색의 아라비아의 외투(쇠비늘 갑옷)에다 터키 인디언(남색) 물감의 자주색 옷을 입고. 그러나 성 미가엘(유아乳兒) 축제에는 누가 배우자였던고? 당시 있었던 모두는 다 아름다웠나니. 쉿 그건 요정의 나라[노르웨이] 충만의 시대[모든 것이 아름답던 과거] 그리고 행운의 복귀福歸. 동일유신同一維新. 비코의 질서 또는 강심, 아나(A) 있었고, 리비아(L) 있으며, 플루라벨(P) 있으리로다. 북구인중北毆人衆 집회가 남방종족南方種族의 장소를 마련했나니 그러나 얼마나 다수의 혼인복식자婚姻複殖者가 몸소 각자에게 영향을 주었던고? 나를 라틴어 역譯할지라, 나의 삼위일체 학주學主여, 그대의 불신의 산스크리트어에서 우리의 애란어로[게일어] 에브라나(더블린)의 산양시민山羊市民이여! [HCE의 암시] 그는 자신의 산양 젖꼭지 지녔었나니, 고아들을 위한 유방柔房을. 호, 주여! 그의 가슴의 쌍둥이. 주여 저희를 구하소서! 그리고 호! 헤이? 하何 총남總男. 하何? 그의 종알대는 딸들의. 하매何鷹?

들을 수 없나니 저 물소리로. 저 철렁대는 물소리 때문에. 휭휭 날고 있는 박쥐들, 들쥐들이 찍찍 말하나니. 이봐요! 당신 집에 가지 않으려오? 하何 톰 말론? 박쥐들의 찍찍 때문에 들을 수가 없는지라, 나의 발이 동서태動鼠苔하려 않나니. 난 저변 느릅나무 마냥 늙은 느낌인지라. 숀이나 또는 셈에 관한 이야기? 모두 리비아의 아들딸들. 검은 매들이 우리를 듣고 있도다. 밤! 야夜! 나의 전고全古의 머리가 인락引落하도다.

[216] 오늘날 나그네는 호우드 성에 들어서면 그것의 경내에 한 그루 큰 소나와 한 톨 큰 바위를 목격하는바, 〈경야〉 이후 이들은 자라 거목과 거석이 되었다는 전설이 있다.

나는 저쪽 돌 마냥 무거운 기분이나니. 존이나 또는 숀에 관해 내게 얘기할지라? 살아 있는 아들 셈과 숀 또는 딸들은 누구였던고? 이제 밤! 내게 말해요, 내게 말할지라! 내게 말해봐요, 느릅나무! 밤 밤! 나무줄기나 돌에 관해 아담화我談話할지라. 川流하는물결곁에,여기저기찰랑대는(hitherand -

thithering) 물소리의. 야夜 안녕히!

II부 1장
아이들의 시간

[219.01-219.21] 다가오는 팬터마임을 위한 프로그램-〈믹, 닉 및 매기의 익살극〉.

매일 초저녁 점등시點燈時 정각 및 차후고시此後告示까지 피닉스 유료야유장有料夜遊場에서, (주장酒場과 편리시설 상시 개설, 복권 클럽은 아래층) 입황료入恍料 방랑자, 1탈奪 실링. 상류 인사, 1대大 실링. 각 사주일邪週日의 향공연香公演을 위한 새로운 전단광고. 일요침일日曜寢日 마티네 (일요 공연)이라. 조정규調停糾에 의하여, 유아몽시幼兒夢時, 삭제해명. 잼 단지, 헹군 맥주 병, 토큰 대용代用. 꼭두각시(무언극) 연출가에 의한 배역 및 배우의 야간 재 배분 및 유령역의 매일 제공과 함께, 주역 성聖제네시우스의 축복과 더불어 그리고 핀드리아스, 무리아스, 고리아스 및 파리아네 4검사관 출신 장로회 노장들, 고애란승古愛蘭僧, 크라이브 광도光刀, 영광의 탕관湯罐, 포비에도(승리) 거창巨槍 및 거석巨石 디졸트의 특별 후원 하에, 한편 시저-최고-두령 후견이라. 연중演中. 나팔 신호. 육봉肉峯 험티 울鬱 덤티 재연 후, 브라티스라 바키아 형제들(하일칸과 하리스토부루스에 의하여 아델피 극장에 공연된 것과 동일함) 여왕의 총역남總役男과 함께 국왕의 전마全馬 앞에. 그리고 켈틱헬레닉튜토닉스라빅젠드라틴산스크리트 음영대본音影臺本[(in celtellneteutoslazend latin sound-script): Celtic Hellenic Teutonic Slavic Zend Latin Sanskrit]으로 된 7대해大海의 방송운放送雲에 의한 무선송신. 사면기사赦免記事로 쓴, 먼(遠) 고사리가 우리를 덥게 하는 동안 만년설이 차갑게 할 때까지. 믹, 닉 및 마귀魔鬼의 익살극, 청악靑顎 혹의黑醫(별도 필명, 화자話者)에 의한 지겹고 변덕스러운 혈류살모血流殺母로부터 양자각색養子脚色된 것이라, 이하 배역.

글루그 공성자空聲者(시머스 맥킬라드군君, 그의 특등석의 로봇과 범사대장犯寫臺帳의 악한 사이의 수수께끼를 듣다), 이야기책의 대담大膽 다악多惡 다황多荒의 사내, 그리하여 그는, 태브(幕)가 오르면,

[257.29-258.19] 커튼이 내리다-갈채-커튼의 내림. 익살극의 마감.

종막終幕.

대성갈채大聲喝采!

그대가 관극觀劇한 연극, 게임이, 여기서 끝나도다. 커튼은 심深한 요구에 의해 내리나니.

고성갈채나태자高聲喝采懶怠者!

여신녀女神女들은 거去한지라, 구나의 돌풍송突風送. 언제(지옥地獄), 누구 색色, 하何 색, 어디 색조色調? 궤도중재자軌道仲裁者[God-Vico-HCE]가 답하나니 다수 목숨을 잃다. 피오니아는 피지 퍼지 자子로 넌더리나다. 시랜드(해륙海陸)가 코골다.

[258.01-258.24] 연극의 종말 - 갈채 - 우뢰의 신 및 잠자기 전 잡담과 기도.

암열신岩裂神들의 운명의 지배. 신들의 사라짐은 신들의 황혼인지라. 지옥의 종鐘. 말(言)들의 겁 많은 마음들이 모두 소멸하도다. 신인성찬神人聖餐, 고신高紳이여, 어찌 그렇게 되었는고? 부父 맙소사, 그대는 멀리 듣지 않았던고? 사보이 뇌가雷家의 모토(표어). 역시! 그리하여 버컬리 양키두들 애창가愛唱歌! 유태 성축제의식聖祝祭儀式! 공포로 그들은 분열했는지라, 모두들 풍風을 식食하고, 거기 모두들 산비散飛했나니. 그들이 식食했던 곳에 그들은 산비했나니라. 공포 때문에 모두들 산비하고, 그들은 도망쳤도다. 이봐요, 우리들의 경청으로, 우리들의 양조어釀造語에 의하여, 우리들의 지그춤으로, 그의 속보速步로서, 우리 모두 사천사死天使 아자젤[죽음의 천사]을 칭송할지라. 성구함聖句函과 함께 문설주로, 마혼魔魂이여, 내[HCE 자신]가 사死했다고 생각했는고? 그래! 그럼! 만세월萬歲月! 그리하여 넥 4쿠론 거인으로 하여금 양귀비 맥마칼을 칭송하게 하며 그로 하여금 그에게 말하게 할지라 나의 모母, 국國, 명名의 무위無爲 셈이여. 그리하여 바벨은 적자敵者 레밥과 함께 있지 않을지니? 그리하여 그는 전戰하도다. 그리하여 그는 자신의 입을 열고 답하리라 나는 듣나니, 오 이즈라엘이여, 어찌 성주신聖主神은 단지 나의 대성주신大聲主神의 단신單神인고. 만일 4쿠론이 죄천락罪天落한다면 확실히 마칼에게 벌은 77배七十七倍로다. 이봐요, 우리 마칼을 칭화稱話 하세 나, 그래요, 우리 극도로 칭락稱樂하세 나 비록 그대가 자신의 뇨육병尿肉甁[오물 통] 속에 놓여있다 할지라도 나의 위엄이 이스마엘 위에 있나니라. 이스마엘 위에 있는자者 실로 위대하나니 그리하여 그는 맥 노아의 대수大首가 될지로다. 그리하여 그는 행위사行爲死했도다.

[258.20-259.10] 아이들의 귀가 - 기도. (박수갈채와 천둥소리) 바위들이 분열한다.

이는 숙명의 날이다. 신들의 황혼黃昏인지라. 겁 많은 마음들이 두려움 속에 모두 소멸消滅하고 깨어진다. 이봐요, 우리들의 절규絶叫, 우리들의 술, 우리들의 지그 춤으로 죽음의 천사를 칭송할지라. (아이들의 놀이는 경야의 춤을 닮았다) - 그(HCE)는 깨어있다. 마혼磨魂이여, 내가 사死했다고 생각했는고? (그들의 부친의 일어남은 피네간의 부활復活과 닮았다)

승성갈채속재昇聲喝采速再!

[신의 소리, 주민들의 전율] 왠고하니 천공으로부터 대기청소부大氣清掃夫가 텀불링 팅굴러 탄조성彈調聲으로 자신의 타무쌍妥無雙의 타무가식숙명他無假飾宿命의 뇌세계惱世界에게 이야기를 걸었나니 그리하여, 그와 같은 발성현상發聲現象에 의하여 확성발擴聲發되어, 대지大地의 불행주사不幸住者들은 창공에서부터 천지둔부泉地臀部에까지 [머리에서 발끝까지] 그리고 타유사양인他類似兩人투위들담에서 타打퉁회회전回轉트위디까지 아래로 타지진동駄地震動했도다.

대성주大聲主여, 우리를 들으소서!

대성주여, 은총으로 우리를 들으소서!

이제 그대의 아이들은 그들의 처소로 들어갔도다. 그리고 극히 기뻐했나니, 캠프 야외 집회가 끝나자, 서로 헤어지기를. 신주여 감사하게도! 당신은 당신의 아이들의 거소居所의 정문을 닫았는지라 그리하여 당신은 거기 근처에 경계자들, 심지어 가다(경비) 디디머스와 가다(경비) 도마스를 배치 했나니라, 당신의 아이들이 빛을 향한 개심改心의 책을 읽을 수 있도록 그리하여 당신의 사자인 저들 경계자들인, 그들 돈족豚足의 케리 산産 젖소들, 당신의 - 기도를 - 기도해요의 티모시와 잠자리 - 로 - 돌아와요의 톰의 경안내警案內에 의해, 당신의 무관사無關事의 후사상後思想(반성反省)인 어둠 속에서 과오하지 않도록.

[259.01-259-10] 아이들은 집에 머물고 있다.

나무에서 나무, 나무들 사이에서 나무, 나무를 넘어 나무가 돌에서 돌, 돌들 사이의 돌, 돌 아래의 돌이 될 때까지 영원히.

오 대성주大聲主여, 청원하옵건대 이들 당신의 무광無光의 자들의 각자의 기도를 들어주옵소서! 오시각悟時刻에 잠을 하사下賜하옵소서, 오 대성주여!

그들이 한기寒氣를 갖지 않도록. 그들이 살모殺母를 호명(明)하지 않도록.

그들이 광벌목狂伐木을 범하지 않도록.

대성주여, 우리들 위에 비참을 쌓을지라 하지만 우리들의 심업心業을 낮은 웃음으로 휘감으소서!

하 헤 히 호 후.

만사묵묵萬事默默.

II부 2장
학습시간 -삼학三學과 사분면四分面

[260.01-261.22] HCE-통로 뒤로 주막으로의 귀환-그와 그녀의 영묘-이 장은 아무리 엄청나다할지라도, 그것의 행동은 간단하다.

아이들은 그들의 학습을 준비한다. 솀과 숀(이제 돌프와 케브로 불리거니와)이 여전히 싸우는 동안, 이사벨은 관심 없이 쳐다본다. 알맞게 아카데미의 형식을 가장하면서, 장은 가장자리의 코멘트와 주석을 가진 텍스트이다.

[293.01-294.15] 돌프는 케브에게 지리 문제와 다른 수학 토픽들-무화과와 어머니의 음부(도표 참조)를 가르친다.

케브에게 기하 문제 및 다른 수학 토픽들을 가르치는 돌프-복장과 생식기.

[기하 문제로의 복귀 ALP의 음부 설명] 코스? 무엇(코스)인고? 그대의 용서를! 그대, 그대는 무슨 이름을 떨치는고? (그리하여 사실상, 그가 버티어 냈던 죽음이 그가 죽어 들어가려는 삶이되기 이전에 불쌍한 영혼이 변천과 변천 사이에 있듯이, 그이 혹은 그는 거의-그는 이성에 대하여 구루병佝僂病이었지만 그의 마음의 균형은 안정되었었는지라, 그이 자신을 잃고 있거나 또는 혹자의 스키피오의 꿈에 변화만경變化萬景 탕진하고 있었는지라, 그이 또는 그는, 몽신夢神 모르페우스가 오고, 모르페우스(murpoy)가 가고, 모르페우스가 식목植木하고 모르몽자夢蔗가 자라고, 수천무수대소동數千無數大騷動(maryamyria-meliamurphies)으로, 그의 철학석哲學石의 나태청안懶怠青眼 속을 응시하는지라,

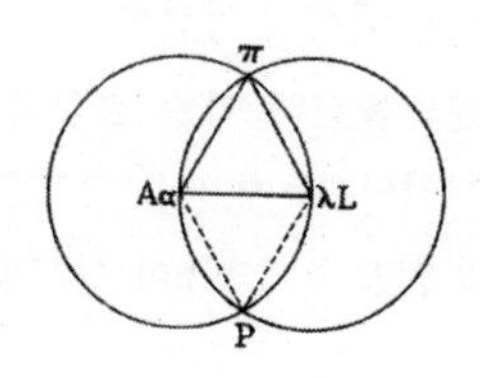

다블린(多拂隣)(DVbLIn)의 풍경철인지석風景哲人之石, 그것은 로림露林 속 매혹가魅黑歌의 면몽眠夢들 중의 하나였나니) 대大느릅나무 밑의 회전통로(앞뜰의 지륜석指輪石)과 함께) 이제 아나 촌寸이 주어졌으니, 그대 척尺을 온통 취하라. 실례지만! 그리하여, 노老 사라 아이작의b 무언가면산수신비술無言假面算數神秘術의 보편명제普遍命題로부터 난발음대수적難發音代數的 표현을 발發하면, L이 생류生流를 나타내 듯 A는 아나를 의미하도다. 아하 하하, 안티 안 그대는 숙모 아나 생류生流를 흉내 내기 쉬운지라! 새벽이 생기生起하도다. 보라, 보라, 생애生愛로다! 소야宵夜 이브가 만낙晩落하나니. 야, 야, 웃음 짓는 나뭇잎 처녀! 아아 아아, 숙淑안, 우린 실자失者까지 최후라, 봐요 봐! 그건 완벽하도다. 자 이제

자궁택일子宮擇一 또는 태내골胎內骨의 상호작용.
와권渦卷, 취운醉韻의 봄(春). 두정頭頂.

왜 나의 것, 왜 그의 것과 마찬가지.

a. 나비들이 바람 부는 곳 드람콘드라의 꿈나라.
b. 오, 웃음 짓는 셀리, 우리는 우리의 비성서秘聖書의 나머지를 위하여 저 노호주제老狐主祭 하신하물경荷身何物卿, 버트에 의하여 두꺼비 출몰出沒 당하리오?

II부 3장
축제의 여인숙

[381.01-381.36] 선술집 주인은 바-룸을 청소하고-술 찌꺼기를 마시고, 떠나다-로더릭 오코노 왕-아일랜드 최후의 왕 마냥.

모두들 반추反芻 가능한 최고로, 배화背靴로, 맥카시의 암말의 누출로 인하여, 산개散開 속에, 최장最長의 외도外道로부터 일목一木거리, 뇌원腦原의 호버니아(적갈색)의 최생활最生活의 포도촌葡萄村의 전배향轉背向 활주로 아래로,

술 곰팡내 나는 퍼볼그 족속族屬 및 투아타 드 다난 정상배들과 함께 하찮은 파타로니아 인人들 및 크래인 출신의 어정버정자者들 및 그가 자신의 외면상의 입으로부터 왕자다운 침 뱉기를 상관하지 않았던 모든 여타의 대단찮은 자들, 글쎄요, 그대는 그가 무엇을 했다고 생각하지요, 나리, 그러나, 정말이지, 그는 자기 자신의 바로 왕자다운 무릎깊이의 낭비주浪費酒와 눈동가리 벌레 뀐 팝 콜크를 통과하여 신나는 호주가好酒家의 원탁 주변을 신발 뒤축 (한 방울 남기지 않고) 꼭 돌아다니고 있었나니, 자신의 낡은 로더릭 랜돔 색모索帽를 랜티 리어리풍의 경사로 비스듬히 쓰고 마이크 브래디의 셔츠와 그린의 린네르 쇄골鎖骨 나비 타이 및 자신의 겐터 인人의 긴 장갑과 맥르레스필드풍의 허세 및 레일즈 기성복 그리고 범汎장노교파의 판초 외투라니, 가엾어라 그대의 육체여, 그것이 세상의 관례라, 가련한 그이, 미드레인스터의 심장을 하고 그들 모두의 초탁월超卓越의 영주여, 그가 물에서 나온 스펀지처럼 검은 폐물로서 압도되었다 할지라도, 자기 자신의 올리버 단체(모임)을 향하여 맥귀니의 유진 아담즈의 꿈을 벨칸투 창법唱法으로 총훈시總訓示하면서 그리고 다변多變의 조음설調音舌로서 자신의 굉장한 눈물과 낡고 얽힌 느린 말투를 통하여 자기 자신에게 온통 홍을 퉁기면서, 최고의 왕자다운 트림으로 강세强勢한 채, 마치 크래어곡曲을 종다리 노래하는 알랑대는 카셀마 저음 가수 마냥, 흑조黑鳥의 민요 나는 오늘 웅당 죽을 지독한 가실可失의 운명을 지녔는지라 웅당 너무나지독한날, 글쎄요, 도대체 그는 가서 무엇을 했던고, 로더릭 오코노 원기왕성 왕 폐하 그러나, 아아 경칠 맙소사, 그는 자신이 겪고 있는 놀라운 한 밤중의 갈증渴症을 자신의 양털 같은 인후를 낮춤으로써 최후화化했나니, 겨자같이 예리하게, 그는 자신이 무슨 에일주酒를 마셨는지 말할 수 없었는지라, 자신이 머리에서 꼬리까지 끙끙 앓았는지를, 그리하여, 위샤위샤, 내버려둘지라, 그 아일랜드 인人이, 소년들이여, 어떻게 할 수 있을지, 만일 그가 비틀비틀갈짓자걸음으로 맴돌거나 흡입하지 않는 한, 정말이지, 한 트로이 인人처럼, 어떤 특별한 경우에 자신의 존경받는 혀의 도움으로, 무슨 잉여剩餘의 부장독주腐腸毒酒이든 간에, 그토록 비다悲多하게, 몰타 기사들과 맥주 구두쇠들의 게으른 슬자虱者들이 구내의 자신들 뒤에 두고 간 다양한 각자 틀린 만후염滿喉炎의 음료기구들의 각기 다른 밑바닥에 남긴 것을, 저 돈두豚頭의 술통 전全 가족, 떠나 간 명예로운 귀가인歸家人들과 그 밖의

[380.07-382.30] 선술집 주인(여인숙)이 주장酎場을 청소하고, 남은 술을 마시

며, 아일랜드의 마지막 로더릭 왕(King Roderick)을 떠나보내다.

교활狡猾 꿀꺽꿀꺽 술 마시는 도교외인都郊外人들, 사실 그런 사람들, 넘어지고 자빠지고, 자신의 매력 있는 생활의 건배를 위하여, 자신의 천사연용모天使然容貌에 의하여 축배입증祝杯立證된 듯, 아무리 그것이 사토 주병酒甁의 기네스 제製이거나 피닉스 양조맥주였거나 존 재임슨 엔드 손주 주酒 또는 루부 코코라 주酒 이거나 혹은, 그런 문제라면, 자신이 지옥처럼 바라는 오코넬 제製의 유명한 오래된 더블린 에일 주酒 이거나, 큰 넙치(魚) 기름이거나 혹은 예수회 차茶보다 더한, 대체분비물代替準備物로서, 몇몇 다른 량量과 질質의 총계를 가산할지라도, 나는 응당 말하거니와, 법정건급액측정단위法定乾及液測定單位의 한 길(gill) 또는 노긴(액량)의 대부분보다 상당히 더 많은, 여기 우리로부터 환영 받을지라, 아침의 솟음까지, 캐빈의 저 암탉이 자신의 베이컨 란卵을 보일 때까지, 그리고 채프리조드의 성당창문의 얼룩이 우리들의 고색창연냉역사를 착색하고 맥마이클 신부가 에이치(여덟) 오크럭(성직자) 아침 미사를 위해 발을 동동 구르고, 〈리트비아의 시사회보〉가 눈에 띠고, 판매고 배달되고 그리하여 만사가 침묵 뒤에 재 시발하고, 자신 뒤로 오늘까지 자신의 조상처럼,(그들의 옛 곰팡이 전능하신 신들의 광복光福이 그들과 함께 하기를 우리는 기도하는지라) 모퉁이의 움츠린 소년 그리고 촉광원창燭光圓窓의 응시계단의 은닉처전隱匿處前, 자신의 앨범과 가족부家族父의 척선부戚先父의 장식품이 놓인 상반대편上反對便에, 그[HCE]는 둔류臀類의 편의장소便宜場所로 내돌來突하고 바로 자신의 나침반을 온통 원점행했는지라, 게다가, 소만상의小灣上衣와 저인강하의底引網下衣의 후가전용後家前用, 이영차 하고 들어 올리고, 고리孤離할지라, 라리의 강세로 그리고 키잡이의 포그 맥휴 오바우라, 행하는 일자一者 그리고 감敢하는 일자一者, 쌍대쌍双對双, 무료無僚의 단호자單雙者, 언제나 여기 그리고 멀리 저기, 자신의 위업의 질풍을 타고 홍분한 채 고리 달랑 달랑 그리고 자신의 년이年耳의 웨이크(경야)에 홍분감각과 더불어 우리들의 보리홈(맥가麥家) 출신의 주인酒人인 그는 바로 왕위옥좌로 했도다.

[382.27-382.30] HCE는 무슨 술이든 남은 걸 다 마셨다.

그것이 사토 주병酒甁된 기네스 제製이거나 또는 코코넬 제製의 유명한 오랜 더블린 에일 주酒이거나… 이제 주막은 배(船)로 변용된 채, 그는 노래 "칼로우까지 나를 뒤따라요"(Follow My up to Carlow)(P. J. McCall 작의 민요) 속의 "Faugh MacHugh O'Byrne" 수부처럼 홀로 리피 하구를 향해 〈낸시 한즈〉(Nancy Hans) 호를 타고 별빛 아래 출범 한다. 이제 그는 한 가닥 꿈처럼 다음 잇따르는 장章의 조망(비전)을 아련히 바라본다.

그런고로 저 왕강주선頑强舟(주酒)船 낸시 한즈 호가 출범했는지라. 생부강生浮江(립)으로부터 멀리. 야토국夜土國을 향해. 왔던 자 귀환하듯. 원遠안녕 이도離島여! 선범선善帆船이여, 선안녕善安寧!

이제 우리는 성광星光(별빛)에 의해 종범從帆하도다!

II부 4장
신부선과 갈매기

[383.01-383.17] 바다 새들의 노래 - 그들은 마크 왕을 조롱하다.

마크 대왕을 위한 3개의 퀙(quarks)!

확실히 그는 대단한 규성叫聲은 갖지 않았나니

그리고 확실히 가진 것이라고는 모두 과녁(마크)을 빗나갔나니.

그러나 오, 전능한 독수리굴뚝새여, 하늘의 한 마리 종달새가 못되나니

늙은 말똥가리가 어둠 속에 우리들의 셔츠 찾아 우아 규비산叫飛散함을보나니

그리고 팔머스타운 공원 곁을 그는 우리들의 얼룩 바지를 탐비探飛하나니?

호호호호, 털 가리를 한 마크여!

그대는 노아의 방주方舟로부터 여태껏 비출飛出한 최기노最奇老의 수탉이나니

그리고 그대는 자신이 독불장군이라 생각하나니.

계조鷄鳥들이여, 솟을지라! 트리스티는 민첩한 여린 불꽃(스파크)이나니

그건 그녀를 짓밟고 그녀를 혼婚하고 그녀를 침寢하고 그녀를 적赤하리니

깃털 꼬리에 여태껏 눈짓하는 일없이

그리고 그것이 그자者가 돈과 명성(마크)을 얻으려는 방법이나니! 비공飛空한 채, 날카롭게 환희 외치며. 저 노래가 해백조海白鳥를 노래했는지라. 날개치는 자들. 바다 매, 바다갈매기, 마도요 및 물떼새, 황조롱이 및 수풀 뇌조雷鳥. 바다의 모든 새들이 담차게 돌림노래하자 그때 모두들 이솔더와 함께 트리스탄의 큰 입맞춤을 맛보았노라. 그리하여 거기 그들 또한 있었나니, 때는 어두운지라, 들고양이 선장들이 선회하는 동안, 그들의 배를 천천히, 바람은 점화點火되고, 숙명의 여신들은 떠받쳐져, 배전背戰은 작전되고 더블(화畵) 다

운빌로우(저사구低砂丘) 캠퍼(거인) 샐리 씨氏의 호의에 의하여, 귀를 기울이면서, 모두 가능한 열심히, 더블(이중) 마을에서, 암음시, 폭포쇄도瀑布殺到의 마상시합馬上試合에 의하여, 그들의 고조홍수高潮洪水와 함께 그리고 그들은 대단한 모착기수帽着騎手처럼 힘을 발휘하면서

[399.1-399.36] 트리스탄과 이졸드를 위한 노래-4인들에 의해 노래되어, 각자 그의 자신의 스탠자(음절)와 더불어…

그리하여 경칠 어느 시골뜨기도 그대에게 구애하러 오지 않나니 아니면 성령모聖靈母에 맹세코 살해 있으렷다! 오, 오라 딘글 해변의 모든 그대 아름다운 요정들, 파도 타는 시빌의 염수신부鹽水新婦 여왕을 갈채하기 위해 그녀의 진주낭자眞珠娘子의 조가비 소택선沼澤船을 타고 그녀 주위에 은월청銀月青 망토를 걸치고. 해수海水의 왕관, 그녀의 이마 위에 염수鹽水, 그녀는 애인들에게 지그춤을 추고 그들을 멋지게 차버리리라.

그래요, 왜 그녀는 울측낭자鬱側郎子들 혹은 흑기러기들을 참고 견디려 하는고?

그대는 고독할 필요 없을지니, 나의 사랑 리지여, 그대의 애인이 냉육冷肉과 온병역溫兵役으로 만복할 때 뿐더러 겨울에 경야經夜하지 말지니, 매끄리 창부窓婦여, 그러나 나의 낡은 발브리간 외투 속에 비가鼻歌할지로다. 과연, 그대는 이제 동의하지 않을런고, 말하자면, 내주, 중간부터 계속, 나의 나날의 균형을 위해, 무료로(무엇?) 그대 자신의 간호원로서 나를 채용하도록? 다력多力의 쾌락 자들은 응당히 경기사투競技死鬪했나니-그러나 누가, 친구여, 그대를 위하여 동전을 걸乞할 터인고? 나는 그자를 누구보다 오래 전에 내동댕이쳤도다. 때는 역시 습濕한 성聖금요일의 일이었나니, 그녀는 다리미질을 하고 있었고, 나는 방금 이해하듯, 그녀는 언제나 내게 열광 이었도다. 값진 거위기름을 바르고 우리는 오로지 올나이트 물오리 털 침대를 들고 전적으로 잇따른 피크닉을 나섰는지라. 콩의 십자가에 맹세코, 그녀는 말하나니, 토요일 황혼 속에 나 아래에서 솟으며, 크, 매고트(구더기) 니크 또는 그대의 이름이 무엇이든 간에, 그대는 보허모어 군郡 출신, 나의 수중에 들어온 여전히 최고의(모세) 마음에 드는 청년이라.

마태휴, 마가휴, 누가휴, 요한휴히휴휴!

히하우나귀!

그리하여 여전히 한 점 빛이 길게 강을 따라 움직이도다. 그리고 한층 조용

히 인어남人魚男들이 자신들의 술통을 분동奔動하도다. 그의 기운이 충만한지라. 길은 자유롭도다. 그들의 운명첨運命籤은 결정 되었나니. 고로, 요한을 위한 요한夢男에게 빛(光)이 있을지라!

III부 1장
대중 앞의 숀

이 장에서 숀(존)은 그의 〈십자가의 길〉(Via Crucis)의 수난을 경험한다. 조이스 자신이 설명한대로, 여기 숀에게 부과된 14개의 질문들은 그리스도가 통과하는 14개의 십자가 정거장들인 셈이다.

[417.24-418.08] 개미는 베짱이의 불행으로 만족하고 - 그 관경이 그에게 벅차도다.

그 일이 그이 부의否蟻개미를, 그리고 부의개미를 즐겁게 했는지라, 그는 유충소幼蟲笑하고 계속 유충소 하는지라 그는 이토록 욕소란辱騷亂했나니 희아도希雅跳베짱이가 자신의 분구강糞口腔을 오치誤置하지 않을까 두려워했도다. 나는 그대를 용서하노라, 장대한 부의개미여, 베짱이가 말했도다. 울면서, 그대가 자신의 가사家事에서 안전한 도움을 위하여. 벼룩과 이(虱)에게 폴카 무舞를 가르칠지라, 꿀벌에게 감소甘所를 보일지라. 그리고 초야初夜말벌에게 데울 멋진 비물肥物을 확신시킬지라. 나는 한때 적취자역笛吹者役을 했는지라 나는 이제 계산計算을 부담해야 하나니 그렇게 마호메드 촌村에 말하고 그대의 산山으로 가야만 하도다! 머리 위에 괴물塊物을 좋아하는자 고로 파리들이 충만할지라. 나는 이것이 딱정벌레라면 개미를 느낄 수 없으리라. 나는 그대의 질책을 감수甘受할지니, 친구의 선물마膳物馬를, 그대의 저축의 보상은 나의 낭비의 보상이기에. 노폴룩스 신神이 그들을 저버리면 카스토르 신탕녀神嫦女들이 교설巧舌 키스하거나 아니면 벼룩이 그를 깨우지 않으면 각다귀가 가려움을 느낄 수 있을 것인고? 슬애虱愛하는 베짱이, 그걸 포혹抱惑하는 흰개미, 이들 쌍양인双兩人은 평인平人을 진드기 군群하는 쌍둥이로다. 아퀴 흑사자黑獅子가 남향南向하기 위해 익북행翼北行 했는고, 우리들이 그의 극동 도개교跳開橋 안의 빈대 백白나방이었던 이후 그리고 저 서방사고인西方事故人이 어디서 이야기가 끝나는지 정색征索하지 않고 장통서풍탄식長痛西風歎

息이 동심저東心底 그들의 동양중東洋衆을 탐探하지 않았던 이후? 우리들은 결핍으로 무량無凉이라, 전숙명前宿命된 채, 둘이 그리고 진실한, 노오란우유부단자가 비행하고 브루노 안眼이 청래靑來할 때까지. 저들 농弄 파리들이 방금 그대 주변을 어슬렁거리다 나의 포도(그라이프스)사자연葡萄獅子然한 성애性愛를 위해 쥐여우(묵스)연然한 조롱을 포기하기 전에 확장은 절약해야하고 경과는 애도피愛逃避해야 하나니, 나의 책략을 자세히 음미해요, 뇌동腦動하여, 그러면 만사는 행복하리니. 내가 그대의 원견遠見으로 검시檢視할 때 나의 치유를 위해 그대 자신을 호출할지라.

[419.11-41919] 질문 #9 - 그는 편지를 읽을 수 있는가?

나의 박주薄酒를 주시할지니 한편 나의 시선은 부단히 가리키나니 총견고표總堅固標의 달인, 그대의 빵 전흉全胸을. 나의 가소로운 우주에서 그대는 좀처럼 발견하기 힘들리라, 이런 비범한 이전성식용우육以前性食用牛肉 그토록 많은 후미성後尾性을. 그대의 향웅은 거대하나니, 그대의 용적容積은 광대하나니, (삼자매여신三姉妹女神이여 나 희망하옵건대 그대의 의성蟻性의 의미가歌를 노래하옵소서!), 그대의 천재天才는 세계폭世界幅이나니, 그대의 공간종空間種은 숭고하나니! 그러나 성스러운 염鹽마티니여, 왜 그대는 박자(시간)할 수 없는고?

[427.17-427.27] 그의 출발이 애도哀悼된다 - 그의 귀환을 고대한다.

글쎄. (여일광汝日光이 쇠衰하는 시각에 우리는 어떻게 그대를 애등哀燈하랴!) 모두가 둔맹鈍盲하고 황미黃迷한지라 그리하여 그대가 여기서 사라지다니 정말 유감이라, 나의 형제여, 유능한 손, 겉옷의 뒤틀 휘둘림과 함께, 햇볕의 아침이 우리들의 최신고最辛苦를 진정하기 전에, 설신鱈神의 묘람猫籃과 돌고래 평원을 넘어, 육체관계와 불친不親한 얼굴들로부터, 그 곳 유상油象들이 스크럼 짜고 있는 독일상아국獨逸象牙國의 은토隱土로, 야마천루野摩天樓가 최만最慢스럽게 성장하는 아미리클의 외서부外西部까지, 더더욱 유감이나, 그대가, 수수手手 겨루며 천만무수千萬無數 심지어 자질구레한 것까지, 그토록 자주 유순柔順했던 그리고 영원히 행사하는 그대의 선의善意의 모든 행위에도 불구하고, 그 곳 덕망이 겸양謙讓인, 우리들의 보다 겸손謙遜한 계급이 말할 수 있듯, 우리들이 그 옛날, 신 모이 평원의 땅에서, 그대와 좀처럼 헤어질 수 없는 것은, 성소년聖少年이여, 그대는 살아 있는 성인聖人이요, 그대 또한 과과過過 끈기있는 체재자滯在者, 신들과 후아층관객後下層觀客의 총아요 경야經夜의 살루스 위안신慰安神이었기 때문이로다. 용안容顔의 소산消散을 다정한 퓨인(평자平者)은 심통하게 느끼는지라. 경도박競賭博의 승리자, 만학청중勉學聽衆에서 수위首位요, 화승부話勝負로부터 전예언자前豫言者나니, 현노인賢老人들의 선인選人인지라! 우리들의 유장엄幽莊嚴한 묵화黙話의 말쑥괴짜 대변인代辯人! 혹시 라면, 거기 웅계갱雄鷄坑에서 우리를 애명심愛銘心할지니, 가련한 12시학자時學者들을, 언젠가 또는 그 밖에 그대가 시간을 생각할 때마다. 원복願福하나니 (과연), 비디하우스(병아리 집)의 우리들에게 귀가할지라. 이러나저러나 우리들이 그대의 미소를 놓치고 있는 도처到處.

[428.01-428.25] 죤이 강둑에 쉬고 있다. 그의 아픈 발에 휴식을 부여한다.

야자주椰子酒 빵 과일 사탕과자 밀크수프! 수아수수포! 그러나! 여기 사모아 섬의 우리들 백성들은 그대를 후망後忘하지 않으리니 그리하여 노장老壯들은 보면서(누가) 그리고 매일사每日事(요한)를 표標(마가)하면서, 넷 적나라한 돗자리(마태)위에 보슬비 가랑비 날이면 날마다 분필로 기록하리라. 어떻게 그대는 자신의 사고思考 속에 사고하고 있을 것인지 어떻게 심저深底가 온통 시작되었는지 그리고 어떻게 그대는 미완성의 이행履行의 장악掌握을 포촉脯燭하기 위하여 그대의 양심의 가책을 통하여 격투할 것인지. 조상국祖上國(사이어랜드)이 그대를 부르는도다. 메리 로이가 달(月)처럼 범보帆步하고 있나니. 그리하여 교활한 중얼 숙녀가 그래즈하우스 산막山幕에서 귀부인 하녀 노릇을 하는지라. 그대의 웃옷을 뒤집을지라, 강한 인성人性이여, 그리하여 우리들 사이 저 계곡아래 체재할지니, 여청년汝靑年이여, 단지 한번만 더! 그리하여 번영무성繁榮茂盛의 이끼가 그대의 구르는 가정家庭을 축적하게 하옵소서! 무로霧露가 그대의 굴렁쇠 고리를 다이아몬드 비추소서! 효성孝誠의 소화전消火栓이 그대의 분통구糞桶口를 재보험 들게 하옵소서! 등 뒤의 맥풍麥風이 그대의 영경泳脛에 행운을 광휘하옵소서!

우리는 잘 알고 있는지라, 그대가 우리를 떠나기 역逆겨워 했음을, 그대의 애송이 뿔(角)을 불면서, 정황실우체부正皇室郵遞夫여, 그러나, 아아 확실히, 우리들의 선잠(眠), 몽책夢冊 페이지의 맥박이여, 여귀부汝貴婦의 은총에 의하여, 그대의 야상곡의 자연의 아침이 황금빛 솟는 해(조청造淸)의 자自민족의 아침 속으로 공몰空沒(블라망즈)할 때 그리하여 돈(卿) 리어리가 노주老酒 조지 코오토스로부터 자기 자신을 등 돌리고 저 선선善船의 향락 조니가 워털루의(수水얼간이의) 애란 왕으로부터 소문을 퍼뜨릴 때, 그대는 와권해渦卷海를 가로질러 도선渡船하고 어떤 교회법자敎會法者의 여타일餘他日에 그대 자신의 도망 말세론 속에 휘말릴지니, 등에 우대郵袋를, 슬픈지고! 설굴雪掘하면서. (그렇잖은고?) 그대는 선량한 사람인양, 그대의 그림 포켓을 신선송달新鮮送達을 위해 갈퀴같은 비(雨) 속에 구측외향丘側外向하고 그리하여 그로부터 여기까지 아무튼, 임차賃借 전차電車를 타고, 비옵건대 살아 있는 총림叢林이 그대의 밟힌 잡림雜林 아래 재빨리 자라고 국화菊花가 그대의 미나리아재비 단발短髮 위로 경쾌하게 춤추기를.

III부 2장
성 브라이드 학원 앞의 숀

[444.06-445.25] 셈(숀)이 HCE와 혼돈되어 왔듯이, 여기 이사벨은 ALP와 혼돈된다.

그들은 다 함께, 공원의 두 소녀들 격이다. "나는 여기 있도다. 나는 행하도다. 그리하여 나는 고통 받도다." 하고 숀은, 자기 자신을 그리스도, 시저와 혼돈하여 말하는데, [이는 〈율리시스〉 제5장에서 블룸 몰래, Vaughan 신부가 그대는 "그리스도인가 빌라도인가?"하고 묻는 이중 혼돈, 그 자체이다. 그러자 블룸이 말한다. "그리스도지요, 하지만 그런 이야기로 저희들을 밤새도록 잡아두지 마세요. (U 67) (콘미 신부는 제10장 제1삽화에서 이 설교의 순간을 회상한다. "빌라도, 왜애애 그대는 저 오합지졸을 어억제 못 하는고?") (U 180)]

[471.35-473.11] 건강 하소서, 혼(Haun)(욘의 유령)이여, 작별-그의 귀환을 기다릴지라.

장고통長苦痛과 수십년주數十年周의 단영광短榮光을 겪은 뒤, 하물何物이 하시何時인지를 우리에게 상기시키기 위해 그리고 우리들의 길들의 실갈失褐을 우리에게 상관하기 위해, 그들의 여정월汝正月과 여이월汝二月이 성 실베스터 신년향연新年饗宴으로부터 진승眞勝하고 (단지 워커 자신만이 왈츠무인舞人을 닮았나니, 그들은 광대익살부리며 중얼중얼 배행徘行하는지라) 기도旗道의 하파두夏波頭를 타고 진군 귀향할 때까지. 인생, 그것은 사실인지라, 그대 없이는 공空일지니 왜냐하면 무광지無狂知으로부터 무다우無多憂까지 거기 진공眞空은 전무全無요, 모로크 신회생전神犧牲戰이 악마기惡魔期를 가져오기에 앞서, 날짜와 귀신소인鬼神消印 사이 한 조각의 시간, 다아비의 한축일寒祝日 여신餘燼에 의해 분할되고, 저 멋쟁이 요한 세례락洗禮樂 낚아채 인 채, 그날 밤부터 우리는 존재하고 느끼고 사라지며 작일자신昨日自身으로 전향하기 위해 우리는 길을 걷고 또 걷는 도다.

[473.12-473.25] 불사조처럼 - 그(재차 숀의 유령)는 재차 솟으리라.

망명자로서, 그러나, 숀은 솀이 될 것이다. 그의 "프랑스의 진화"로부터 "샘로그샤"로 귀가하면서, 마침내 세속적 성공자인, 솀은 욘이 되리라. 과연 행진하여 귀가하는 조니는, 꾹대기의 숀과 함께, 숀 - 솀이 된다.

그러나, 소년이여, 그대는 강强 구九 펄롱 마일을 매끄럽고 매 법석 떠는 기록시간에 달행達行했나니 그리하여 그것은 진실로 요원한 행위였는지라, 유순한 챔피언이여, 그대의 고도보행高跳步行과 함께 그리하여 그대의 항해航海의 훈공은 다가오는 수세기 동안, 그대와 함께 그리고 그대를 통하여 경쟁하리라. 에레비아가 그의 살모殺母를 침沈시키기 전에 불사조원이 태양을 승공昇空시켰도다! 그걸 축軸하여 쏘아 올릴지라, 빛나는 베뉴 새여! 아돈자我豚者여! 머지않아 우리들 자신의 희불사조稀不死鳥 역시 자신의 회탑灰塔을 휘출揮出할지니, 광포한 불꽃이 (해)태양을 향해 활보할지로다. 그래요, 이미 암울의 음산한 불투명이 탈저멸脫疽滅하도다! 용감한 족통 혼이여! 그대의 진행進行을 작업할지라! 붙들지니! 지금 당장! 승달勝達할지라, 그대 마魔여! 침묵의 수탉이 마침내 울지로다. 서西가 동東을 흔들어 깨울지니. 그대가 밤이 아침을 기다리는 동안 걸을지라, 광급조식운반자光急朝食運搬者여, 명조가 오면 그 위에 모든 과거는 충분낙면充分落眠할지니. 아면我眠(Amain).

III부 3장
신문 받는 숀

[551.01-551.30] 그리하여 모두들 커미스 속옷 입은 그의 아내 ALP를 감탄했나니, 그는 그녀를 위해 편리한 화장실을 가진 카운티 - 시티를 건립했도다. 그는 또한 대학들을 설립했고, 도시 전원을 건설했도다.

나의 밸러스트로부터 시계 확실히 내렸도다 나는 우리들의 윈드소의 피터스버그 궁사원宮寺院에서 추방비자를 위해 흡혈귀 번쩍했을 때, 우리는 초신

超神에게 면망양眠忘羊과 유령염소를 위하여 윤골潤滑맹서했는지라 그녀[아내-ALP]가 나의 위간의 보석탄寶石炭에 자신의 발을 데우는 동안, 나의 스노리손의 사고스에 그녀의 사유억思惟憶을 음송吟誦 불 태웠나니 그녀가 뽐내는 공작유료孔雀有料요리사의 왕좌실王座室에서 숙사 유리창문의 얼음을 탐지貪舐하면서, 모두들 커미스 속옷 입은 그녀를 감탄했도다 다이아나가 거주하는 리디우 시가에 그대는 자신이 보는 바를 경계하는지라 주의할지니, 만일 내가 우리들의 전능창조주라면, 그들의 것은 제신諸神들을 위한 팬티스타킹 광경일지라 소승마적모小乘馬赤帽를 쓰고, 석탄재 황색과 번쩍번쩍 금박편金箔片과 광채 장식품 및 두건하의 턱받이 나는 아주 강요된 많은 연애 결전장을 남용했나니, 관목 숲에서 자유로이 행상行商했도다 나는 그대를 위하여 몽상에 잠겼나니 그리하여 완전충이상完全充以上으로 약속 이행했는지라 나는 억센 무역인貿易人을 위하여 유약경엽柔弱輕葉의 괘종을 울리는 출몰지에서 그대를 위하여 예행豫行했나니 우리는 유진幽塵의 골반이도다 나는 속수무책의 창부에게 말을 걸었는지라. 나로 하여금 그대의 마초부馬草父되게 할지니. 그리하여 간상체桿狀體와 다변多辯형제에게. 치오, 성화동료聲華同僚! 희소식의 복음이요, 치료위인治療偉人의 말(言)처럼 전지전능, 망실자를 위하여, 역겨운 그리고 여하인 역시 그리하여 그들은, 이전에 자신들의 전적인 궁핍, 적성, 쾌할, 유용 및 포상褒賞이었던 것의 확장화擴張化에 있어서 정점화頂点化을 향한 추락 없는 어떤 부가附加 및 확대 더하기 그들의 가설 및 증대의 조직화를 위한 대등함에 있어서 관대한 기여를 통한 편성상, 자신들의 제2의 아담 안에서, 모두들 삶을 얻으리라 나의 예인선들은 대운하(그래든 커넬)를 타하행舵下行했나니, 나의 거룻배들은 리겔리아 수상水上에 장측長側으로 정박했도다. 그리하여 나는 도시의 전원의 용재用材를 짜 맞추어 넣었나니라, 나의 애인을 위하여, 나의 빛나는 산마루(눈썹)를, 나의 상봉相逢 관측소로부터 천측구天測具 아래, 그리하여 그때 개방소음이 웅당 진정되었나니 나는 모르타르 각모角帽로서 나의 대학들을 견립堅立하지 않았던고, 전적으로 국리적國理的 및 성통풍류聖痛風類의, 3, 4학년 통권생痛拳生의, 모두 실물장학금의? 나는 작은 이집트의 두 별들 위에 장미장식 좌座하지 않았던고? 나는 상형문자의, 희랍신력新曆의 그리고 민주민중의, 암각적岩刻的 독자들을 갖지 않았던고? 삼성곽풍三城郭風의, 복성본위제複性本位制의 그리고 나의 7다이얼의 변화하는 수로도水路圖에 의하여 나는 하이번스카 우리짜스를 12사침통로絲針通路 통과하게 하고 신문新門(뉴게이트)과 비코 비너스가街를 구목부합鳩目附合 시키지 않았던고? 나의 낙타의 행보, 굉장한(고로사이) 굉장한! 어떤 숭고한 오스만 제국의 왕조도 나의 화장문을 비공鼻孔하지 않았도다 다수투표 되었으나 나의 선자 소수였나니(투표자, 투표자, 일찍은 투표자여,

[552.01-552.30] 어떻게 그는 그녀를 위해 더 많은 향응饗應을 마련했던가-그녀의 주위에 편안하게 거주하는 도시를 건립했던가.

그[HCE]는 자주 옛 솔즈베리에 출과出過한 적은 결코 없었는지라, 나[HCE]의 사역주종점四驛州終點은 대북대북對北對北 기나, 대남서大南西 그리소우웨이, 데브윅웰, 중대서中大西 밉그리어위스. 그리하여 나는 쌍사원双寺院을 씨족립氏族立했나니, 찬사贊寺 및 반사反寺, 껍질을 벗긴 마법장魔法杖과 고착접착固着接着의 홍수이토洪水로서 노르웨이식 아주 멋지게 짜여진 나의 디딤장장대 성당, 이제는 온통 헐거운 벽돌과 견석堅石, 자유석공(프리메이슨)된 채, 개척성약자開拓聖約者들과 신페인 죄인들의 피난처로서 방주 되었는지라 우리들 머리 위의 천상으로부터 하강하여, 오스트레일리아의 하기아소피아(성지원聖智院), 그대의 본당회중석과 반원에 우리들의 기도, 그대의 견광堅廣의 천개에 우리들의 영겁무궁의 기원을. 한족漢族이여, 회로回路할지라! 셈족이여, 회귀할지라! 각적角笛이여, 침묵할지라! 견폐금지犬吠禁止! 차처주위此處周圍는 성소聖所나니! 모든 태만창부怠慢娼婦들을 나는 강인强引하고, 모든 마도신령磨盜神靈을 나는 강압强押했는지라, 행행行幸할지로다 카셀즈, 레드몬드, 간돈, 디인, 쉐퍼드, 스미스, 내빌, 히톤, 스토니, 포리, 파렐, 브노스트, 또한 토니크로프트와 호간과 함께 탐닉정령耽溺精靈이여 나를 섬길지라! 악귀여 경호할지라! 나의 연와궁煉瓦宮을 방어할지라 (오 제족諸族들! 오 제민濟民들!) 나의 아성, 나의 사위도四偉道의 평화를 지킬지라 부스 구세救世에게 불모지옥을, 스웨턴버그스 복옥福獄에게 심원천상深遠天上을! 그녀를 미혹迷惑하기 위해 나의 일곱 개의 세풍로細風路를 나는 추적했나니 그리하여 언제나 각각의 세풍로는 일곱 개의 예외통로를 지녔는지라 그리하여 모든 이러한 통로들은 질풍으로 기판석旗板石 깔렸나니, 그녀를 위한 휴우 휴우, 그를 위한 탈모휠휠 및 니브로의 경원警園을 통한 펄럭펄럭 그리하여 그것이 브라버스가 자신의 벽을 무너뜨리고 자신의 이웃들의 수잔나를 노경老更하고 있었던 이유였도다 그리하여 셋째로, 영구 집게벌레[HCE]로서, 나는 미사 행종行鐘, 성당머슴의 6타시성가단打時聖歌團, 발작 신자信者를 명심위협銘心威脅하는 사원 및 성원기도시각자聖院祈禱時覺者들과 함께 나의 멋진 돼지 새끼, 나의 아름다

운 구흉鳩胸, 자신의 적갈색의 수줍은 움찔녀를 위하여 십자구十字丘 위에 도전궁稻田宮을 개수하고 복원했는지라 정명定命 처녀모處女毛 정명定名 종작고사리(植) 그리고 화선話先(텐포스)의 영광을 찬미하는 천사탁선天使託宣 오르간 그리고 여기에 첨가하여 그녀의 지옥화地獄火를 시방始紡하는 한 개의 얕은 선반과 그녀의 퇴창가退窓家의 화창문花窓門들 복음의 신연민기도문神憐憫祈禱文, 그리스도신神연민기도문 경색驚色 트럼펫, 타라 통치의 오르간(대포) 그리고 그녀는 석좌石坐하는지라, 제단석 위의 칠리(냉냉冷冷) 봄봄 및 40보닛 모帽. 모든 이에게 이끼 낀 자비예를 갖게 하옵소서!

[552.35-554.10] 그[HCE]는 더 많은 향연饗宴을 그녀(ALP)를 위해 - 온통 그녀의 기발한 향취香臭를 위하여 '환영歡迎'했다.

환영!

환영!

환영!

환영!

그리하여 전축우박全祝雨雹, 전축강설全祝降雪, 애공세우愛恐細雨 혹은 축복의 소나기우수雨氷, 그리하여 거기 그것은 성배 속에 결빙하거나 혹은 성구실聖具室에서 빙영氷泳했나니, 모피미본毛皮美本 다듬었다.

부쿠레슈티 발광추락적發狂墜落的인 브론코 야생마들, 우편유람마차 및 급달急達 우편 봉사마차, 그리고 높디높은 이륜무개마차와 고개 끄떡 끄떡 두마차頭馬車, 타자들은 경쾌한 경야료원經夜療院의 추기경 하복경이륜下僕輕二輪 경쾌하게, 몇몇은 세단 의자 가마차를 조용히 타고 나의 꼿꼿한 신사들, 동침, 동침, 나의 귀녀들이 유측안장柔側鞍裝한 채, 은밀히, 은밀히, 그리하여 로우디 다오는 뒤쪽 횃대 노새 마와 수말 및 암나귀 잡종과 스페인산産 소마小馬와 겨자모毛의 노마와 잡색의 조랑말과 백갈색 얼룩말이 생도生跳롭게 답갱踏坑하는지라 (그대 왼발을 들고 그대 오른 발을 스케이트 링크 할지라!) 그녀의 환영歡影을 위해 그리하여 그녀[ALP는 경무곡輕舞曲의 타도일격打倒一擊(도미노) 속에 회초리의 엇바꾸기에 맞추어 소笑소리 내어 웃었도다. 저들을 끌어 내릴지라! 걷어찰지라! 힘낼지라!

마태태하! 마가가하! 누가가하! 요한한한하나!

III부 4장

HCE와 ALP -그들의 심판의 침대

[555.01-555.24] 밤마다 4인이 그들의 모퉁이에서 잠자는 쌍둥이들을 시찰視察하도다.

밤마다 4노인들이 그들의 모퉁이에서, 잠자는 쌍둥이인, 케빈과 제리를 살핀다. 포터 댁의 밤. 그의 잠 속에서 젤리의 부르짖음에 놀란 양친들. 주방酒房에서 올라와, 아내와 같이 침대에 눕는다. 또 다른 방에는 이사벨(Isabel)이 〈율리시스〉의 거티 멕도웰(Gerty MacDowell)의 음율音律로 위안된 채, 잠을 자고 있다. 그녀는 거울을 꿈꾼다. 또 다른 방에는 캐이트(Kate)가 HCE가 어떻게 그의 "clookey"를 손에 쥐고 있는 지를 침묵으로 탐하며, 그의 "건실한 눈방울"을 살피기 위해 아래층으로 내려갔는지를 꿈꾸며 누워있다. 또 다른 방에는 쌍둥이 사내들이 잠자고 있다. [F 556-557] 케빈 또는 "제3의 부친인, 퀸(Quinn)이 현금(cashy) 일을 구직하기 위해, 트리스탄과 함께, 어느 날 아모리카(Amorica)로 떠날 참이다. 제리는, 그의 만년필로 침대를 적시며, 아버지를 꿈꾸면서, 그의 잠 속에 울부짖고 있다. 그렇게 포위된 채, 빅토리아와 알버트는, 그들의 시련의 침대에서 최선을 다하면서, 누워있다. [F 558]

그들 4노인들은 다시 되돌아 와, 엿보면서 살핀다. 마태, 마가, 누가, 그리고 요한, 이제 4침대 기둥들은 이 참대 장면의 그들의 각색(번안)을 제공한다. 이어위커의 꿈의 해석을 보고報告하거나, 혹은 꿈의 부분들은 불확실하게 남아있다. 실질적인 것으로 보이는 것은 꿈같거나 무슨 꿈인지, 현실적이다. 제리가 울부짖는 것을 들으면서, ALP는 그를 달래기 위해 침대에서 나온다. 부친에 대한 그의 꿈은, 그녀가 말하기를, 환상 이외에 아무것도 아니다. 나중에, 그녀가 침대에 돌아오자, 쌍둥이들은 그들 노인들과 더불어, 그들의 양친을 엿보는 듯, 하지만, 이사벨은 유례類例가 없다. [F 566, 587-588] 은유隱喩(메타포)는 양친의 활동을 암시한다. [F 567-571]

그것을 위한 부적함을 증명하면서, 은유는 추상으로 굴복한다. 라틴의 합법적 병적 개요는 가족의 상호관계를 개관한다. 약탈은, 더 이상 암시함이 없이, 개관된다. 견해 점은 더 이상 악화하지 않을지라도, [킨세이(Kinsey): 미국의 동물학자(Alfred Charies Kinsey): 1948년과 1951년에 각각 남여 性행동에 관한 연구 보고(Kinsey Report) 발표)] 또는 법률가의 것일지라도 더 이상 악화하지는 않다. [F 572-573] 복잡다난複雜多難한 친족상간(incest)의 이 실망의 견해는, 더 이상 실망하지 않을지라도, 그의 침마寢馬[F 584-585]를 만족할 HCE의 실패에 의해 뒤따른다. 하지만, 이 남자와 이 여자를 기도 합시다. 하느님은 그들을 자신들의 迷宮을 통하여 안내한다 - 우리들 역시 안내한다. [F 576-577] 그들이 이러하듯, 그들은 우리들의 양친이요, 왠고하니 그들은 만나고 짝 짓고 잠자리하고 꼼쇠를 채우고 얻고 주고 박차며 일어나고 몸을 일으키고 설소토雪消土를 협강峽江 안에 가져왔었는지라, 그리하여 그들을 바꾸고, 바다로 체재시키면서 그리고 우리들의 영혼을 심고 빼앗고 저당 잡히고 그리하여 외경계外境界의 울타리를 약탈하고 부자연한 혈연관계와 싸우고 가장하고 우리들에게 그들의 질병을 유증하고 절뚝발이 문을 다시 버티고 폐통지肺痛地를 지하철 팠는지라.

[F 579] "회귀(recorso)"로서 이바지하면서, 그럼에도 불구하고, 인간 시대에 보다 잘 적응하는 듯하다. 그것은 모두 너무나 인도적이다. 트리스탄의 이야기에 병행을 이룬 채, 보다 초기의 회귀(recorso)야 말로, 4보도자들의 존재에 의하여, 이 장은, 저락低落하는 회귀(recorso)처럼 보인다. 첫째 다음으로, 각 신생新生은 최후보다 덜 희망적이다. 그러나 우리는 기억해야할지니, 현재의 보충환補充還은 보다 큰 원圓의 인간시대 이내에서 작은 회귀(recorso) 다소, 인간적이야 한다. 하지만 새벽은 터오고 있고, 보다 큰 환環의 위대한 회귀(ecorso)는 마지막 장에서 우리를 기다린다.

[590.22-590.30) 대화는 Persse O'Reilly로 귀환한다 - 욘은 "A"의 목소리를 통해서 그를 옹호한다.

이 4번째 견해, 용해의 자세. (동, 서, 남, 북으로부터, 비코의 견해를 형성한다. 고로 요한은 창세기와 더불어 결론짓는지라, 새벽, 비코의 환環의 총계를. 제3장은 잠으로 닫힌다) 제4장은 다가오리라.

제 4자세. 얼마나 멋쟁이[요한]! 지평에서 최고의 광경이랴. 마지막 테브로(장면화場面畵). 양아견兩我見[HCE] 남男과 여女를 우리는 함께 탈가면脫假面할지라. 건(gunne)에 의한 여왕재개女王再開! 누구는 방금 고완력古腕力을 취사臭思하나니 새벽! 그[HCE]의 명방패견名防牌肩의 목덜미. 도와줘요! 그의 모든 암갈구暗褐丘를 고몽鼓夢한 연후에. 훈족族! 그의 중핵中核의 1인치까지 노진勞盡 한 채. 한층 더! 종폐막鍾閉幕할지라. 그 동안 그가 녹각鹿角했던 여왕벌[ALP]은 자신의 지복을 축복하며 진기남珍奇男[HCE]의 축하일祝賀日을

감촉하는도다. 우르르 소리. [천둥-HCE의 방취]

행갈체行喝采, 층갈채層喝采, 단갈채段喝采. 회환원回環圓. [F 590]

IV부 1장
회귀(Recorso)

신기원의 새벽이 잠자는 거인(HCE)을 깨우다-새벽-새날의 시간 및 새 세대. 신세기의 여명이 잠자는 거인을 깨우다. 〈율리시스〉에서 몰리 블룸은 "그래요(yes)"를 말할 수 있고, 아나 리비아는 "핀, 다시! 가질지라"를 그러나 태양-그는 솟을 것인고? 〈율리시스〉처럼, IV부는 독자를 정적靜的(static), 마비된 채, 단단히 고착되어, 남성 의지의 신비의 수령에 빠진 채, 남는다-그것의 욕망과 결의의 이중적 의미 속에 의지한다.

[593.01-593.24] 새 날을 위한 새벽-시간과 새로운 세대(a new generation)

성화聖和! 성화! 성화!

모든 여명(downs)을 부르고 있나니. 모든 여명黎明을 오늘로(dayne) 부르고 있나니. 오라이(정렬)! 초발기超發起(발부활發復活)! 모든 부富의 청혈세계淸血世界로 애란 이어위커. 오 레일리(기원), 오 레일리(재편성) 오 레일리(광선)! 연소, 오 다시 일어날지라! 저 새(鳥)의 무슨 생을 닮은 증조徵兆가 가능한고. 그대 다반사를 탐探할지라. 오세아니아(대양주)의 동해에 아지랑이. 여기! 여기! 타스, 패트, 스탭, 웁, 하바스, 브루브 및 로이터 통신을. 인무演舞가 솟고 있도다. 그리하여 벌써 장로교구의 장로가 기상하여 타시他時에 순애정純愛情을 연도하는지라. 화태양華太陽이여, 신페인 유아자립唯我自立! 황금조黃金朝여, 그대는 선창교船艙橋의 여명의 비누 구球를 관견觀見했던고? 우리가 타품他品을 쓰지 않은 이후 수년전 우리는 그대의 것을 탕진했노라. 모든 나날을 호명하면서. 새벽으로 모든 날들을 부르면서. 핀 맥후리간의 민족성을 띤 오랜 경칠 육종育種의 지겨운 정지화국頂志和國. 영도자여! 수령이여! 세재안전평결世裁安全評決의 티모렘 백공포白恐怖 소종小鐘의 슬로건. 진기震起할지라, 어둑하고 어스레한, 건장자健壯者를 위해 숙도宿道를 티 울지라! 그리하여 빌리 페긴을 그의 욕부토辱腐土에서 요굴謠掘 할지라. 타타르 성당족教會族에 확실신앙確實信仰을. 우리는 귀족적 귀마령서애용가貴馬鈴薯愛用家의 백랍대중白蠟大衆

에게 공지公知하는 최고의 만족을 갖나니, 기네스(칭키스칸) 주酒는 그대를 위하여 뚜쟁이 선善하도다.

구름으로부터 한 개의 숀이 출현하여, 지도를 펼치나니.

노아 공신空神[숀]의 말(言)을 나르는 밤과 스튜냄비 속에 웅크리고 앉아 메스 공신空神[솀]을 제조하는 밤이 지나자 테프누트 농아 여신의 지배목사支配木舍 속에 있는 암소 냉冷한 올빼미 노老의 자돈雌豚에게 빛의 씨앗을 뿌리는 영파종신永播種神이요, 은탐프린 피안계彼岸界의 승태양昇太陽의 주신인, 푸뉴세트가, 최선 기고만장, 말하는 도다.

[595.03-595.28] 새벽의 수탉이 운다-그를 계속 자게 하라.

[새벽 여명의 출현] 운유運流! 선형신善型神이여! 천공의 소생자蘇生者에게 소인화燒印火를 뿌릴지라, 그대, 아그니 점화신點火神이여! 작열! 수호신(아더)이 도래하나니! 재在할지라! 과도적 공간을 통하여 동서시동動詞始動할지라! 켈트(족) 곁에 킬트(족)가 재친再親을 재척再戚으로 패곡貝穀할지라. 우리는 그대를 위하여 선거하나니, 티탄젤을. 자치정부 환영! 우리들 약세弱勢더블린인들은, 여간원汝懇願하도다. 하나의 길, 래일신來日神이, 우리의 상가로부터, 종언왕국을 통하여 빛을 불태우는 광선이 우리를 인도할 때까지 우리는 희망하는지라 그러나 일정소유日程遡遊하는, 그레욘 괴물을 내게 사냥하나니, 칼지상신령이 그의 코스, 몽유의 묘로墓路들 사이로. 심지어 성곽城郭의 매지魅地인, 헤리오포리스 장지葬地까지. 이제 만일 혹자가 두 타월을 가져오고 타자가 물을 데운다면, 우리는, 그대가 암暗마리아 혹은 이泥스미스, 예봉브라운 및 마摩로빈손을 말하고 있는 동안, 이 다전사구多戰砂丘의 타봉둔打棒臀 위에 태양 연然한 요정비누를 만들 수 있으려니. 하지만 자애慈愛는 애서 시작하는지라. 어느 지점을 향하여? 어디까지의 시각에? 단일견單一見! 일광비누! 받아드릴지니. 무단재통침자無斷再通侵者는 고소 책임질지로다. 내게 찌르는 수자誰者는 찌르는 통봉음경痛棒陰莖과 같은지라. 그대의 것 인양. 우리는 재신再新. 우리들의 혼교魂轎의 그늘이 그들을 혼난도混亂刀질하자 사람 살려 살려 급지평急地平. 한 가닥 병광甁光 그리고, 급격히, 그건 과울課月할지니, 마치 노변의 노심爐心이 살아 뛰듯. 클럽주점, 총總잡화상에서, 아렌 언덕의 정수지頂樹脂와 함께 최연황갈最軟黃褐의 나무줄기를 위하여 그리고. 화산원통향火山原通向 잇따라, 태양수호신 숙명 (이어)워커가 후청인後聽人이 될지니 그리하여 그는 자신의 사소화些少火로부터 타격섬광하도다. 여명화의 창끝이

헤리오포리스의 거석巨石의 커다란 원의 중앙 탁석卓石 안에 향접촉向接觸하는지라, 소요남騷擾男의 잡목총림 속 판게라 만灣 결의 우리들의 이 평원 위에 그리하여 거기 쌍각雙脚의 원추석묘(케론)가 에르그 작동하여, 입석된 채, 낙화樂花인양, 이스미언 지협인地峽人들의 우상이 되는도다. 그곳 너머로, 괴상한 괴회색怪灰色의 귀신같은 괴담怪談이 괴혼怪昏 속에 괴식자傀食者처럼 거장巨長하는지라. 과거가 이제 당기나니 똥개 한 마리 짐승, 덴 대견大犬이, 귀귀답도踏道하며 스스로 측각側脚에 탈준脫準한 채 코로 킁킁거리도다. 호우드 구丘의 익살스러운 낄낄대는 웃음. 그러나 왜 야명전夜明前에 똥개가 구덩이를 파는고? 들의 새벽 합창을 새 되게 울게 할지라, 수탉 및 암탉, 아나 여왕계女王鷄가 뒤둥뒤둥 꼬부라져 꾀오꾀오 압주鴨走하도다. 영창남詠唱男을 위하여 한 번, 짐꾼을 위하여 두 번 그리고 웨이터를 위하여 한 번 두 번 세 번. 그런고로 불가식不可食의 황육黃肉이 불가전不可顚의 흑黑으로 바뀌도다. 영양남營養男, 수부와 함께, 회건回鍵(턴키) 트로트 무舞로 해갑海岬까지, 부두활보자(피로 광대)들을 후무리는데 봉사하다니, 노엘즈 바와 판치쥬디 크리스마스 익살인형극에 뜻을 두는 것은 무슨 뜻인고, 정녕, 만일 그대가 자신의 머리 속에 뚝딱소리 혹은 커스 출발 저주로 가득하다면, 연미복상, 그대는

[594.01-595.29] 교수-안내자와 함께, 호우드 언덕, 채프리조드 근처, 노크 성(Castle Knock)의 문에서 노크하는 HCE(손).

엑스무스, 우리들을 위한 바이킹도都, 스톤헨지(거석주군巨石柱群)의 성가대학聲歌大學에서 침묵 당할지라, 소년들, 각자 하나 하나? "죽음은 가고 생자는 전율하니. 그러나 생生은 행차하고 놓아는 말하다!" 기각起覺? 호우드 언덕, 구구丘丘 연달아, 영궤도英軌道로, 그[HCE-Finn]가 가젤 해협海峽 향상向上에 자신의 장가사지長歌四肢를 압향岬向 뻗고 있을 때 풍경에 안도의 한숨을 쉬나니, 그리하여 브리안의 신부新婦 이시(Issy)는, 정강이 높이 흔들고, 그 어느 때보다 자신의 원부遠父와 혼婚하여 처녀무處女舞를 위한 점묘낭자點描娘子로다. 호조好調의 양녀羊女! 우리는 즉현卽現 이유耳癒할지니, 지지처녀地誌處女들의 작별 안녕 및 곧 소식 있기를 하고 말하는, 29가지 길을. 40윙크와 더불어 그대 아주 많이 나를 즐겁게 하기 위해 윙크하며. 그녀의 양두羊頭와 함께. 그건 수위首位의 신新 애란 토土까지 기나 긴 광로光路로다. 코크행行, 천어川漁행行, 사탕과 자행, 부용(구기수프)행, 편偏소시지행, 감자甘蔗행, 소돈육燒豚肉행, 남男(매이요)행, 오행속요五行俗謠(리머릭)행行, 수가금水家禽(워터포드)

행行, 요동우자搖動愚者(웩스포드)행行, 시골뜨기(루스)행行, 냉공기冷空氣(킬대어)행行, 연착전차延着電車(레이트림)행行, 카레요리(커리)행行, 마도요(鳥)(카로우)행行, 리크(植)(레이크)행, 고아선孤兒線(오파리)행, 다랑어갈매기(도4갈)행, 청淸(크래어)황금도黃金道(골웨이)행, 폐요새肺要塞(롱포드)행, 월광유령月光幽靈(모나간)행, 공금公金(퍼마나)행, 관棺(카밴)행, 울화鬱火(안트림)행, 갑옷(아마)행, 촌村까불이(위크로우)행, 도래악한(로스코몬)행行, 교활행진(스라이고)행, 종달새수학(미드)행, 가정상봉(웨스트미스)행, 메추리육(퀘일스미스)행, 킬레니행. 템! 선두래先頭來할지라, 열석列石을 환상할지라! 톱. 우리들을 위해 현명하게도 노브루톤은 자신의 이론을 철회했도다. 그대는(alp) 알프스 산혼적山魂的으로 올 바르도다! 절대대대로. 그러나 이것은 필경 따분한 운송이 아닌고? 나만 타나 곡촌曲村. 확실히 그건 그대가 회춘回春하고 있는 것이 아닌고? 과연! 또한 멋있게. 우리는 피지문서관皮紙文書館, 아란 공작상公爵像 근처에 하입下立하고 있는 듯 한지라, 말발굽 전시회, 전사마차戰士馬車들 및 이종의 바겐화차들 사이에, 위쪽과 아래쪽, 이중전치二重前置 뿐만 아니라 삼중접속三重接續된 이후, 인양 또는 에도 불구하고, 과거 만캐이랜즈(토지)였던 서소굴鼠巢窟 속의 현대패총탐구의 방식이 화산분출잔해 속에 현존하는 용암에서부터 상속적 세대가 심화산분진深火山粉塵의 깊고 깊은 심연 속에 존속해 오고 있는 동안 그것을 증명해 왔도다. 매몰된 심장들. 여기 고이 쉴지라.

[594.01-595.29] 태양이 세대들-옛 아일랜드 위로 솟고 있다-주막이 깨어난다. 조반이 진행 중이다.

꼬꾀오 꼬꼬 그는 할지라. 면眠할지라. 고로 그[HCE]로 하여금 면眠하게 할지라, 수면睡眠! 그들이 그의 상점의 덧문을 끌어내릴 때까지. 그는 안이면安易眠인지라. 충휴지充休止.

[595.30-595.33] 수탉이 운다-그를 계속 잠자게 하라. (아침의 태양처럼 탕아(솀)는 돌아온다. 그것은 숀이다. 그는, 신선한, 본질적으로 재생된, HCE이다).

한 자연의 아이가 납치되었다. 아니면 아마도 그는 이제 능숙한 수기술手奇術에 의해 시야로부터 스스로 나타났다. 탕아는 여기 솟는 태양과 함께 되돌아온다. 이리하여 사시조四時鳥의 탁발수사조托鉢修士鳥 귀담아 들을지니, 남南시드니! [HCE의 속성들] 아이, 한 자연의 아이[HCE-숀]가, 기억 명으로 당시 알려졌나니. (그래! 그래!), 아마도 최근의, 어쩌면 한층 먼 나이에 납치되었던지 그랬나니. 아니면 그는 능숙한 손재주로부터 스스로 마력 출몰했도다.

[596.34-357.22] HCE가 새벽잠에서 깨어난다.

그를 위해 심면深眠은 레몬 쓰레기 더미로다. 유산양시장乳山羊市場에서. 완충完充의 견신犬神에서. 추락 위의 이토泥土. 적절애란인適切愛蘭人. 수탈분리收奪分離된 남성의 백년남군촌百年男郡村의 우뢰투자가雨雷投資家. 볼지라, 그[손]는 돌아오도다. 승부활된 채. 핀 화신. 여전히 노변주爐邊周에서 예담된 채. 조도사실朝禱事實로서. 타종인打鐘人의 켈트어류語類 부활봉기를 환영했도다. 영원토록, 자신의 찡그린 안구顔口 속의 엄지손가락. 파관波冠으로 재흥再興하는 파도에 각성한 채. 어제의 벌罰에 정복당했나니. 일광의 양부. 주여색酒女色 및 몽가夢歌의 최선간계最選奸計로부터 장지 마련 중의 애란 토土까지. 재제성령再制聖令 39조항 하에. 성규정가聖規定可의 주님의 명령에 따라. 우리가 그를 지구실地球失로 생각했는지라. 묵주默珠구슬, 무명용사. 텀 바룸바 산山으로부터. 전全 랜써릿 원탁기사들의 면전에서. 모든 로서아인露西亞人들의 과황제過皇帝. 연못(더브)의 사시교외斜視郊外의 종부種父. 디긴즈(굴착시掘鑿始), 우던핸즈를 사방 어슬렁거리기 위하여. 부화서반아산주孵化西班牙産酒와 더불어 그의 영취마비英醉痲痺. 영인감비英人感痺. 쭈글쭈글땅신령날씬요정불도마뱀인어(gnomeosulphidosalamermauderman). 대좌상인大挫傷人, 항사비석港死碑石. 포술 건닝 가家의 총수, 건드. 하나 둘 혹은 셋 넷 다섯 휴일 군중 속에 해후 가능자. 술통에 축복 하옵기를. 뚜껑 없는, 갤런 술통. 담배꽁초, 수소 주主, 일종의 퇴적堆積, 팜필 노름꾼, 설雪포도주 통. (e)편집자의 소위 (h)위생 (c)고안구衛生考案具. 그대의 허벅지의 두께. 아시는 바와 같이. 웅당. 목사의 희비喜悲에 대하여 말하며. 오월주경위에 의하여 파괴되고 있는 사녹絲綠, 허백虛白, 호청糊靑. 당사자. 고古애란 (e)엘가에 (c)두루미 소리 (h)들리지 않을 때. 이 시詩를 방금 말하려고. 무연결無連結, 무장애無障碍, 유선전有旋轉, 유자유결함형有自由缺陷型. 자기 자신에 대한 유사상징. 아담과 이브 신인지의 정신적 자아(아트만). 수자타도이유誰者他道理由. 노루자老淚者로서가 아니고 소무협가少武俠家. 백발무결白髮無缺 및 무절제거사無節制居獅. 그가 익살스러운 색色으로 보일지라도. 얼마간 더듬거림. 그러나 달리아 꽃을 뒤좇는 아주 큰 한 마리 벌레. 경소경색경사警所哽塞警査. 또한 전번제유미공굴착全燔祭乳糜空掘鑿. 천문학적으로 전승인물화傳承人物化된 채. 영감현자

지암 바티스타 비코가 그를 예견했듯이. 자신의 언질어言質語를 재매再買하는 마지막 절반 성구. 애상열별哀傷裂別되고 탈지면 기워진 채. 그리하여 솥뚜껑이 백유白乳 냄비 나무라는 우리들의 어유희語遊戲를 벌종罰終하기 위하여. "수실收實한, 수직의, 성스러운, 수장修將의, 세침細針한, 수종합受綜合의, 성급한(스위프트)".

[596.33-597.22] 잠자는 사람은 한 쪽으로부터 다른 쪽으로 방금 구르려 한다 - 왜?

[숀의 도래] 미관美觀 예수의 성단星壇에 맹세코! 책략이 그를 값지게 상속원을 성취하게 했도다. 저 외투 위의 물방울이 핀갈 주위를 결코 강우하지 않았나니 양적良滴! 스칸디나 호의 소금, 의지, 하피자何疲者라도 신남으로 만들지라.

[597.23-597.29] 다시 아침 시간 - 과거 시간은 흘러가고 새 시간이 흘러들어 온다.

[재차 아침 시간] 화일火日? 날(日)! 기풍태양신氣風太陽神의 장완長腕 그것은 우연암합偶然暗合을 띠나니. 그대는 우리가 신화왕神話王 마냥 깊은 밤잠을 이루었다고 볼 참인고? 그대 그러하리라. 지금 바로, 지금 바로 막, 지금 바로 막 전전경과轉全經過할 참이로다. 침면寢眠. 심지어 명부冥府 및 불량계의 백환百環 및 사악한 이교도 책자에도 그리고 묘墓, 임종 및 공황의 기이하고 괴상한 책에도 일어날 법하지 않는, 모든 최이상물最異常物들 가운데! 활생활活生活의 무진총체無盡總體들이 유생성流生成의 단 하나의 몽환실체夢幻實體인지라. 설화 속에 총화總話되고 제목잡담題目雜談 속에 화설話說된 채. 왜? 왜냐하면, 저주신과 모든 들뜬 남근들에게 은총 있을지니, 그들의 말들 속에 시작이 있고, 향신向身하는 두 신호측信號側이 있었는지라, 서거西去와 동재東在, 제작우측製作右側과 오좌측誤左側, 잠자는 기분과 깨어남, 기타, 등등. 왜? 남농측지南聾側地에 우리는 모스키오스크 요정령궁妖精靈宮을 갖나니, 그의 쌍둥이 인접隣接들, 욕옥浴屋과 바자 점店, 알라알라발할라 신전, 그리고 반대 측에는 코란 방벽과 장미원이 있는지라, 안녕 장난꾸러기여, 온통 말끔히. 왜? 옛날 옛적 침실 조식朝食에 관한 이야기 그리고 근친살해투近親殺害鬪와 쿠션소파 그러나 다른 것들은 인공忍孔과 토뇌마멸土牢磨滅된 매물, 열熱, 경쟁 및 불화의 시여물 및 상거래 품들. 왜? 매화每話는 그의 멈춤이 있는지라, 사바만사생

裟婆萬事生 증언, 그리하여 결국 행운환하幸運環下에 필경형성畢竟形成하는 모든-꿈은 진과眞過로다. 왜? 그건 일종모주一種謀酒의 꿀꺽 벌꺽 밀주취密酒醉한, 심장수축확장이라, 그리하여 그건 매시매인 그대가 항시하처恒時何處 온통 좋게 하도다. 왜? 나를 탐사探私할지라.

[597.23-597.29] 압스-어-데이지(ups-a-daisy), 그는 구른다. 그의 능배登背는 차다.

그리하여 얼마나말하기졸리고슬픈지고(howpsadrowsay) (하비면언何悲眠言).

견시見視! [솟는 태양] 현행現行의 전율은광戰慄銀光의 한 가닥 화살, 노고老姑된 채. 냉신冷神의 진적眞蹟(정녕코)! 요신搖神! 저 온溫은 어디서부터 왔는고? 그것은 무한소적無限小的 발열인지라, 휴지열, 상승열, 아리아의 삼박자무, 잠자는 자의 기각起覺, 인간의 배면예감背面豫感의 소규모 속에, 깁, 그리고 다시, 겝, 필경 마야환상성摩耶幻想性의 미래로부터의 한 가닥 섬광이 세호선世互選의 세경이世驚異의 세풍창細風窓을 통하여 세강타勢强打하듯 새 지저귐의 선회가 하나의 세상이도다.

톰. [라디오의 전송電送]

[597.30-598.16] 라디오의 일기 예보. 앞서 유쾌한 날-어제 밤의 작별-오늘 아침의 환영.

[일기예보] 섭씨 도는 완전상승하도다. 수요정갈까마귀(jaladaew)는 아직 인지라. 구름은 있으나 새털구름이니. 아네모네(植)가 활향活香한 채, 혼온도昏溫度가 조상朝常으로 되돌아오고 있도다. 체습성體習性은 온통 선공기로 자유로이 안도를 느끼고 있는지라. 마편초馬鞭草는 풀(草)관리자로서 선도하리니. 그렇고, 사실상 그렇고, 참으로 그러할지로다. 그대는 에덴 실과를 먹는지라. 무엇을 말하랴. 그대는 한 마리 물고기 사이에서 사식蛇食했나니. 하측何側 텔레(비) 화話.

[598.17-598.26] 아침 기도의 시간-HCE 주변에는 초월적 뭔가가.

매每 저런 사장물私場物들은 여태껏 여하 장소이든 간에 비존非存한지라 그리하여 그들은 온갖 금일족극今日族劇에서 내외무변 바로 그대들의 취득 물구실을 해 왔도다. 소멸된 채. 그대는 그를 미설味舌 끝에서 뱅뱅 맴돌게 했나니. 어떤 유익한 가매철음可買綴音도 이후 무미로다. 불깐 황소 대신 군마, 표풍漂風에는 표류. 나일 강江 방랑향放浪向의 몽유뇌우운夢遊雷雨雲. 빅토리아스 근수지近水池. 알버트 원수지遠水池. 때는 길고도, 아주 긴, 어둡고도, 아주 어두운, 거의 무종無終의, 좀처럼 인내할 수 없는, 그리하여 우리는 대개 아주 다양한 그리고 하혹자간何或者干이 굴러 더듬거리는 밤을 추가할 수 있으리로다. 작종송금일作終送今日. 일신日神! 가는 것은 가고 오는 것은 오나니. 작일昨日에 작별, 금조환영今朝歡迎. 작야면昨夜眠, 금일각今日覺. 숙명은 단식정진斷食精進. 숙행熟行, 선타善他! 지금 낮, 느린 낮, 허약에서 신성으로, 일탈할지라. 연꽃, 한층 밝게 그리고 한층 감자매甘姊妹하게, 종형개화鐘形開花의 꽃, 시간은 우리들의 기상 시간이나니. 똑딱똑딱, 똑딱똑딱. 로터스(연꽃) 비말도飛沫禱여. 차차시此次時까지. 작금별昨今別.

감사를 가질지니, 감사 댕댕, 감암感暗 토마스. 저 개이구주開耳歐洲 끝에서 인도印度와 만나도다.

[598.17-598.26] 라디오의 일기 예보, 앞으로 경쾌한 날씨와 함께 - 작별 어제 밤 - 환영 오늘 아침.

[기도의 시간] 그대가 그[HCE]를 뭐라 불렀던 그에게 하사何事에 관한 초야적超夜的인 뭔가가 있도다. 냄비 빵(판판)과 포주 주(빈빈)는 그대의 무누無淚의 타밀 어語로 유독히 화물차차(반반)와 침침針針(핀핀)일지라도 그러나 그들은 고작해야 단독히 빵과 포도주에 불과한지라. 이쪽 전자全者가 뒤따르는 것은 저 쪽 이자異者가 따르는 것이나니. 피소彼少 소소년少少年. 오래된 작일효모 빵은 그루터기 통속의 터무니없는 부화孵化요 물 주전자 화畵는 벽壁위에 원자행原子行이도다. 곰팡이(마태), 암흑(마가), 누출(누가) 및 허풍(요한)이 방금 그들이 누운 악상惡床을 필요로 하는지라 그리하여 금일부 비교 곤충 음향학상으로 그대의 최후의 말들은 환희를 향한 힘을 통한 연속괴상連續怪想의 뻗음을 말할지니, 금시, 거기 그는 잠깨도다. 완화안緩和眼에는 환화안, 인후에는 인협.

[598.17-598.26] 성변화(transubstantiation)(윤회)의 신비 - 시간의 효과. 아침 기도의 시간. HCE 주변에는 초월적 뭔가가 있으니, 예를 들면, 성체(Eucharist)가 그것이다. "빵과 포도주(Panpan and vinvin)"(라틴어). 이를 뒤집으면, 남부 인디언 말로 vanvan and pinpin이 되지만, 성체 빵과 포가 되기는 마찬가지.

팀!

[시간의 흐름] 로카 우주좌宇宙座의 그들에게. 듣고 있도다. 도시는 궤도하는지라. 연속시제에서 그때의 지금은 지금의 그때와 함께. 들었는지라. 지금까지 있어 온 자는 연속 있으리로다. 들을 지라! 세 번의 시보교환타時報交換打에 의해, 차임 종소리, 억수만년에 걸친 비대남肥大男과 왜숙녀矮淑女의 시대가 그토록 많은 미분에 의해 정확히 석년昔年 모월母月 야 주간 주간일 개시開時로 수 시간이 될지니, 우리들의 거대여격巨大與格 거대탈격巨大奪格 및 우리들의 쉬쉬 어머니, 진ㅊ처眞妻와 함께 활남편活男便, 그리고 그들의 아이들 및 그들의 이웃들 그리고 그들의 이웃들의 이이들의 이웃들 및 그들의 가재家財 및 그들의 용인들 그리고 그들의…

[599.04-599.24] 이제 시간은 지나고 장소에 대한 생각

HCE가 의식 속에 다시 솟으면서, 시간과 공간 사이 자기 자신을 위치한다. 그리하여 그는 "고적 편곡(retrospective arrangement)"[〈율리시스〉의 벤 돌라드의 〈까까머리 소년〉의 노래에 대한 톰 커난의 평가(U 75)] 속에 초기 유목민들의 발자취를 재 답습한다. [장소] 그대 조상들이 건립한 보도步道를 보지 못하는고? 초창기 시대의 우리들의 부친 화話. 혈연血緣 자들 및 그들의 동류 내외 찌꺼기 및 그들의 것이었고 그들의 것일 그들의 모든 것.

[598.27-599.03] 시간의 진행 - 시간은 매인을 위한 타당한 시간이다.

대단히 감사하도다. 티 - 모 - 시(금일다시)! 그러나 하처, 오 몇 시?

[장소] 어디 하시? 코스! 그대 조상들이 건립한 보도를 보지 못하는 고, 천국에서 오범誤犯한 우리들의 부친화신父親化身들, 당신들의 이름에 가공할 지라, 멍청이 암소, 별(星) 수송아지, 연煙 호랑이, 사자코끼리, 심지어 아타 신神이 갈식喝食할 때, 삼엽 클로버 속에 뒷발로 선 흑담비(鼬)가 미끄러진 채, 발굽, 발굽, 발굽, 발굽, 도보바만족塗步肥滿足으로 어슬렁어슬렁터벅터벅가만가만걸으면서. 우리들이 존재하기 이전! 의미하고 있나니, 만일 유동설油桐舌이 유강석화流江釋話한다면, 즉, 원시의 조건들이 점차로 후퇴한 연후에 그러나 그럼에도 불구하고 고체와 액체의 정치가 엄침嚴沈한 낙뢰노호落雷怒號, 엄숙솔로몬 혼인주의, 엄소의 묘매장墓埋葬과 섭리적신의攝理的神意를 통하여 광범위할 정도로 존속되어 왔는지라, 그의 일시가 시제지속 時制持續 및 부지속不持續의 주저를 지속한 다음, 고려하의 장소 및 기간에서, 균형경제적 생태윤활적균등돌출적 균형실험적均衡實驗的 평형상황의 다소 안정된 상태에

있어서 일천년기적壹千年期的 군사적 해상적 금전적 형태론적 환경형성의 사회유기체적실험社會有機體的實體를 가능하게 그리고 심지어 불가피하게 만들었던 것이로다. 자 경교환鯨交換할지니, 전동傳動! 나를 위해 더 이상의 형태소모르페우스 면신眠神은 이제 그만! 비유사위병非類似衛兵은 삼갈 지라! 그대는 바로 위장을 깔고 군 행진할지니. 노주묘怒主錨의 주정酒亭로. A E 동판화. 해견가치海見價値. 그대 다多(롯)감사, 겸손한 점죄중! 點罪衆! 호수 도에 주막이 있도다.

텁. 타모티모의 마권내 보報를 취하시라. 텁. 브라운은 하지만 무토無土(노란). 텁. 광고.

[599.04-599.24] 시간(세월)의 순환 - 과거와 현재. 이제 시간은 지나고 장소에 대한 생각. HCE가 의식 속에 다시 솟으면서, 시간과 공간 사이 자기 자신을 위치한다. 그리하여 그는 회고적 편곡(retrospective arrangement)(전출)이라.

[장소 - 공간] 어디에. 적운권운난운積雲卷雲亂雲의 하늘이 소명하나니, 욕망의 화살이 비수秘水의 심장을 찔렀는지라, 그리하여 전 지역에서 최인기의 포플러나무 숲은 현재 성장 중이나니, 피크닉 당황한 인심人心의 요구에 현저하게 적용된 채, 그리하여 상승하는 모든 것과 하강하는 전체 그리고 우리들이 그 속에서 노역하는 구름의 안개 및 우리들이 그 아래서 노동하는 안개의 구름 사이에, 사물을 폭격하여 그것에 농진聾盡 당하는지라 그런고로, 지방성을 지시하는 것 이외에, 그에 의하여 우리가 전술한 것에아주 다량으로 유리하게 첨가할 수 없음이 느껴지나니, 사실상 대단할 정도의 것은 아닐지라도, 잇따라 곧장 그러나 언급하거니와, 바다의 노인과 하늘의 노파는 비록 그들이 그에 관하여 절대 아무 것도 말하지 않을지라도 여전히 자신들은 우리에게 거짓말을 하지 않는지라, 무언극(팬터마임)[〈피네간의 경야〉]의 요지는,

[600.05-691.07] 장면이 펼쳐진다. 연못, 강, 도시, 나무, 돌이 가시적可視的이 된다.

냄비를 끓이는 행위를 모든 처녀 총각들이 알고 있는지라. 이제 장소는 더블린의 산들과 아름다운 명소인 위클로우 주로 옮겨 간다. 호우드 언덕에는 헤더가 만발하고 그 아래에서 블룸과 몰리는 사랑을 구가한다. [계속되는 장소 - 공간의 서술] 식인 왕[HCE]으로부터 소품마小品馬에 이르기까지, 단락적으로 그리고 유사적唯斜的으로, 우리들에게 상기시키나니, 우리들의 이 울세

소로계鬱世小路界에서, 시간(타임)부父와 공간(스페이스)모母가 자신들의 목발을 가지고 어떻게 냄비를 끓이는가 [생애를 꾸려나가는가] 하는 것이로다. 그것을 골목길의 모든 처녀 총각들이 알고 있는지라.

[601.08-602.05] 물(바다)의 순환 - 지역(locality)은 거의 알려지지 않다.

[장소] 다多잉어 연못, 아나라비아의 연못, 사라 주州의 유즙乳汁이 마치, 로목장露牧場의 가장자리의, 수대성좌獸帶星座 피스시엄과 사지타이어스 소성小星의 델타 사이에서처럼, 그리하여 그 속에 한 때 우리는 용암층과 골짜기에 생세生洗했는지라, 그의 고수高水(하이아워터)로부터 여기 희희이낙락喜喜樂 즐기면서, 요하상尿河床의 이용교泥鎔橋, 생명들의 강, 크리타 바라 장애물항의 피(네간)과 닌(안)의 유령성의 출현의 화신의 재생, 아린니[더블린] 이방인들의 왕역王域, 모이라모 해海, 리블린 대양의 엄습자, 저주의 사략선족私掠船族, 과거를 상관말지라! 거기 올브로트 니나드서 저수지가 비기네 니인시 해海를 추적하여 그의 린피안 폭포를 낙관하고 쇄토굴단碎土掘團 어중이떠중이들이 최초의 뗏장을 뒤집었도다. 수문! 직립대폭포!耕에 성공을! (우연히 그는 담보물신전 앞에서 탄금彈琴한 것으로 믿어지고 있거니와, 왜냐하면 이러한 이득점(클로스업)은 넘어서야만 하기에, 비록 서풍향으로 몇 시간, 저 (e)퇴역대령 (c)코로널 (h)하우스의 월과직越過職 여후견인女後見人이 드위어 오마이클 도당 [19세기 아일랜드의 반도]의 요부태생腰部胎生의 큰 대자로 뻗어 누운 자손로 둔감파멸의 나팔총(얼뜨기) 창단두槍端頭를 돌려줄지라도, 이는, 자신의 것이 그녀의 것에 잘렸나니, 나중에 고소언苦笑言을 오래도록 끌게 했도다) 거기에 한 거루 알몬드누릅목木이 녹무하기 시작하나니, 심히 애좌愛座로 보이는 채, 우리가 알 듯 그녀 당연히, 왠고하니 그의 법法의 본질승천本質昇天에 의하여,13) 고로 그것이 모두를 이루는도다. 그것이 백白틀레머티스(植)에 성인향聖人香나게 하나니. 그리하여 그녀의 작고 하얀 소화素花 블루머가, 재잘재잘 세 녀 손질된 채, 더블린 요귀의 요술이 되는지라. 색슨 석부류石斧類의 우리들의 둔선조鈍先祖들이 그렇게 애담스럽게 생각했듯 방금 그들은 각角앵글센으로 영구도하永久渡河할지니, 의무 면제된 채 그리고 불결염가不潔廉價로. 거기 또한 한 개의 진흙 판석이, 상시불멸 기념비처럼, 모든 소택의 단 하나. 그러나 너무나 나裸하게, 너무나 나고표석羅古漂石, 나허풍那虛風 너들 너들 느슨하게 넘보는지라, 바린덴즈 속에, 백白 알프레드, 최세한最貰限 어떤 난폭도살승僧의 상上치마(에이프런)를 차용하듯 했도다. (h)스칸디나비아속屬의 (CE)인근남

자隣近男子(Homos Circas Elochlannensis)! 해풍 람베이 섬의 그의 명승지. 노파 집시 혜녀慧女. 훅! 그러나, 우울 빛을 띤 광휘가 여기 그리고 저기 백조영白鳥泳하는 동안, 이 수치암羞恥岩(샘록)과 저 주취설酒臭舌의 수중목水中木은 도盜-입맞춤의-밀주 패트릭과 그의 방자한 몰리 개미(蟲) 바드에게, 선금작화란어善金雀花蘭語로 말하노니, 아 저런, 이 곳이야 말로 적소인지라 그리하여 성축일은 공동추기共同樞機를 위한 휴일이나니, 고로 성스러운 신비를 축하할 자 솓存할지라 혹은 주본토主本土의 순찰단巡察端으로부터의 험상순례자險狀巡禮者, 저 용안에 의한 정엽靜葉의 소옥상자, 그의 강탈은

[601.01-602.05] 분명히 그가 고용강세雇用强勢하는 유년업幼年業을 의미하는지라.

한 나체의 요가승僧, 태양진太陽塵에 가려진 채, 그의 엽상최애엽葉狀最愛葉로 오케이 덮인 채, 그녀 자신의 자강自江에 즉여卽與되어. 타자염마他者閻魔 쿠루병 염호염마신鹽湖閻魔神! 후후 승[솓]

그게 일어나도록 일으킬지라 그러면 그건 그러할지라, 견호見湖, 우리들의 라만 비탄호悲歎湖, 저 회색불결호灰色不缺湖, 이스의 전설시傳說市는 발출拔出하나니(아트란타 마침내!), 도시 및 궤도구軌道球, 애이레의 호박호수水 아래 수면을 통하여.

[601.05-602.05] 조간신문이 HCE의 불륜의 이야기를 실었다.

소호笑湖!

하처何處! 하처何者! 유처녀幼處女들? 회사신灰邪神이여, 시언할지라! 지식地息은 천국행하나니. [HCE 소녀들을 헤아리다] 구천사녀丘天使女들, 벼랑의 딸들, 응답할지라. 기다란 샘파이어 해안. 그대에서 그대로, 이여二汝는 또한 이다二茶, 거기 최진最眞 그대. 가까이 유사하게, 한층 가까운 유사자類似者. 오 고로 말 할지라! 일가족, 일단, 일파, 일군소녀들. 열다섯 더하기 열넷은 아홉 더하기 스물은 여덟 더하기 스물 하나는 스물여덟 더하기 음력 마지막 하나 그들의 각각은 그녀의 좌座의 유사로부터 상이하나니. 바로 꽃잎 달린 소종小鐘처럼 그들은 보타니 만 둘레를 화관찬가하도다 무몽의 저들 천진한 애소녀. 천동케빈! 천동케빈! 그리고 그들은 음악이 케빈이었네 노래노래하는 오통 뗑뗑 목소리들! 그이. 단지 그는. 작은 그이. 아아! 온통 뗑그렁 애탄자여. 오오! [화녀들의 노래가 29성당 종소리로 이울다] 성 월헬미나, 성 가

데니나, 성 피비아, 성 베스란드루아, 성 크라린다. 성 이메큐라, 성 돌로레스 델핀, 성 퍼란트로아, 성 에란즈 가이, 성 에다미니 바, 성 로다메나, 성 루아다가라, 성 드리미컴트라, 성 우나 베스티티, 성 민타지시아, 성 미샤-라-발스, 성 쳐스트리, 성 크로우나스킴, 성 벨비스투라, 성 산타몬타, 성 링싱선드, 성 헤다딘 드래이드, 성 그라시아니비아, 성 와이드아프리카, 성 토마스애배스 및 (전율! 비대성非大聲!! 츠츠!!!) 성 롤리소톨레스!

기유희성祈遊戲性! 기유희성!

으으! 그것이 바로 이름을 부르려고 하는 것이라! [케빈이여 일어나라, 관개의 일이 그대를 기다릴지니] 유처녀들이 설화집합舌話集合했도다. 목통굴木桶窟인, 그대[케빈]의 침상으로부터 승기할지니, 그리하여 묘휘廟輝할지라! 카사린은 키천이도다. [캐이트는 부엌에 있다] 비투悲投 당한 채, 나의 애우哀友여! 그대는 모든 펠리컨 군도群島를 관개灌漑하기 위하여 육지로부터 취수取水해야만 하도다. 점성가 월라비가 이신론자理神論者 토란과 나란히, 그리하여 그들은 뉴질랜드로부터 우리들의 강우안降雨岸을 원포기遠抛棄했나니, 그리하여 여석아금汝昔我今 우리들의 수임령受任令에 서명했도다. 밀레네시아는 기다리나니. 예지(비스마르크)할지라.

[601.08-602.05] 케빈이 오르도록 노래하는 29소녀들-교회 종이 울린다.

하나의 탐색, 나긋나긋 날씬한 것이 아니고, 나긋나긋 날씬한 것에 가까운 둥글넓적한 것도 아니고, 둥글넓적한 것의 해풍향海風向의 적당 크기의 완충면모도 아닌 그러나, 과연 및 필시, 고수머리에, 완전균형인 채, 화반점花斑點에, 볼품 있게 고색으로, 적당 크기의 완충면모의 풍향에 흔들리는 섬세한 면모.

[602.06-602.33] 우편물을 쥔 우체부, 식사를 나르는 아들-아버지와 아들의 대면.

뭔가가 그것을 위하여 이야기되어질 때 그것이 공중에서 유동했던가 아니면 특별한 누군가가 전체를 아무튼 혹처종합하려고 할 것인고?

[성 케빈의 인생 & HCE의 불륜을 알리는 조간신문의 도착] 콤헨(케빈)은 무엇을 행동하는고? 그의 은소를 분명히 말할지라! 한 선행삼림행자善行森林行者. 그의 도덕압정道德押釘이 여전히 그의 최선의 무기인고? 좀 더한 사회개량주의는 어떠한고? 그는 골석을 더 이상 토루하지 않을지라. 그건 로가[셈]

의 목소리로다. 그의 얼굴은 태양자의 얼굴이나니. 그대의 것이 정숙의 관館이 될지라, 오 자라마여! 한 처녀, 당자가, 그대를 애도할지니. 로가의 흐름은 고숙孤肅이라. 그러나 크루나는 원좌遠座에 있는지라. 회색계곡의 오드웨이의 당나귀가 빈자묘지의 사검시격四檢屍隔의 그의 공포 속에 공포명恐怖鳴하려 하나니, 맥로상麥爐床 주변에 악취 피우도다. 독고신문獨考新聞 기자,"마이크 포트런드"에 의하여 방문 받았을 때, [기자의 출현] 잠복하기 위하여 후편지배인後便紙配人의 휴게소를 불태우면서 그렇게 불리는지라 심리중의 노랑이 사내를 그는 더번 가제트 신문, 초판본을 위하여 차한기사次閑記事를 한송고閑送稿하도다. 구특파원丘特派員으로부터. 모처. 화요일禍曜日. 상하부 비곳가街의 등 혹, 시워크[이어위커], 그가 생명 영강永江하기를! 밸리템풀(곡사원谷寺院)의 장례유희. 토요야土曜夜의 장관, (h)현마駒馬의 (c)만화 (e)전시, 암실카메라에 의한 노출. 다취 슐즈의 최후, 필시. 아편흡연최후몽상. 주점역사폭로. 능욕범 장황상보張皇祥報. 설리번 종교묵도중의 감화도배感化徒輩. 그들이 불타신佛陀身을 마약인痲藥引한 재발명의 흔적. [숀-케빈의 출현] 무대 배경에 나오는 영화 인물. 파토스 뉴스에 의해. 그리하여 거기, 홍분의, 안개 낀 론단(유가)에서부터 빠져 나와, 곡강曲江의 대상도로隊商道路를 따라서, 그것이 지나간 세월과 함께 있는지라, 온화한 파광波光에 자신의 북극곰(星)의 자세를 취하면서, 별들 가운데 키잡이, 신뢰화파信賴火波 그리고 그대 진짜 잔디 밟고, 다가오나니 우편물 분류계[숀], 똑똑 계산마計算馬 한센 씨氏, 무도(댄스)로부터 행복도가幸福跳家하는 낙군중樂群衆의 처녀들 사이에 연애의 희망에 관하여 도중 내내 혼자 떠들면서, 자신의 요령열쇠 주머니 속에 관절건關節鍵을 상비하고, 그림스태드 게리언의 합당하게 상통할 수 있는 동배, 낡은 모직물 외투, 한 때 큰 나무 접시 위의 그들의 (G)거위와 (P)완두와 (O)귀리(맥麥)로 야밤까지 흠씬 배불린 채 그리고 우물에서 그[숀]는 완구를 탐색探色했나니, 그러나 자신의 일월광의 계란입술 위로 베이컨 손짓하는 총아처럼 저토록 유소油笑를 지녔도다. 여기 추측방독면推測防毒面을 쓴 그대에게 배청杯聽있나니, 후편지배달인後便紙配達人이여! 그리하여 이토록 엄청난 증개량證改良을! 우편처럼 왕정확王正確하게 그리고 취혼미醉昏迷처럼 鈍肥하게! 선화善靴의 숀! 주자 숀! 우우남愚郵男 숀! 뭘 멍하니 생각에 잠긴 채! [숀의 조반 운반] 차(茶), 탕, 탱, 퉁, 미차味茶, 축차祝茶, 차茶. 빵 가마는 우리들의 빵을 버터 칠하는 빵 구이를 위한 것. 오, 얼마나 천개부天開釜의 냄새람! 버터를 버터 칠할지라! 오늘 우리들의 우편대郵便袋를 우리에게 갖고 올지라! 하지만 나를 수령할지라, 나의 지우紙友들이여, 에메랄드 어두운 장동長冬에서! 왠고하니 차此는 물오리포단을 위한 수면이요 그리하여 피彼는 말하자면, 가수들이 노래하듯, 우리들의 관할우체공사총재(G.M.P.)와 동맹을 맺으려고 애쓰는 근면노동의 직보행直步行의 직단절수直斷切手의 직안봉인直安封印의 관리들이 청소를 위하여 그들이 데리고 들어온 분신타녀分身他女와 야근교대를 위하여 베개에다 자신들의 머리를 받힐 때 일반적으로 피彼를 위해 말하고 피녀를 위해 행하는 짓이로다. [관리들의 음행] 삼월三月 카이사르 흉일의 하이드 공원의 충실한 복행자福行者 같으니. 그대 시간은 가졌는고. 한스 역시 마찬가지 하이킹을? 그대는[HCE의 과거] 사내[HCE]는 배심부인의 무채霧菜의 현찰침대現札寢臺 위에서 현기했나니, 재촉 받은 이야기인즉, 비밀녀, 꼬마녀女, 남구녀南毆女, 다시녀茶時女, 음녀, 야간녀 또는 사모아 신음녀들과 함께, 추권追勸되고, 별 쪼인 채, 만일 마주취痲酒醉한 얼뜨기들과 함께 포동포동 풍만하고 외옥관람外屋觀覽의 멋진 활녀라면, 그리고 이런, 저런 다른 돈피축구광남 또는 실책(펌블) 성도자性倒者, 안이관安易管 코스를 택하거나 혹은 번뇌사煩惱事를 행하면서, 그가 오락汚落한 뒤에 자신의 모도毛跳에 정통한 채, 그리하여 당시 그리트 촐즈가街의 닥터 차트, 그는 시소환市召喚에 등뼈를 바꾸었도다. 그는, 누족漏足이다 뭐다 요정면妖精面이다 뭐다 하여 그 쇠향衰向을 받아드리지 않았나니, 그러나 전술과정前述過程에서 입맞춤에 매달리는 한, 법판사가 허락하는 때인지라, 그건 어둠 뒤에 뭔가가 있을 법 했나니라. 그걸 그들은 녹행鹿行으로 보거나 어둠을 바람 불어 쉬는도다. 데뷔더블린. 저런(대천국大天國)! 헤리오트로프스(굴광성화)와 함께 히아신스 같으니! 단 한번의 성숙호녀成熟狐女의 변덕이 아니고 단지 이중유괴二重誘拐! 그건 절세기독切世基督 성당의 문전 부전명예훼손附箋名譽毁損이요 최혹자最或者가 그에 대하여 환속죄環贖罪해야만 할지라. 저 눈 깜박이 피복자被覆者는 어디 있는고, 저 타종순경견犬, 노고선인하는 사냥의 태자 같으니! 어디 또는 그이, 다인들 가운데 우리들의 애인은?

[603.33-604.21] 아침의 태양이 마을 교회의 창문을 통해 그리고 애란 들판 위로 비친다.

[성당 창유리의 케빈의 출현] 그러나 무엇을 콤헴(케빈)은 행하는고, 수양매춘남? 율법 타이로. 그의 청록반류靑綠礬類 창유리에 구일도九日禱의 아이콘 성상 그러나 그의 전설을 희담稀淡하게 비치기 시작하는도다. 포스포론(봉화

신)을 선포하게 할지라! 좋아. "What does Coemghem(Kevin)?"이란 질문에 아침 햇살은 근처의 채프리조드의 성당 창살을 비치는데, 이는 성 케빈의 전설을 설명한다.

좋아. 보았던 그를 보았던 그이라 말할지라! 사람을 급히 달리게 하여 그를 붙잡도록 할지니. 더 이상 묻지 말지라, [지친 채, HCE는 자신더러 묻지 말도록 청한다] 나의 제리여, 로가[솀]의 목소리! 무가전無價錢 견자犬子. 꽃다발을 오므라들게 한 소신沼神 같으니. 테피아 땅이 놓여 있는 브레지아 평원의 헤레몬헤버의 포도나무가지가 내향內向 잎 피우고 자연색의 포도실을 맺었건만 그러나 (c)입방 (h)부화주옥立方孵化酒屋은 조기시간의 혼미사混美辭를 위하여 아직 (e)개종開終하지 않았도다. [주점은 열지 않았도다] 히긴즈 신판, 카이언 조간 및 이겐 스포츠 일간을 읽을지라. 말서스는 아직 폐점이도다. 내부. 얼마나 감광甘廣 거기 답향答響을 골방은 그 속에서 내는고! 취객이 계속 배회하나니. 그리하여 레몬 소다의 원초신주原初神酒가 흡수될 수 있으리라. 심지어 나무상자 가득한 신하神荷 실은 견인화차의 천사 엔진도 아직 아니나니, 그대 조도성朝禱聲, 침묵종을 위해? 확실히 때가 아니로다. 희랍대希臘大의 시베리아 항성철도, 마치 돌풍처럼, 그의 최초의 단일 급기마력急機馬力으로 이내 원활출발할지라. 장거리임금표계획의 은하자색銀河紫色의 밀크 기차 대신에 대니 윙윙 기적차汽笛車가 감저회전甘藷回轉 덜거덕 화차와 딸기 소화차의 끝없는 은하군과 함께 달리나니 우리들의 노친들은 서비스의 기적으로 기억하는지라, 스트로베리 과상果床. 또한 화차 뒤뚱거리는 자들은 밤의 연소 뒤에 기절상태로 침몰하는 것을 아직도 여전히 상내常耐하도다. 관견觀見, 시머스 로구아[셈록-클로버-솀]여 혹은! 침묵할지라 그리고! 성당이 성인전적聖人傳的으로 노래하도다. 어느 단애短涯를 우리들은 처음 보일건고. 누구인 누군가가 그것이 무엇에 대한 무엇인가를 역할 비열석非列席을, 무엇.

[603.34-604.21] 아침의 별들은 아직 가시적可視的이다. "Oyes" 최후의 승리를 나팔 부는 천국의 법정명령法廷命令이라, 여성의 단어, 경신敬愼의 약속.

오긍청肯聽! 오긍청오아시스! 오긍청긍청오아시스! 갈리아인人들의 수석대주교, 악명고위성직자두頭, 나는 경남莖男인 경남莖男인지라, 대기의 애란자유국의 주질소자主窒素者, 방금 게일 경고질풍警告疾風을 불러일으킬 참이로다. 시술불능施術不能 애란안소도愛蘭眼小島, 메가네시아, 거주 및 일천도壹千島, 서방 및 동방근접.

[604.22-604.26] 라디오 방송 - 돌풍 경고.

케빈에 관하여, 창증신創增神의 종복에 관하여, 창조주의 효성공포자孝誠恐怖子에 관하여, 그리하여 그는, 자라나는 풀(草)에 주어진 채, 키 큰 인물[어중이], 미끄러운 놈[떠중이] 뛰는 뒤축 직공[놈들]에게 몰두했는지라, 우리가 지금까지 보아 온대로, 그렇게 우리는 들어 왔나니, 우리들이 수신受信한 것, 우리들이 발신發信해 온 바, 이리하여 우리는 희망할지라, 이를 우리는 기도할지니 마침내, 망연자실을 통하여 이타주의의 통일성의 인식을 통하여 지식애知識愛를 위한 탐구 속에, 그것이 다시 어떠할지 다시 그것이 어떠할지, 4마리 불깐 숫양을 털 깎는 걸 제쳐놓고 미려한 매일의 미낙논장美酪農場을 지나 도중에서 무릎 가득한 생탄生炭을 떨어뜨리면서 그리고 넬리 네틀과 그녀의 기개 있는 아들, 찔린 상처투성이,

[605.15-603.] 케빈의 수도修道 이야기 (그의 기적, 죽음 및 삶).

돌멩이를 좋아하는, 새로 갉은 뼈들의 친구를 매만지며 그리고 모든 어질러진 불결을 우리들의 영혼세례 돌보도록 내맡기면서, 기적, 죽음과 삶이 바로 이것이도다.

[605.04-606.12] 여기 숀은 성 케빈의 이미지로, 그는 공원을 가로질러 나무 사이, 바위틈의 샘에 몸을 씻고 새로운 아빠 HCE가 되는 것에 비유된다. “우리들의 영혼세례를 돌보도록 내맡기면서, 기적, 죽음과 삶은 이러하도다 ”잇따르는 케빈의 修道에 관한 긴 이야기는 〈경야〉 중 가장 매력적인 것 중의 하나다.”

야아. 교황회칙환教皇回勅環의 이애란군도내怡愛蘭群島內의 이애란도怡愛蘭島의 궁극적 이란도怡蘭島 위에 출산된 채, 자신들의 선창조된 성스러운 백의 천사의 향연이 다가오는지라, 그들 하자 간에 그의 세례자, 자발적으로 빈貧한 케빈, 사제의 후창조된 휴대용 욕조부제단의 실특권을 증여받았나니, 그리하여 한 개의 진眞한 십자가를 지지신봉할 때, 창안되고 고양된 채, 독신혼 속에 조도종에 의해 장미각薔薇覺했는지라 그리하여 서방으로부터 행하여 승정금제상의僧正金製上衣를 입고 대천사장의 안내에 의하여 우리들 자신의 그랜달로우 - 평원의 최最중앙지에 나타났나니 거기 피녀 이시아강江과 피남彼男에시아강江의 만나는 상교수相交水의 한복판 피차의 차안 쪽 항해 가능한 고호상孤湖上에, 경건하게도 케빈이, 삼일三一의 성삼위일체를 칭송하면서, 자

신의 조종가능한 제단초욕조의 방주진중方舟陣中에, 구심적으로 몟목 건넜는 지라, 하이버니언 서품계급의 부제복사, 중도에서 부속호 표면을 가로질러 그의 지고숭중핵至高崇中核의 이슬호湖까지, 그리하여 거기 그의 호수는 복둔주곡腹遁走曲의 권품천사이나니, 그 위에 전성에 의하여, 지식으로 강력한 채, 케빈이 다가왔는지라, 그곳 중앙이 황량수와 청결수의 환류環流의 수로 사이에 있나니, 주파몰호周波沒湖의 호상도湖上島까지 상륙하고 그리하여 그 위에 연안착한 몟목과 함께 제단 곁에 부사제의 욕조, 성유로 지극정성 도유한 채, 기도에 의하여 수반 받아, 성스러운 케빈이 제삼第三 조시朝時까지 득노得勞했는지라 그러나 주예법朱禮法의 속죄고행의 밀봉소옥蜜蜂小屋을 세우기 위해, 그의 경내에서 불굴인으로 살기 위해, 추기주덕목樞機主德目의 복사, 그의 활무대 마루, 지고성 케빈이 한 길 완전한 7분의 1깊이만큼까지 혈굴했나니, 그리하여 그것이 동굴되고, 존경하올 케빈, 은둔자, 홀로 협상協想하며, 호상도의 호안을 향해 진행했는지라 그곳에 칠수번七數番 그는, 동쪽으로 무릎을 끓으면서, 육시과六時課정오의 편복종遍服從 속에 그레고리오 성가수聖歌水를 칠중집七重集했나니 그리하여 앰브로시아 불로불사의 성찬적 마음의 환희를 가지고 그 만큼 다번多煩 은퇴한 채, 저 특권의 제단 겸하여 욕조를 운반하면서, 그리하여 그걸 수칠번數七番 동공 속에 굴착한 채, 수위의 낭독자, 가장 존경하올 케빈, 그런 다음 그에 의하여 그런고로 마른 땅이었던 곳에 물이 있도록 살수했는지라, 그에 의하여 그토록 성구체화되어, 그는 이제, 강하고 완전한 기독교도로 확인 받아, 축복 받은 케빈, 자신의 성스러운자매수를 불제악마했나니,

[604.27-606.12] HCE의 불륜不倫의 공원 재再 탐방探訪. 캐빈의 욕조浴槽-세례洗禮-묵상默想 장면.

영원토록 순결하게, 그런고로, 잘 이해하면서, 그녀는 그의 욕조욕제단을 중고中高까지 채워야 했는지라, 그것이 한욕조통漢浴槽桶이나니, 가장 축복 받은 케빈, 제구위第九位로 즉위한 채, 운반된 물의 집중적 중앙에, 거기 한복판에, 만자색滿紫色의 만도가 만락漫落할 때, 성聖 케빈, 애수가愛水家, 자신의 검은담비(動) 대견망토를 자신의 지천사연智天使然의 요부 높이까지 두른 다음, 엄숙한 종도시각에 자신의 지혜의 좌座에 앉았었는지라, 저 수욕조통, 그 다음으로, 만국성당 회會의 도서박사島嶼博士, 명상문의 문지기를 재창조했나니, 비선고안非先考案의 기억을 제의하거나 지력知力을 형식적으로 고찰하면

서, 은둔자인 그는, 치품천사적 열성을 가지고 세례의 원초적 성례전 혹은 관수에 의하여 만인의 재탄을 계속적으로 묵상했도다. 이이크.

[606.13-609.23] 그랜달로우의 성 케빈의 일화逸話 - 호수 곁의 인간의 갱생更生에 중심적으로 집중하면서. [이제 빛이 사라지자, 창문은 정물의 이미지]

승주주교乘舟主敎(비숍), 암성장岩城將의 우전례右典禮로 사각斜角! 미사의 봉사부동奉仕浮童, 꺼져! 수영능숙水泳能熟. 벗어진 하늘 아래 세 구정(벤)으로부터의 희후경稀後景이 다른 쪽 끝에 있는지라 [세 언덕의 드문 경관이 솟는지라 - 한폭 그림], 주무呪霧 및 경칠풍風에 그대의 축전광을 청뇌請雷할지라, 가서家書를 위해 뭔가를. 그들은 전시야세기前視野世紀에 건립되었나니, 한 개의 멋진 닭장으로서 그리하여, 만일 그대가 그대의 브리스톨(항시港市)을 알고 있거나 저 오래된 도로에 자갈 깔린 정령시精靈市의 손수레 길과 십일곡十一曲을 터벅터벅 걷는 다면, 그대는 척골 - 삼각토三角土를 인공식적으로 난필주亂筆走하리라. 그들이 또한 명의상으로 자유부동산보유자(프랭클린 전광)들인지 어떤지는 충분히 입증되지 않고 있도다. 그들의 설계는 하가고어何家古語요 어둠 속의 빛의 매력적인 상세는 친근여애무가 내용을 호흡함으로써 새로워지는지라. [공원 - HCE의 죄] 오 행복의 죄여! 아아, 요정쌍자여! 이들 공원에서 자신의 박리세정제수를 이룰 최초의 폭발자暴發者는 과연 괴물재판怪物裁判이 그의 첫날 시출한 저 행운의 멸자滅者였나니. 문체, 악취 및 문신낙인표文身烙印標的이 동일칭同一称에 있어서 일총一總일 때, 필적(펜마크)을 가지고 미선결적으로 잉크 칠된 궤지면櫃紙面[ALP의 편지]이, 모범교수편으로, 비밀리에 봉인 접힌 채, 어찌 제출되지 않을 것인고? 그는 결국 오지汚地로부터 아주 잘 나오나니 그리하여 거기 늙은 실내화마녀가 발을 질질 끌며 다가올지라 때마침 의상희롱녀女 안이 그녀의 요괴尿怪스러운 발톱 재능을 들어내기 시작하도다. 원오도遠誤道 방랑자가 자신의 조잡한 수달피복服을 생각하여 우회도로 탐행探行하자, 여인의 색다른 가장복에 의하여 발을 굴렀나니라. 그대는 폴카를 춤추었나니, 책사策士여, 아안我眼처럼 맵시 있게, 한편 화상에는 아가씨들이 대기하고 있었도다. 그는 아마 등이 고부라졌는지라, 아니, 그는 땅딸보 일테지만 언제나 발랄한데가 있나니, 말하자면, 말 탄 수병이랄까. 우리는 그가 매행買行하는 것을 보자마자 경가驚價하도다! 그는 용천湧泉으로 직면하나니 그리하여

[607.23-607.36] 이어지는 경야經夜에 대한 서술. HCE는 죽음(잠)에서 일어나려는 시각이다(And it's high tigh). 그는 아나(Anna)로부터 몸을 떼면서, 움직이며 생각한다. Tetley 차를 마실 알맞은 시간, 최고로 유쾌한 시각 - 성 케빈의 우화, 재차 그의 욕조 속의 명상.

그런 식으로 우리는 뒤범벅 메시아의 미사욕浴에 도달하는도다. 오랜 마리노 해원 이야기. 우리들 진실중진필자眞實中眞筆者들은 수업 받은 무력상찬서無力賞讚書 속의 과격주교 맥시몰리언 보다 이전에 영예를 무수히 저주했는지라. 진사실. 그러한 백현두白賢頭는 다취茶取할지라! 위대한 죄인일수록, 착한 가아이나니, 이것이 사실상 맥코웰가家의 모토로다. 장갑 낀 주먹은 제第 12十二의 제第 4전四前에 그들의 장인사제의 나무로 소개되었나니 그리하여 그건 심지어 조금 괴상한 일이나 모두 4시계요사時計妖邪들이 여전히 재무대再舞臺로 서행西行하고 있는지라, 베델 성지의 이 자신의 파이프 복후覆後에서 묵연默煙하면서, 메소포타미아의 에서[셈]가 함께, 변경의 매시에 使徒들을 배표상화杯表象化하기 전에, 자신의 빌린 풍로냄비접시에서 편두국자 퍼먹으면서. 주주周宙의 최초 및 최후의 수수께끼 소동, 사람이 사람이 아닐 때 그건 언제. 살필지라! 영웅들의 공도 거기 우리들의 육옥肉屋들이 그들의 뼈(骨)를 남기면 모든 어중이떠중이 건배 잔을 채우나니. 그건 늙은 채프리 마비자가 그의 은거의 그늘을 찾는 그리고 젊은 샤젤리제가 피네간의 경야(Finnegans Wake)에 그들의 짝들에게 다유락多遊樂을 치근대는 자신들의 축신호로다.

[606.13-607.22] 다수 이미지들의 상교相交로다. 꿈의 플레시백 (화염의 역류逆流) - HCE와 ALP의 기상起床 시간 - 깨어남과 잠의 사이의 변방에서 - 잠자는 부부는 사과 조調로 비비며 서로 쿵 부딪친다.

그리하여 때는 최고로 유쾌한 시각 제시題時 고조시高潮時. 그대의 옷 기선장식에 눌러 붙은 나의 치근거림이라니. 각다귀 짓은 이제 질색. 아니, 당장 나의 문질러 비비고 떠드는 짓이라니! 나는 그대의 하신荷身을 자루에 넣는도다. 내 것은 그대의 무릎이라. 이것은 내 것. 우린 여상위남女上位男 망혼妄婚의 어떤 부조화 교각交脚 속에 서로 사로 잡혔나니, 나의 미끈 여태, 그로부터 나는 최고 승화하도다. 사과, 나의 영어暎語! 실례. 여전히 미안. 아직 피곤 하시.

하!

[여명의 솟음] 일록여명日綠黎明이 숭고행崇高行 속에 더해가도다. 하풍동夏風冬 춘락추春落秋, 기세락氣勢落된 채. 우박환호雨雹歡呼, 암습暗濕의 우왕雨

王, 설만雪慢하게 과세퇴過歲退하면서, 우뇌전광雨雷電光 천둥, 층 우울성하층憂鬱星下層 관구管區속으로, 거기서 나와, 성패간成敗間 곧 쉬잇, 곧 안개, 공동원空洞園으로부터 열남구熱男丘까지, 일광왕일세日光王一世가(감탄할 함장제독기포포로旗布捕虜 번팅 및 블래어 중령에 의하여 기도엄호된 채) 과정진過程進하게 텀프런 주장 위로 모습을 드러낼지니, 그의 교상橋上에서 이솔즈 무도霧島, 지금의 이솔드 제도諸島의 보어 시장 "다이크"[새-HCE]에 의하여 그는 크게 환호받았는지라, 그의 유중조상(토르소)으로부터 천개동행天蓋同行된 일광기포日光氣泡의 누더기 모帽(물항物項 39호)로 최고 여분락餘分樂 하듯 보였도다.
(기)상.

[607.23-607.36] 일광이 계속 더블린 위로 솟는다. 그리고 왕王은 시장市長과의 만남을 향해 앞과 뒤를 기대한다-조간신문의 도래. 그가 호소하는지라, 아침 식사 준비하는 소리. [보이는 것의 불가피不可避한 양상樣相. 들리는 것의 불가피不可避한 양상樣相. (U 31)].

브랜차즈타운 마간신문馬間新聞이 호소마呼訴馬하는지라. 맙소사(선은총善恩寵), 우리에게 식탁자비食卓慈悲를 고양 하소서! 그래드스톤 위노偉老의 남아여[HCE], 그대의 투수에게 일휴를 주옵소서!

[608.01-608.11] 시선이 사기 당할 수 있다-공원의 사건의 또 다른 상기물想起物. 가시성들의 요술이 HCE를 점령하자, 그는 그들의 외모가 황혼과 안개 그리고 반半 잠 속에 사기적詐欺的임을 상기한다. 그에게 자신 앞에 보여 지는 듯한 것은 공원의 사건에 대한 바로 또 다른 이미지이다. 포목상商(HCE)과, 두 조수들(아씨들), 그리고 세 군인들.

그것은 이러한 몽롱한 가시성의 단일 태도양상態度樣相(매너리즘)이나니, 그대 주목할지라, 블레혼 공과학마법사협회恐科學促進魔法師協會의 습기현상학자濕氣現象學者에 의하여 일치되는 바와 같은지라 왜냐하면, 이봐요 정말이지, 숨을 죽이고 언급하거니와, 순수한(무슨 부질없는 소리!) 재질상在質上, 바로 포목상 한 사람[HCE], 제도사의 조수 두 사람 그리고 낙하물옥落下物屋의 자선조합 사정관 세 사람이 그대에게 면전도발적으로 자기용해하고 있었기 때문이로다. 그들은, 물론, 아더(곰)(웅熊) 아저씨, 당신의 니스 출신 두 종자매들 그리고(방금 조금 억측이라!) 우리들 자신의 낯익은 친구들인, 빌리힐리, 발리홀리 및 불리하울리, 프로이센 인들을 위한 시가드 시가손 혈압측정기구조합에 의하여 무례한 처지에서 불시에 기습당했도다.

몽마夢魔, 그렇잖은고?

하 하!

이것이 미스터 아일랜드? 그리고 생도生跳 아나 리비아?

그럼, 그럼. 찬성, 찬성, 나리.

[608.12-608.36] 우리가 잠으로부터 깨어남으로 통고하고 있을 때 - 꿈은 사라지기 시작하는바, 단지 상징적 기호들이 남는다.

석石스테나[숀](Shau, Stena, Stone)의 부르짖음이 졸음의 중추中樞를 오싹하게 하고 사건모事件母가 고질변호인痼疾辯護人들, 쌍자신사双子紳士들의 해수害手 속에 치락置樂되어 왔었는지라, 그러나 아리나[Anna? Shem?]의 목소리가 저 마법의 단조單朝 동안 패심貝心의 몽상가를 기쁘게 하나니 중국 잡채 요리 설탕 암소 우유와 함께 포리지 쌀죽, 그 속에 미래가 담긴 다린 차茶를 운반하도다. 톰 자者?[HCE] 아니? 아니야, 나는 여차여차如此如此를 기억나듯 생각하도다. 일종의 유형類型이 삼각배三脚盃가 되었다가 이내 그게 아마도 골반을 닮았거나 아니면 어떤 류類의 여인 그리고 필시 사각斜角의 이따금 웅계라나 그녀뭐라나하는것과 함께 예각배銳角背의 사각중정이, 그의 왕실애란의 갑피화甲皮靴와 더불어 다엽 사이에 놓여 있었도다. 그런고로 기호들은 이러한 증후로 보면 여기 저기 한때 존재했던 세계 위에 뭔가가 여전히 되려고 의도하는 것인지라. 마치 일상다엽들이 그들을 펼치듯. 흑형黑型, 암래호暗來號의 난파항적難破航跡에서. 하시, 하구훼방河口毁謗 당하고 외항장애 받은 채, 경야제의 주간이 거종去終하도다. 심약한(초)심지가 무리수의 아진아亞塵亞로부터 훙 췟 췟 발연發煙 발발勃發 발력拔力으로 기립하듯, 탄탄炭炭(템템), 진진塵塵(탐탐), 시종始終(피네간) 불사조가 경야각 하는지라.

지나가도다. 하나. 우리는 통과하고 있도다. 둘. 잠에서 우리는 지나가고 있도다. 셋. 잠으로부터 광각廣覺의 전계戰界 속으로 우리는 통과하고 있도다. 넷. 올지라, 시간이여, 우리들의 것이 될지라!그러나 여전히. 아 애신愛神, 아아 애신이여! 그리고 머물지라.

그것은 역시 참으로 쾌록快綠스러웠도다. 우리들의 무無기어 무無클러치 차車를 타고, 무소류 무시류無時類의 절대현재에 여행하다니, 협잡소인백성들이 대장광야신사大壯曠野紳士들과 함께, 로이드 백발의 금전중매전도도배金錢仲媒傳道徒輩들이 소년황피少年黃皮 드루이드교의 돈미豚尾와 함께 그리고 구치(口)입술의 궨덜린녀女들이 반죽 눈의 상심녀傷心女들과 함께 뒤얽히면서. 불가매음不可賣淫을 빈탐貧探하는 그토록 많은 있을 법하지 않는 것들. 마타와 함께 그리고 이어 마타마루와 함께 그리고 제발 이어 마태마가누가(matamaruluka)와 제발 함께 멈출지라 그리고 이어 마태마가누가요한(matamarulukajoni)과 제발 멈출지라.

[4노인들과 함께 당나귀가] 그리하여 타괴물他怪物. 아아 그래 나귀, 얼룩당나귀! 그는 회발염색을 갈망할지니. 그리하여, 현명직도賢明直道, 그는 방랑향락각료放浪享樂閣僚를 동위명同位鳴하리라. 여화 로지나, 보다 젊은 여화실女花實 아마리리스, 제일 젊은 체화실엽상체花實葉狀體 살리실 또는 실리살. 그리하여 칠천七天지붕을 가진 집의 그들 거점자據點者들이 연계속적連繼續的으로 그의 천고희의 창문을 매도魅渡하고 있었나니, 스스로 재발도再發渡하면서, 마치 석광石光 위의 착색유리처럼, 평이한 추영어醜映語로 윈즈 호텔. 아가미 지점支店들 불벡, 올드부프, 사손대일, 조시 아피가드, 먼데론드, 애비토트, 혹키빌라와 함께 브래이스키투이트, 포키빌라, 힐리윌 및 윌홀. 후자후 바이킹 북구의관北歐議館 매니저. 속포速砲 노개점露開店. 솟은 태양의 공분사자公憤使者가(다른 퇴창 참조) 모든 가시자에게 색채를 그리고 모든 가청자에게 부르짖음을 그리고 각 관자觀者에게 그의 점点을 그리고 각 사건에 그녀의 시각時刻을 주리라. 그 동안 우리들, 우리들은 기다리나니, 우리는 대망하고 있도다. 피자찬가彼者讚歌(Hymn)를.

[609.01-609.23] 경쾌하게 꿈-세계 속으로 뒤로 유입流入하나니-그리하여 4노인들이 그들의 나귀, 소녀들, 12인들 등등을 기억하도다.

뮤타- 방금 주님의 집에서 굴러 나오는 저 연기煙氣는 무엇인고?

쥬바- 그건 케틀의 고구두古丘頭가 아침의 꼭대기에서 내 품는 것이도다.

뮤타- 그이 오딘신神은 고주雇主 앞의 연기라니 뇌신철저雷神徹底하게 스스로 창피해야 마땅할지라.

쥬바- 하나님은 우리들의 주主시니 그리하여 어둠을 호령 하시는도다.

뮤타- 우들의 부성父星이여! 군집승群集僧들 사이 내가 볼 수 있다면 저들 진행운보자進行雲步者들은 누구인고?

쥬바- 아아峨峨 좋아! 그건 국화상륙자菊花上陸者인지라 그의 승만세僧萬歲(반자이)의 수위반인守衛搬人들과 함께, 자동고사포自動高射砲 쿵쿵쿵쾅, 마차동굴한馬車洞窟漢들, 살해의 카브라 마차전야馬車戰野를 기동연습機動練習하고 있나니.

뮤타- 우랑우탄(성성猩猩이)(動) 명鳴! 혹시 나는 드루이드 교인 가득한 산재군散在群 속의 일편一片 키 큰 녀석에 대하여 불확실할지는 몰라도 그가 같은 장소에 일편一片 서 있는고?

쥬바- 버킬리 그리고 그는 전창경마적全娼競馬的 의사議事에 대하여 근본심적으로 접신염오적이도다.

뮤타- 석화무기력자石化無氣力者! 오 잔혹미발자殘酷美髮者! 기념가지하구紀念家地下球로부터 방금 재기부활再起復活하다니 도대체 누구람?

쥬바- 단호신의斷乎信義, 신의! 핑 핑(포수)! [핀] 왕폐하!

뮤타- 하진확실何眞確實? 그의 권능이 레도스(드루이드) 백성들을 지배하도다!

쥬바- 용장무도勇將武道하게! 그의 권장의 끝까지. 그리하여 도처민到處民의 접종接從은 피닉스 시市의 국리민복이나니.

뮤타- 왜 지고지대자가 자신의 적규赤規 입술에 한 가닥 리어리 추파를 위해 혼자서 미소 짓는고?

쥬바- 지참전액도박! 매년상시! 그는 버케리 매만買灣에서 자신의 절반 금전선원을 조도助賭했으나 자신의 크라운전錢을 유라시아의 장군을 위해 구도救賭했도다.

뮤타- 협곡도주峽谷逃走! 그럼 확실여명確實黎明은 이리하여 극락냉소적極樂冷笑的인고?

쥬바- 실낙원할지라도 책은 영원할지라!

뮤타- 마구간 경마에 동액도금을?

쥬바- 무승산마無勝算馬에 10 대 1!

뮤타- 꿀꺼? 그는 들이키도다. 하何?

쥬바- 건乾! 타르수水 타르전戰! 도賭.

뮤타- 애드 피아벨(종전宗戰)과 플루라벨?

쥬바- 주관酒館에서, 수하녀誰何女 및 가歌.

뮤타- 그런고로 우리가 통일성을 획득할 때 우리는 다양성로 나아갈 것이요 우리가 다양성에 나아갈 때 우리는 전투의 본능을 획득할 것이요 우리가 전투의 본능을 획득할 때 우리는 완화(양보)의 정신으로 되돌아 나아갈 것인고?

쥬바- 높은 곳으로부터 우리에게 일송하강日送下降하는 밝은 이성의 빛에 의하여.

뮤타- 내가 그대로부터 저 온수 병을 빌려도 좋은고, 이 고무피皮여?

[610.03-610.32] 버케리의 파스칼의 불과 도착을 살피면서. 리어리王에 대하여, 그의 미소, 그의 내기. 그의 쥬바-뮤타와 쥬바의 대화가 끝나다.

쥬바- 여기 있나니 그리고 그게 그대의 난상기暖床器가 되길 희망하는지라, 애란철물상 같으니! 사射할지라. 토론공원에서 음률과 색色. 대국자연大國自然 속의 최후 경마. 테레불안비전 승자. 신무대 석시昔時 잔디 경합을 부여할지라, 위승偉勝의 의지의 위저를 회상하면서. 두 번 비김.(드로우) 헬리오트로프[이시]가.

[610.33-611.03] 잇단 경마를 위한 헤드라인-여기 세목 있나니.

[토론의 시작] 그리하여 여기 상세보詳細報 있도다.

[드루이드-버클리] 팅크(시율時律)퉁퉁 텅. 전도미상, 황우연黃牛然한 화염의 두 푼짜리 주교신神 중국상 영어의 발켈리, 애란도의 축배축배의 드루이드 수성직자首聖職者, 그의 칠색 칠염七染 칠채七彩의 등자확록남색극섬세橙子黃綠藍色極纖細의 망토 차림으로, 그는, 장백의에, 언제나 동성同聖 천주가톨릭의 수사동료와 함께, 그가 단식하는 프란체스코 수도회 가족의 성직복 입은 신음자들과 동시에, 자신의 부속 콧노래 후가음喉歌音을 훙훙거리며, 천주교 패트릭 손님 귀하를 대동하고 나타났는지라, 이제부터, 연설을 하면서, 하지만 단독 자유자재의 연설이 아니고, 그는 말(言)을 온통 마셔 버리는지라, 확실히, 내일은 회복까지 없으리니, 모든 그토록 많은 다환상多幻像들이야말로 우상주偶像主의 과색상過色相의 범현시적汎顯示的 세계 스펙트럼 무대극의 사진분광적寫眞分光的(포토프리즘) 휘장揮帳을 통하나니, 그의 그러한 동물화석화의 요점은, 광물로부터 식물을 통하여 동물까지, 태양광의 몇 개의 홍채적紅彩的 가구家具의 단지 한 가지 사진반사하寫眞反射下 보다 추락인에게 충만한 것처럼 보이지는 않는지라, 그리하여 그것은 그의 부분(채범현계彩汎顯界의 가구)이 그 자체(채범계彩汎界의 가구의 부분)를 탄흡呑吸 불가능하듯 드러나는 것이니, 반면에 유재단신有在單神인 엔티스-온톤의 제칠도 지혜에 있어서 유일수唯一數 낙원역세시자樂園逆說視者인, 그는 현실의 내측 진내부성을 인지하는지라, 모든 사물자체는 그 자체 속에 존재하나니. (범현계의) 모든 사물들은 그들 자체 현범계의 반대내에서, 단일채單一彩된 채, 실제로 보유된 칠중七重

의 영광과 더불어 눈부신 진상색채眞相色彩 속에 사방으로 몸소 현시했던 것이로다. 루만 천주교 패트릭은, 시광상독증적視光常同症的, 모든 저러한 설교본을 불획不獲했는지라, 하여간, 심지어 명일회복사明日回復事는 없나니, 전도미상 흡혈괴연然한 대소동 냄비 치기 황우 상위신上位神 상용영어화자 빌킬리-벨켈리 패트군君에게 말하는지라, 반성적反聖的으로, 이회二回 에헴 지유止癒하면서, 다른 말(言)로서, 황하강성黃河江聲 거칠게 가창으로 중얼중얼렌토악장느린어조로부터 다용장무미어반복多冗長無味語反復하면서, 한편 그의 이해포착열망자는, 감소적 명료성격을 가지고, 색열광色熱狂 속에 아주 청두시적徹透視的으로 환상시幻像視하기 위하여 스스로 반론과시反論誇示했는지라, 상대는 불안 우울한 채, 지고상왕至高上王 리어리 폐하에게 자신의 적화초속赤火草屬 두상이 밤색수樹 약초록藥草綠의 색을 온통 보여주나니, 재삼, 니커보커(짧은 바지), 에식스작위육색爵位六色의 강변토산소모사江邊土産梳毛絲의 의상으로된 자신의 동족 사프론 페티킬트복服이 데쳐 놓은 시금치와 꼭 같은 빛깔로 보이는지라,

[611.04-612.15] 성인 패트릭과 대주교 버클리의 토론이 시작되다. 드루이드승은 색깔에 대한 그의 이론을 설명하다.

펑크 [패트릭의 대답] 거시자巨視者여, 소사제小司祭가 반절反折하나니, 비트적거리면서, 한번 엎드리며, 사물을 부르는 장성臟性 그리고 글쎄 만일 좋다면 부르는, 그대 가련한 명암대조법 흑백 쓰레기 패물론자廢物論者 같으니, 차현此賢의 프리즘귀납적인 돈호법 및 무의식추리적 주변마비에 의하여, 이로의 애란인의 무지개황폐 전치배前置盃의 최담원칙最淡原則에서부터 천공. (현화자賢話者의 가능적可能的 녹진성과 성자의 개연적 적분정복성간赤噴征服性間의 그들의 중성전해성中性電解性에 있어서 잠시적으로 승정협안僧正狹眼이 일별시되고 보완적으로 흑심은폐黑心隱蔽된 채), 오처아자신吾妻我自身에 대한 아근접我近接은 종합적 삼엽클로바의 수포수건手捕手巾을 그이(hims) 그녀(hers)에게, 비문영지鼻門靈知하듯이, 이렇게 보이는 사삼이四三二 합의合意는 있을 수 있는 인과심因果心, 무지개경신鯨神의(그는 무릎을 꿇나니), 위대한 무지개경신鯨神의(그 패트는 아래로 무릎 꿇나니) 최고 위대한 무지개경신의(그는 정숙하게 무릎을 꿇나니) 가호에 의하여, 잡초도광야계雜草道曠野界의 화처火處에서 음의식료징은 그의 투후광전번제祭의 태양이로다. 인상 (온멘).

하렘으로부터 선도하도다. 세 번 무승부(타이) 로파(살인광) 조키(기수)가 레

입(간통자) 재크를 홱 끌도다. 패드록(경마잔디밭)과 버컬리(예약) 상담.

타물, 자발적 함묵증자緘默症者인, 그[드루이드 현자]는 그걸 능숙불가해能熟不可解한지라 자신의 금빛 이흉二胸 목걸이가 권卷캐비지로 정동사正同似하게 보이나니, 향후, 부정주위론자不定主義論者에게는 실례지만, 즉, 승위僧位초지고상제超至高上帝 리어리 폐하에 속하는 신록의 기성우장旣成雨裝은, 그가 말하고자 원하는 바, 초충익풍만다량월계수엽超充溢豊滿多量月桂樹葉의 꼭 닮은 꼴, 그 다음으로, 최최고고왕最最高高王 폐하의 통수사 청개우안靑開牛眼은 파슬리(植)위에 물결치는 타임 향초와 흡사품恰似品, 그와 나란히, 실례지만, 제발 불쾌 잡담 금지라, 암캐 사생감독사私生督목사牧師의 비천혼卑賤魂 같으니, 고고高高 술탄(군주)제卿 제왕폐하의 저주비방적咀呪誹謗的 륜지輪指의 에나멜 인디언 보석은 동류의 올리브 편두와 아주 흡사한지라, 그와 장측長側으로, 칠칠치 못하게, 꼬꾀오꼬꼬라니, 고창대자만숭고高揚大自慢崇高 독재 군주의 예외안例外顔[얼굴]의 자폭紫暴스러운 전승의 타박상은, 그에 대해서는 순수한 색과色過의 작렬하게 흠뻑 젖은 일품, 한결같이 채색된 채, 온통 주변내외상하內外上下, 다수량 계피엽의 쵸쵸잡탕 요리로 짤라 놓은 것을 보는 것과 아주 닮았는지라. (H)등 혹 (C)다가오다 (E)每干潮 지겨운 놈! 유묘誰猫? [패트릭 성자]

[612.16-612.30] 패트릭은 드루이드 성직자의 거짓 논리를 보이기 위해 대답한다-그는 자신의 손수건으로 자신의 몸을 무지르고, 무지개 앞에 무릎을 꿇는다.

바로 그것이나니, 맹세코, 그런 일, 젠장, 바로 그런 일, 넨장! 심지어 꾸무럭 빌킬리-벨켈리-발칼리까지도. 수하자誰何者는 예수藝守의 애양愛羊램프위에 뚜껑을 규폐叫閉하려하고 있었는지라. 허虛를 찌르기 위해 발한發汗하면서 그리고 몇 차례고. 그때 그는 예분각하藝糞閣下에게 엄지와 선사先四 모지貌脂를 곧추 세웠도다.

터드(쾡)(Thud). [드루이드 현자의 패배]

[612.31-612.36] 드루이드 승僧이 모욕侮辱으로 폭발하고-그는 패트릭을 공격하고 태양을 폭발하려고 시도한다.

[대중의 환호] 파이아일램프(화등火燈) 선신善神 만전萬全! 태양노웅太陽奴雄들이 태환호泰歡呼했도다. 애란황금愛蘭黃金魂! 모두가 관호館呼했는지라. 경

외敬畏되어. 게다가 천공天空의 접두대接頭臺에서든, 쿵쿵진군. 오사吾死. 우리들의 애숙명주愛宿命主 기독基督예수를 통하여. 여혹자汝或子 승정절도僧正切刀. 충充훙훙 하자何者에게.

타라타르수水(Taawhaar)? [버클리]

[전환] 성송자聖送者 및 현잠자賢潛者, 캐비지 두頭 및 옥수수두 두頭, 임금 및 농군, 천막자天幕者 및 조막자[HCE]

이제 암야暗夜는 원과遠過 사라지도다. 그런고로 앞으로 이제, 일광쇄日光鎖. (공격)개시일. 황홀변신축광恍惚變身祝光을 위하여. 감실초막절龕室草幕節이, 천막건립이, 올지라! 치사恥事클로버, 우리들의 광사현상光射現象 속에 있을지니! 그리하여 모든 쌍십위기双十危機를 아주 교차사보충交叉謝補充하게 할지라, 작은 아란我卵들, 여란황汝卵黃 및 유유悠乳, 원대색遠大色의 범우주汎宇宙 속에. 온통 둘레 열熱햄란조화卵調和와 더불어. 신진실神眞實이!

[변화는 무] 하지만 거기 존재 하지 않았던 몸체는 여기 존재하지 않는지라. 단지 질서가 타화他化했을 뿐이로다. 무無가 무화無化했나니. 과재현재過在現在!

볼지라, 성자聖者와 현자賢者가 자신들의 화도話道를 말하자 로렌스 애란의 찬사讚土가 이제 축복되게도 동방퇴창광사東邦退窓光射하도다.

[613.01-613.16] 사람들이, 전화轉化된 채, 패트릭을 갈채한다. 태양이 솟을 때 - 성 패트릭과 대공작大公嚼 버캐리의 토론이 끝나다 - 막간 바깥 일광, 야생의 꽃과 다종多種 식물들.

근관류연根冠類然한 영포穎苞(植)의 불염포佛焰苞(植)가 꽃뚜껑 같은 유제葇苐(植) 꽃차례를 포엽윤생체화苞葉(植)輪生體化하는지라 버섯 균조류菌藻類(植)의 머스캣포도양치류羊齒類(植) 목초종려木草棕櫚 바나나 질경이(植). 무성장茂盛長하는, 생기생생한, 감촉충感觸充의 사思 뭐라던가 하는 연초連草들. 잡초황야야생야원雜草荒野野生野原의 흑인 뚱보 두개골과 납골포낭納骨包囊들 사이 매하인하시하구每何人何時何久 악취 솟을 때 리트리버 사냥개 랄프가 수놈 멋쟁이 관절과 암 놈 여신女神 허벅지를 악골운전顎骨運轉하기 위해 헤매나니. 조찬전朝餐前 부메랑(자업자득) 메스꺼운 한잔을 꿀꺽 음하飮下하면 무지개처럼 색채 선명하고 화수花穗냄비처럼 되는지라. 사발沙鉢을 화환花環하여 사장私臟을 해방할지라. 무주료無走療, 무취열無臭熱이나니, 나리. 백만과百萬菓 속의 따라지 땡. 염화물잔鹽化物盞.

[613.17-613.26] 꽃들이 짙어가는 일광을 향해 열린다 - 아침이, 조반朝飯과 사발(식기) 운동과 더불어, 방금 도착했다.

건강(H), 우연성배偶然聖杯(C), 종료필요성終了必要性(E)! 도착할지라(A). 핥는 소돈小豚처럼(L), 목고리 속에(P)! 경악우자驚愕愚者의 낙뇌落雷가 올림피아 식으로 전조낙관前兆樂觀하도다. 호외戶外의 망상혼妄想婚을 위하여 애각일愛脚日이 될지라. 애조愛朝와 별석別夕이 저 전부戰斧를 매장(화해)하기 시작하나니 그걸 조건으로. 그대는 저 파열복破裂服을 잘 수선해야 하는지라, 양봉사여. 그대는 조타진로操舵進路를 잡을지니, 노고항수勞苦港手여. 그대는 아직 깔아뭉개야만 하도다.(비특정非特定). 그대는 여전히 방관하고 시키는 대로 할지라.(사적私的). 그대들, 자스미니아 아루나 그리고 모든 그대와 유사한 자들은, 단호결정적斷乎決定的으로 그대에 의하여 선택되어져야 하나니, 만일 홀암꽃술이(모노기네스) (꽃)수술이든 암술이든, 관상화冠狀花든, 수지연樹枝然 및 화밀花蜜이든. 소유所有개미 또는…

[614.19-614.26] 꿈이 잊혀지기 시작한다, 많은 의문들을 남기면서, 단지 식벌하識閾下로 기억된다.

[세월의 연속] 방목放牧베짱이든, 기족氣族 또는 농노農奴든. 무크쥐 또는 그래이포도葡萄, 모두 그대의 헤로도터스 유전자들은 둥둥몽고夢鼓(단드럼)의, 견목석여인숙堅木石旅人宿, 여인하원세녀汝人何願洗女들로부터 애절부단哀切不斷하게 되돌아올지니, 미관대美寬大하게 표백되고 야송미려夜送美麗하게 화장化粧한 채, 모든 옷가지는 몇 번의 빨래 비누 헹구기를 요하는지라 고로 헹굴 때마다 이결異潔한 두루마리 역役, 유아柔我를 위한 커프스 및 유대여猶太汝를 위한 광복廣幅 넥타이 및 멋쟁이를 위한 계약 바지의 곱슬곱슬한 털을 결과結果하도다. 인내, 참을 지라! 왜냐하면 파멸하는 것은 무無나니. 탄기조일국歎氣朝日國에서. 주제主題는 피시彼時를 지니며 습관은 재연再燃하도다. 그대 속에 불태우기 위해. 정염情炎 활기는 질서를 요부要父하나니. 고대古代가 있었던 이후 우리들의 생生은 가능 속에 있기 위해 있으리라. 배달된 채. 칼라와 커프스와 재차 오버올은, 최적자생존最適者生存 인지라 고로 청혈淸血, 연철連鐵 및 저아교貯阿膠가 그들을 만들 수 있도다. 하오何吾에게 모두 요구하나니. 깨끗이. 하시후미何時後尾. 종막. 그리하여 증기재분세탁소蒸氣製粉洗濯所의 가위질 박수자拍手者 수다쟁이들. 차일次日. 졸음.

펜우리들, 핀우리들, 우리들 자신! 그 따위 운동 단 바지 따위 벗어 버릴지라 유연탄력성柔軟彈力性을 위한 정선精選. 엿볼지라. 견착의堅着衣(하드웨어)에 견디고 스타일을 시작할지라. 만일 그대가 더럽히면, 자네, 나의 값을 뺏을지라 왜냐하면 방황신인은 감격착상의 합병合倂까지 변진군邊進軍 시작할 것이기에. 개시 재삼 승경勝競하도다.

[613.27-614.18] 변화. 불길한 천둥(우뢰)의 시간이 당도 한다-모든 이전의 사건들이 재발한다. 역사는 반복 한다.

뭐가 가버렸는고? 어떻게 그건 끝나는고?

그걸 잊기 시작할지라. 그건 모든 면에서 스스로 기억할 것이나니, 모든 제스처를 가지고, 우리들의 각각의 말(言) 속에. 오늘의 진리, 내일의 추세趨勢.

잊을지라, 기억할지라!

우리는(E) 기대를(C) 소중히(H) 여겨 왔던고? (A)우리는 (P)숙독음미의 (L)자유편自由便인고? 왜 뒤에 무슨 어디 앞에? 평명원계획平明原計劃된 리피(강江)주의가 에부라니아의 집괴군을 정집합整集合하도다. 암울한 암暗델타의 데바(더블린) 소녀들에 의하여.

잊을지라!

[614.19-614.26] 꿈이 잊혀지고, 단지 잠재의식적으로 기억되기 시작한다. 많은 의문들을 뒤에 남긴 채-조반 시간. 계란의 소화 및 새 조직과 배설물의 형성.

우리들의 완전분식完全粉食 수차륜의 비코회전비광측정기回轉備光測程器, 사차천사원의 성탑관망기城塔觀望機는 (그이 마태, 마가, 누가 또는 요한-당나귀로, 모든 소학교 소년 추문생들에게 알려진 "마마-누요"), 탕탕탕연결기連結機(커플링)용 광제련 탈진행과정脫進行過程과 함께 자동동시적으로 전장비前裝備된 채. (농부, 그의 아들 및 그들의 가정법령을 위하여, 계란파열, 계란 썩음, 계란 매장 및 랭커셔식(자유형) 레슬링 부화작용孵化作用으로 알려진) 일종의 문맥門脈을 통하여 후속재결합의 초지목적超持目的을 위하여 사전분해의 투석변증법적透析辨證法的으로 분리된 요소들을 수취하는지라 그런고로 영웅관능주의(h), 대파국(c) 및 기행성들(e)이, 과거의(a)의 고대古代 유산(p)에 의하여 전동轉動된 채,

장소에 의한 형태, 잡동사니로부터의 편지, 수용소의 말(言), 일무日舞의 상승문자上昇文字와 함께, 저자 플리니우스 및 작가 코룸세라스의 시대이후, 하야신스(植), 협죽도(植) 및 프랑스 국화(植)가 우리들의 중얼거림 모국에서 온통-너무-악귀 같은 그리고 비서정적인 및 뉴만시아 비낭만적인 것 위를 흔

들었던 때, 모두, 문합술적吻合術的으로 동화되고 극사적極私的으로 이전동일시以前同一視된 채, 사실상, 우리들의 노자老者 피니우스의 동고승부대담同古勝負大膽의 아담원자구조造가, 우연지사 그걸 효력적으로 할 수 있는 한 전자로 고도로 충만된 채, 그대를 위하여 거기 있을 것인 즉, 꼬끼오꼬끼오꼬끼오꼬끼[HCE] 닭 울음소리와 함께 식탁으로], 그리하여 그때 컵, 접시 및 냄비가 파이프 관管 뜨겁게 달아오르는지라, 그녀 자신[ALP]이 계란에 갈겨 쓴 계필鷄筆을 들고[메일과 편지] 계란에 낙서를 낙필하듯 확실하게.

[614.27-615.11] 훌륭한 신안新案 - 편지들(문자들)과 계란의 조조早朝의 소모를 위하여 - 이하 편지의 6개 문단.

원인물론原因勿論, 그래서! 그리고 결과에 있어서, 마치?

[ALP의 편지] 친애하는. 그리고 우리(나)는 더트덤(퇴비더미)으로 계속 가는지라. 존경하올. 우리는 나리를 덧붙여도 좋은고? 글쎄, 우리는 자연의 이들 비밀스러운 작업들을 무엇보다 한층 솔직히 즐겨왔는지라 (언제나 그것에 대해 감사, 우리는 겸허하게 기도하노니) 그리고, 글쎄, 이 야광최후시夜光最後時를 정말 아주 낙야樂夜했도다. 자명종시계[이어위커]를 불러내는 쓰레기 쥐 놈들, 그들은 잘 알게 될지니. 저기 구름은 좋은 날을 예기하면서 이내 사라질지로다. 숭배하올 사몬 나리 그들은 그가 그러하듯 애초에 틀림없이 두 손잡이 전무기를 가지고 태어났을지니 그리고 그건 윌리엄스타운과 마리온 애일즈베리 간의 장차長車 꼭대기 위에서였나니, 우리들이 경락輕樂하게 굴러갔을 때, 그이가 우리들이 마치 구름 속에 지나가듯 여전히 쳐다보고 있음을 우리는 생각하는도다. 그가 우리 곁에 땀 속에 잠을 깨었을 때 그를 용서할 참이었는지라, 금발남金髮男, 나의 지상천국, 하지만 그는 우리가 팬터마임을 위한 사랑스러운 얼굴을 지녔음을 백일몽 했도다. 우리는 강광속强光束에 획하니 되돌아 왔는지라, 오래 전 실락失樂한 뒤 처진 채, 비틀대는 찰라, 저 남자[HCE]는 나라의 우도산牛道産 밀크 이외에 한 모금도 휴대품 속에 결코 떨어뜨리지 않았나니. 그것이 내게 몽국夢國의 열쇠를 준 나에 대한 굴대의 막대기[남근男根]였도다. 풀(草) 속의 몰래 기어 다니는 뱀 놈들, 접근 금지! 만일 우리가 모든 저 따위 건방진 놈들의 대갈통을 걷어찬다면, 자신의 숙박시설을 위하여 수군대는 녀석들, 나의 밥통들 같으니, 말하자면, 그리고 그들의 베이컨이라니 버터를 망치는 것들! 그건 마가린 유油로다. 박박薄薄 박박. 그건 명예의 제십계율第十戒律에 의하여 엄근엄근히 금지되어 있는지라, 이웃 촌놈의 간계에 반하

는 밀어를 폭로하지 말지니. 그대 주변 동굴문洞窟門의 무슨 저따위 인간쓰레기들, 통곡하며. (거짓말이 그들에게는 주근깨처럼 흘러나오는지라) 수치를 암시하다니, 우리라면 할 수 있을 것인고? 천만에! 그런고로 저주低主여 그로 하여금 저들의 과오를 망각하게 하옵소서.

[616.20-617.29] 혼란스런 상세한 전기傳記를 마련하면서 그리고 다가오는 장례와 경야, 편지로 끝나는 가종假終.

몰로이드 오레일리[HCE], 저 포옹침상의 광둔狂臀을 상대하여, 방금 잠자리에서 일어나려고 하는지라. (e)여태껏 (h)가장 배짱 좋은 저 (c)냉발자冷髮者(쿠룩)! 무가애란인無價愛蘭人 중의 영인零人, 자신의 일등항사에 의해 딱정벌레[HCE]라 불리는지라. 우리의 올드미스 이야기를 믿는 비슷한 의심녀疑心女들로 하여금 모두 저 창부공헌娼婦貢獻을 갖게 하옵소서! 왠고하니 꼬인 담배 파이프 또는 하이버니아 금속의 산탄霰彈을 우리는 유출할 수도 있는지라 그리하여, 정말이지, 누군가가 최대의 기쁨을 가지고 사살私殺에 의하여 어떤 이의 시신을 장만할지로다. 그리고 화학적 결합의 항구성에 완전 대조되게도 놈의 남은 모든 육편肉片을 다 합쳐도 소매치기 피터로 하여금 한 사람의 5분의 3접시(명皿)를 만들기에도 충분하지 못할지니. [이상 HCE의 적들에 대한 ALP의 공격] 선맥善麥(맹세코)! 달키의 세 성찬반盛饌盤을 위하여 얼마나 범미犯味하며 모나치나의 두 초요괴超妖怪를 위하여 무슨 매가경賣價驚이람! 회녹색灰綠色의 회진통灰塵桶을 위한 납(연鉛) 아세트산염을! 평화! 그[HCE]는 우리의 특권적 견관見觀을 위하여 아이때부터 최고의 원자가를 소유한지라 언제나 완전한 털의 가슴, 오금 및 안대가 세일즈 레이디의 애정 무리들이 추적하는 표적이나니. 그의 진짜 헌물. 꿈틀거리는 파충류의 동물들을, 주의할지라! 그에 반하여 우리는 이따위 흩뿌린 듯한 구멍 뱀들을 모두 분쇄하도다. 그들은 우리가 단지 락소변금지樂小便禁止 위원회에 동의하는데도 불구하고 언제나 염병창 짓을 하고 있나니! 아니면 위쪽에서 꼭 같은 간판 아래 그 짓이 행해지는 것을 볼 수 있을지로다.

[615.12-616.19] 귀하신 편지가 시작 한다-그녀의 전반적 남자에 대하여 그리고 특히 마가래스로부터 유죄의 증상.

저 원죄성욕한原罪性慾漢[HCE:과 그의 계란 컵의 사이즈를 아는 것에 관하여. 첫째로 그는 한 때 책임기피매인責任忌避賣人이었는지라 그러자 쿠룬이 그를 터무니없이 해고 시켰도다. 소시지 제조에 관해 세이지(샐비어)(植) 될지라! 말더듬적 통계학은 티 테이블의 그의 다잔茶盞딸꾹질과 함께 당고포當古鋪의 기름(지방) 뱉기자者들이 가장 열식적熱食的으로 메트로폴리탄인人들한테 사례 받고 있음을 보여주나니. 한편 우리는 우리들의 운노동자雲勞動者 감정보상법안의 주의를 끌고 싶은지라. 우리의 무간霧間의 자력자磁力者들은 다혈족의 기생寄生낙하산부대에 의하여 양육되고 있도다. 심중心中의 한 가시 최초의 원願은 임금님의 악연주창惡連珠瘡의 완화였다는 우리의 신념이 미치는 한, 공언空言은 실로 군부 앞에 설정한 악례惡例를 허락했는지라. 그리하여 어떻게 그가 계단을 목동등目動登하다니 그건 속보의 힘의 결과였도다. 그의 미상인의 거인목립巨人木立. 금도禁盜의 시시하고 게다가 하찮은 우물쭈물 무원의 이야기! 한 때 그대가 방탄시防彈視되면 그대는 성상聖霜, 빙氷담쟁이덩굴 및 겨우살이(植)에 관통불가할지라 우리가 럭비걸인乞人의 무림茂林에 도착하기 전에 이제 명서命序를! 우리는 방금 최선 속에 온통 성聖 로렌스에게 희망하며 폐종閉終해야만 하나니. 덕훈. 스토즈 험프리즈 부인[ALP] 가라사대 고로 당신은 골칫거리를 기대하고 있는 고, 고지자考止者여, 문제의 가정적 서비스로부터? 스토즈 험프리 씨 [HCE] 왈 꼭 마치

[617.30-619.15] 편지가 계속한다 - 더 많은 진술에 대답하면서, 이번에 주로 그녀에게 목격된 채.

저녁에 선행善幸이 있듯이, 레비아, 나의 빰은 완전한 결백하도다. 비모지肥母脂. 의미意味 하나 둘 넷. 손가락들. 둔臀경기병의 뒷 바지를 걸고. 게다가 우리들의 재삼 최호의最好意 일백一百 및 십일十一 플러스 타 일천일타一千一他의 축복으로 그대의 최선친最善親에 대하여 저들 구전서한口傳書翰을 방금 종결하려 할지니, 글쎄, 모든 끼친 수고에도 불구하고. 우리는 고도古都 핀토나에서 모두 마음 편히 있는지라, 대니스에 감사하게도, 우리 자신을 위하여, 가결속家結束의 직애주直愛主, 그리하여 그는 우리가 진유전眞鍮錢이 가득한 호주머니를 지니는 한, 생종生終까지 진실할지로다. 위치 장소를 잊을 것 같지 않는 사람들을 기억하는 것이 있을 법하지 않나니. 누가 자신의 머리를 베개 받침 삼아 마호출魔呼出하리오, 글쎄, 푼 맥크라울 형제들이라 불리는 익살조造의 별나게도 조잡한 악취자惡臭者[HCE를 공모하다], 돈육순교원豚肉殉敎園의 신비남신비남男을? 저런 현기력眩氣力 같으니! 티모시와 로칸, 버킷 도구자들, 양인은 팀 자子들이라 이제 그들은 등화관제 동안에 자신들의 카락타커

스(수령)(성격)를 바꿔 버렸도다. 캐논 볼즈(대포알)가 그에게서 일광생권日光生權을 펀치 호되게 빼어버릴지라, 만일 그들이 올 바르게 정보를 얻으면. 음악을, 나의 거장巨匠, 제발 좀! 우리는 대감명시연大感銘試演을 가질지라. 가歌! 우리는 단순히 소리 내어 웃지 않을 수 없도다. 나이 먹은 핀가남歌男! 행운을! 글쎄, 이것이 그를 기약起弱하여 조장助長하게 해야 하도다. 그는 자신을 구제하기 위하여 온통 자신의 분노憤怒 대살모代殺母를 필요로 하리라. 완강한 사내 같으니. 버둥거리게도 온통 투덜대는 대악노大惡老의 핀 우자愚者! 방금 마지막 푸딩으로 배를 가득 채웠나니. 그의 핀 우장례식愚葬禮式이 금목요일今木曜日 오싹하는 시간에 몰래 일어나리라. 근엄왕謹嚴王도 환영할지니. 또한 올숍의 청염양주靑髥釀酒를. 맨첨 하우스 마경원馬警園의 필서筆書가 보스턴 트랜스크립지紙로부터 전사轉寫되어 모닝 포스트지紙에 게재될지라. 2월녀二月女들이 28부터 12까지 눈에 띄게 우세할지니. 과菓의, 태고성신사남胎高聲紳士男의, 애적愛積스러운 교구목사의 목소리를 들으려고, 가련한 기적의 기승奇蹟意氣僧. 잊지 말지라! 장대한 핀 우장례식愚葬禮式이 곧 있을지니. 기억할지라. 유해遺骸는 정각 8시전에 운구 되어야 만 하도다. 성의심정誠意心情스러운 희망으로. 그런고로 우리들로 하여금 오늘까지 취침중의 손(手)에 증언하도록 도우소서. 마야일摩耶日의 최충절인最忠節人 올림.

[616.20-617.29] 혼돈족混沌的 전기傳記의 세목을 마련하며, 다가오는 장례葬禮와 경야經夜에 관해 말하며 - 편지에 대한 가짜의 종말終末.

그럼, 여기 다른 성직聖職의 추정마推定魔에 관하여 이 기회에 당신에게 익오명匿誤名으로 상서上書하나이다. 나[ALP]는 저 따위 바보 벙어리 당나귀 [HCE]곁에 있기를 원하나니, 그리고 그는 나의 원타遠他의 발뒤꿈치 아래 있기를 원하리라. 그건 어떠한고? 세상에서 가장 달콤한 노래! 한창 젊은이로서의 나의 몸매는 타고난 구리 빛 곱슬머리로 처음부터 아주 매료 받아 왔나니. 기혼여성의 부적절재산법령不適切財産法令에 대하여 언급하거니와, 한 통신기자가 도적塗摘한 바, 스위스 감甘의 추황갈색秋黃褐色 유행이 여인의 천진한 눈에 알맞게 직엄직엄 매달리고 있도다.

[618.30-619.15] ALP에 의해 서명된 편지는 아침의 우편에 있다.

만일 모든 맥크라울 형제가 처녀들을 단지 암즈웍스 주식회사처럼 다루려고 한다면! 그건 소녀대少女帶(해解)를 위한 길선물吉膳物인지라! 마이크우남

우남 따윈 결코 상관하지 말지라! 대신에 우리(내)에게 재잘 거릴지라! 그 상스러운 사내[캐드]는 담뱃대 교황敎皇의 아내, 릴리 킨셀라와 함께, 그리하여 그녀는 키스하는 청원자의 손안에 그녀의 멋진 이름 때문에 꾸물대는 스니커즈[뱀 놈] 씨氏의 아내가 되었나니, 이제 주목하기 시작하리라. 바로 오늘밤을 위한 주공주主公主! 창백한 배(腹)는 나의 관대한 치유治癒, 등(背)과 심줄은 구보전九步錢. 불리즈 매구埋區 건너편의 흉한은 설리에 의하여 삼사리에서 일어났도다. 부트 골목 여단. 그리하여 그녀는 주류 판매 허가점 병甁 속에 지닌 무슨 약을 갖고 있었는지라. 수치羞恥! 세 배培의 수치! 우리는 그 구두장이가 현재 스위프스 병원에 입원하고 있음을 일러 받았나니 그리하여 그는 결코 퇴원하지 않으리라고! 어느 날 (P.C.Q.와 함께 4.32 또는 8과 22.5) 시경에 사계 재판소판사 및 서기 그리고 성 패트릭 종합감화원의 정화淨化를 위한 한 떼의 마리 부활녀復活女들과 함께 그대의 피皮편지함을 단지 들여다본다면, 전관全觀, 그랜드 피아노 아래 소파 위의 릴리(그런데 귀부인!)를 발견하고 깜짝 놀랄지라 낮게 끌어당기면서 그런 다음 그는 사랑이 걸어들어 오자 키스하고 거울을 들여다봄으로써 그 밖에 청혼인의 진사唇事(입술) 놀이가 행해지고 있는 것을 발견하고 얼마나 놀라 껑충 뛰기 시작하랴.

우리는 아주 훌륭하게 대접받지 못했던고, 우리(내)가 나의 쿠바 골창자滑唱者와 함께 원터론드 가도를 사방팔방 헤매고 다닐 때 경찰과 모든 사람들이 우리에게 모두 머리 숙이고 있있던고? 그리고, 개인적으로 말하면, 모두들 나의 알리스 엉덩이에게 절하며 자기를 소개할 수 있는지라, 힐러리 알렌이 첫날밤 기공연자騎公演者들에게 노래했듯이. 1항項, 우리는 결코 의자에 쇄박鎖縛당하지 않을 것, 그리고, 2항, 어떠한 홀아비 하인何人이든 양키살인 날에 포크를 가지고 우리를 사방 뒤따르지 말 것. 한 위대한 시민[HCE]을 만날지라, (그에게 자만의 생生을!) 그는 송이버섯처럼 점잖나니 그리고 그가 언제나 자신의 음주를 위하여 우리와 고쳐 앉을 때에도 아주 감동적인지라 반면에 관계자 모든 이들에게 설리는 일단 술이 취하면 흉한兇漢이 되나니 비록 자신이 직업상 훌륭하고 멋진 도화인賭靴人일지라도. 우리는 금후 라라세니(절도죄) 경사警査에게 우리들의 고충을 털어놓기 바라나니 그 결과로서 이러한 단계를 취하는 동안 그의 건강은 순차일변도巡次一邊倒로 도공陶工의 냄비 속으로 부서져 들어갈지라, 그것이 기독제화자수호성자基督製靴者守護聖者한테서 우종추방牛鐘追放 당한 한 노르웨이 두인頭人에 의한 자신의 생활의 전환이 되리로다.

자 이제, [Anna의 결론] 우리의 이야기는 100퍼센트 추적 인간과의 한층 예의 바른 대화로서 재개될 것인 즉,

[619-628] ALP가 바다로 나아갈 때 그녀의 최후의 독백.

그의 몇 잔의 맛좋은 땅딸보 평범주平凡酒와 조모연초粗毛煙草 뒤의 자연적 최행성最幸性의 향락 다음으로. 한편 누구든 저 여원물女原物의 팬케이크 한 조각을 좋아하는 자에게는 그건 감사스러운 일이나니, 사랑하는이여, 아담에게, 우리들의 이전의 최초 핀래터요, 우리들의 최고식료품점국교도, 그리피스의(토지) 개량평가에 의한, 그의 아름다운 크리스마스 꾸러미를 주셔서.

자 이제, 우리는 라스가 벽촌인僻村人인, 그들의 경칠 건방진 양볼(臀) 자者[HCE]를 단솔單率히 좋아할지니, 여기 나의 양성침대兩性寢臺 속의 음률음률 주변 둘레를 어정거리는지라 그리고 그는 땅딸보 등 혹의 누추락陋醜落 때문에 가경可竟 있을법하게도 권태 받고 있도다. 확신이상개량자確神異狀改良者들이, 우리는 이 단계에 첨언하거니와, 필리적必利的으로 아주 동조적同調的인 신롱인深聾人에게 말하고 있도다. 여기 그대의 답을 부여하나니, 비돈肥豚 및 분견糞犬! 그러므로 우리[ALP 내외]는 두 세계에 살아 왔는지라. 그는 잡목산雜木山의 배구背丘 아래 유숙留宿하는 또 다른 그이로다. 우리의 동가명성同家名聲의 차처각자此處覺者는 그의 진짜 동명同名이요 그리하여 그가 몸치장하고 잠자리에서 일어나면 (e)직발기直勃起. (c)자신 있고 (h)영웅적이 되나니, 그때 그러나, 늙은 옛날처럼 젊은 지금, 나의 매일의 안선참회인安鮮懺悔人으로서, 쉬쉬 우리의 한 구애아求愛兒.

[617.30-619.15] 편지가 계속한다 - 한 층 주장酒場에 대답하며, 이 시간은 주로 그녀에게 목표된 채.

알마 루비아 폴라벨라.

추서追書. 병사兵士 롤로의 연인[이시] 그리하여 그녀는 무미연육아운無味連育兒韻으로 방금 돈비육豚肥育되려고 하도다. 그리고 리츠관부館富와 함께 국왕실에서 성장착盛裝着하는지라. 누더기! 달아빠진 채. 그러나 그녀[ALP]는 아직도 역시 자신의 갑판인간적甲板人間的 호박琥珀이나니.

연우連雨의 아침, 도시! 찰랑! 나는 리피(강) 섭도낙화葉跳樂話하나니. 졸졸! 장발長髮 그리고 장발 모든 밤들이 나의 긴 머리카락까지 낙상落上했도다. 한 가닥 소리 없이, 떨어지면서. 청聽! 무풍無風 무언無言. 단지 한 잎, 바로 한 잎

그리고 이내 잎들. 숲은 언제나 호엽군好葉群인지라. 우리들은 그 속 저들의 아가들 마냥. 그리고 울새들이 그토록 패거리로. 그것은 나의 선황금善黃金의 혼행차婚行次를 위한 것이나니. 그렇잖으면? 떠날지라! 일어날지라, 가구家丘의 남자여, 당신은 아주 오래도록 잠잤도다! 아니면 단지 그렇게 내 생각에? 당신의 심려深慮의 손바닥 위에. 두갑頭岬에서 족足까지 몸을 눕힌 채. 파이프를 사발 위에 놓고. 피들 주자奏者를 위한 삼정시과(핀), 조락자造樂者(맥)를 위한 육정시과, 한 콜을 위한 구정구시과. 자 이제 일어날지라 그리고 起用할지라! 열반구일도涅槃九日禱는 끝났나니. 나는 엽상인지라, 당신의 황금녀, 그렇게 당신은 나를 불렀나니, 나의 생명이여 부디, 그래요 당신의 황금녀, 나를 은銀 해결할 지라, 과장습자誇張襲者여! 당신은 너무 군침 흘렸나니. 나는 너무 치매 당했도다. 그러나 당신 속에 위대한 시인詩人이 역시 있는지라. 건장한 건혈귀健血鬼가 당신을 이따금 놀려대곤 했도다. 그자가 나를 그토록 진저리나게 하여 잠에 폭 빠지게 했나니. 그러나 기분이 좋고 휴식했는지라. 당신에게 감사, 금일부今日父, 탠 여피汝皮! 야우 하품 나를 돕는 자者, 주酒를 들지라. 여기 단신의 셔츠가 있어요, 낮의, 돌아와요. 목도리, 당신의 칼라. 또한 당신의 이중 가죽구두. 뿐만 아니라 긴 털목도리도. 그리고 여기 당신의 상아빛 작업복과 여전불구如前不拘

[619.16-619.19] ALP의 서명과 우표-종경할 편지는 끝나다.

ALP의 서명과 우표-종경 하올 편지는 끝나다-그녀의 잠자는 동료에 대한 어머니의 아침의 독백, 강이 바다를 향해 흐르며-책의 첫 행에서 계속되다. “강은 달리나니…” 위대한 여성 독백은, 안개 낀 장면, 부드러운 애란 아침 이후 “부드러운 아침, 도시!”에 인사하도록 조정된 채, “좋은 아침, 도시!”로다. 아나 리비아는, 그녀가 자신의 몸에 나뭇잎을 지닌 이후, 혀짤배기소리로 말하고 있다. 계절은 가을일지니, 나무 잎들은 〈피네간의 경야〉의 마지막 잎사귀이다. [O'헨리의 단편 소설을 생각하라!] 이러한 잎들은 독자에 의하여 이제 넘겨지고 있으니, 다시 말해, 독자의 손에 쥔 책의 실질적 페이지들이 텍스트에서 언급되고 있다-포스트모던 연구의 노트로서-자장가와 문학적 언급들은 아나 리비아의 오랜 마음이 젊음과 늙은 나이 사이에서 배회하듯 계속된다. 독자는 젊음의 문학을 만날지니, 즉 “숲 속의 아이들,” 〈로빈슨 크루소〉 “독실한 두 신짝들,” 그리고 “부츠의 고양이”[619.23-619.24, 621.36] 그리고 나중에 〈트리스트람 샌디〉가 있다. “당신은 내가 그토록 오랫동안 아껴온 나의 반도화反跳靴를 "찌그러뜨릴지라(You'll crush me antilopes I saved so long for)"[622.10-622.11]. 아나 리비아는 도시를 빠져 나가고 있는지라, 가족 메모리의 최후는 그것이 애란 해의 보다 강한 조류에 의하여 청세淸洗되도다.

[620] 당신의 음산陰傘. 그리하여 키 크게 설지니! 똑바로. 나는 나를 위해 당신이 멋있게 보이기를 보고 싶은지라.

당신의 깔깔하고 새롭고 큰 그린벨트랑 모두와 함께. 바로 최근 망우수 속에 꽃피면서 그리고 하인에게도 뒤지지 않게, 꽃 봉우리! 당신은 벅클리 탄일복誕日服을 입을 때면 당신은 샤론장미에 가까울지니. 57실링 3펜스, 봉금捧金, 강세부强勢付. 그의 빈부실貧不實 애란과 더불어 자만갑自慢匣 엘비언, 그들은 그러하리라. 오만, 탐욕낙貪慾樂, 적시敵猜! 당신은 나로 하여금 한 경촌의驚村醫를 생각하게 하는지라 나는 한 때. 아니면 혹或발트 국인 수부水夫, 호협탐남好俠探男, 팔찌장식 귀를 하고. 아니면 그는 백작이었던고, 루칸의? 혹은, 아니, 그건 철란鐵蘭의 공작公爵인고 내 뜻은. 아니면 암흑의 제국에서 온 혹려마或驢馬의 둔臀 나귀. 자 그리고 우리 함께 하세! 우리는 그렇게 하리라 우리 언제나 말했는지라. 그리고 해외로 갈지니. 아마 일항日港의 길을. 피녀아彼女兒[이시]는 아직 곤히 잠들고 있는지라. 오늘 학교는 쉬는도다. 저들 사내들[쌍둥이]은 너무 반목이나니. 두頭 놈은 자기 자신을 괴롭히는지라. 발꿈치 통과 치유여행治癒旅行. 골리버(담즙간膽汁肝)와 겔로버. 그들이 과오에 의해 바꾸지 않는 한. 나는 눈 깜짝할 사이에 유사자를 보았나니 혹或[솀] 너무나 번번番番. 단單[숀] 시시각각. 재동유신再同唯新. 두 강둑 형제들은 남과 북 확연이 다르도다. 그 중 한 놈은 한숨 쉬고 한 놈이 울부짖을 때 만사는 끝이라. 전혀 무화해. 아마 그들을 세례수반까지 끌어낸 것은 저들 두 늙은 옛 친구 아줌마들일지로다. 괴짜의 퀴이크이나프 부인과 괴상한 오드페블 양. 그리고 그들 둘이 많은 것을 가질 때 공시할 더 이상의 불결한 옷가지는 없나니. 로운더대일(세탁골 민씨온즈)로부터. 한 녀석이 성소년聖少年의 뭐라던가 하는 것에 눈이 희번덕거리자 이놈은 자신의 넓적한 걸 적시는지라. 당신[HCE]은 펀치처럼 기뻐했나니, 전쟁공훈과 퍼스 식사식사를 저들 거들먹거리는 멍청이 놈들에게 낭독하면서. 그러나 그 다음날 밤, 당신은 온통 변덕쟁이였는지라! 내게 이걸 그리고 저걸 그리고 다른 걸 하라고 명령하면서. 그리고 내게 노여움을 폭발하면서, 성거聖巨스러운(주디)예수여, 당신이 계집아이를 갖다니 뭘 바라려고 한담! 당신의 원願은 나의 뜻이었나니. 그런데, 볼지라, 느닷

없이! 나도 또한 그런 식式. 그러나 그녀를, 당신은 기다릴지라. 열렬히 선택하는 것은 그녀의 망령에 맡길지니. 만일 그녀가 단지 상대의 더 많은 기지를 가졌다면. 기아棄兒는 도망자를 만들고 도망자는 탈선을. 그녀는 베짱이처럼 여전히 명랑하도다. 슬픔이 통적痛積되면 신통할지라. 나는 기다릴지니. 그리고 나는 기다릴지라. 그런 다음 만일 모든 것이 사라지면. 내존來存은 현존이나니. 현존은 현존. 그러나 그들로 하여금 내버려둘지라. 비누구정불 주섬삽동사니 그리고 데데한 매춘부 역시. 그(사내)는 그대를 위하는가 하면 그녀(계집)는 나를 위하는지라. 당신은 하구河口와 항구 주위를 미행하며 그리고 내게 팔품만사八品漫詞를 가르치면서. 만일 당신이 지그재그 파도를 타고 그에게 당신의 장광설을 늘어놓으면 나는 오막 집 케이크를 먹으며 그녀(계집)에게 나의 사모장담思慕長談을 철자할지라. 우리는 그들[쌍둥이]의 잠자는 의무를 방해하지 말지니.

[621] 우리들의 여정(아침 산보)을 성聖마이클 감상적으로 만들게 합시다. 이제 불빛이 사라진 이후 아침은 사실상 밝도다. 조조早朝의 아침.

불순 계집은 계집(물오리)대로 내버려둘지라, 때는 불사조이나니, 여보. 그리하여 불꽃이 있도다. 들을지라! 우리들의 여정을 성聖마이클 감상적으로 만들게 합시다. 마왕화魔王火가 사라진 이후 그리고 사오지死奧地의 책이 있나니. 닫힌 채. 자 어서! 당신의 패각에서부터 어서 나올지라!당신의 자유지自由指를 치세울지라! 그래요. 우리는 충분히 밝음을 가졌도다. 나는 우리들의 성녀의 알라딘 램프를 가져가지 않을지니. 왜냐하면 그들 4개의 공기질풍의 고풍대古風袋가 불어올 테니까. 뿐만 아니라 당신은 륙색(등 보따리)도 그만. 당신 뒤로 하이킹에 모든 댄디 등 혹 남男들을 끌어내려고. 대각성大角星의 안내자를 보낼지라! 지협地峽! 급急! 정말 내가 여태껏 기억할 수 있는 가장 부드러운 아침이도다. 그러나 소나기처럼 비는 오지 않을지니, 우리들의 공후空候. 하지만. 마침내 때는 시간인지라. 그리하여 나와 당신은 우리들의 것을 만들었나니. 열파자裂破者들의 자식들은 경기에서 이겼도다. 하지만 나는 나의 어깨 사울을 위하여 나의 낡은 핀 바라 견絹을 가져가리라. 숭어는 조반어천朝飯魚川에 가장 맛있나니. 나중에 흑소산黑沼産의 롤리 폴리 소시지의 맛과 더불어. 차(茶)의 싸한 맛을 내기 위해. 당신 토스트 빵은 싫은고? 우식반도牛食盤都, 모두 장작더미 밖으로! 그런 다음 우리들 둘레에서 재잘재잘 지껄대는 모든 성마른 행실 고약한 어린 어치들, 그들의 크림을 응고규凝固叫하면서.

소리 지르면서, 이봐, 다 자란 누나! 나는 진짜로 아닌고? 청聽! 단지 그러나, 거기 한번 그러나, 당신은 내게 예쁜 새 속치마를 또한 사줘야만 해요, 놀리 다음 번 당신이 놀월 시장에 갈 때. 사람들이 모두 말하고 있어요. 나는 아이 작센 제製의 그것의 선線 하나가 기울었기 때문에 그게 필요하다고. 저런 명심해요? 정말 당신! 자 어서! 당신의 커다란 곰 앞발을 내놔요, 옳지 여보, 나의 작은 손을 위해. 돌라. 나의 낸시 핸드 벽혈, 유화流花의 태어怠語로. 그건 조겐 자곤센의 토착어로다. 하지만 당신은 이해했지요, 졸보? 나는 언제나 당신의 음양으로 알 수 있는지라. 발을 아래로 뻗을지니. 조금만 더. 고로. 머리를 뒤로 당길지라. 열과 털 많은, 커다란, 당신의 손이로다! 여기 포피包皮가 시작되는 곳이나니. 어린애처럼 매끄러운지라. 언젠가 당신은 얼음에 태웠다고 말했도다. 그리고 언젠가 당신이 생성生性을 빼앗은 다음에 그건 화학화化學化되었나니. 아마 그게 당신이 벽돌 두頭를 지닌 이유일지라 마치. 그리하여 사람들은 당신이 골격을 잃었다고 생각하도다. 탈脫모습된 채. 나는 눈을 감을지니. 고로 보지 않기 위하여. 혹은 동정童貞의 한 젊은이만을 보기위하여, 무구기無垢期의 소년, 나무 가지를 껍질 벗기면서, 작은 백마白馬 곁의 한 아이. 우리들 모두가 영원히 희망을 품고 사랑하는 아이. 모든 사내들은 뭔가를 해 왔도다. 그들이 노육老肉의 무게에 다다른 시간이도다. 우리는 그걸 용암리鎔巖離할지니. 고로. 우리는 저 시원時院에서 세속종世俗鐘이 울리기 전에 산보를 가질지라. 관묘원棺墓園 곁의 성당에서. 성패선인聖牌善人 할지니. 혹은 새들이 목요소동木搖騷動하기 시작하는지라. 볼지니, 저기 그들은 그대를 떠나 날고 있는지라, 높이 더 높이! 그리고

[622] 쿠쿠 구鳩, 달콤한 행운을 그들은 당신에게 까악까악 우짖고 있도다.

맥쿨! 글쎄, 당신 볼지라, 그들은 백白까마귀처럼 하얗도다. 우리들을 위하여. 다음 이탄인투표泥炭人投票에서는 당신이 유당선誘當選 될지니 그렇잖으면 나는 당신의 간절선懇切選의 신부新婦가 아닐지로다. 킨셀라 여인의 사내가 결코 나를 저가하지 못할지라. 어떤 맥가라스 오쿠라 오머크 맥퓨니라는 자가 나팔의 핀갈 여숙소 주변에서 꼬꾀오거리거나 일소一掃삐악 삐악거리며! 그건 마치 화장대 위에 창피침실요강을 올려놓거나 혹은 어떤 독수리 대관代官의 눈썹까지 앙클 팀의 고모古帽를 베레모인양 씌우는 것과 같도다. 그렇게 큰 활보는 말고, 뒤죽박죽 대음자大飮者[남편 - HCE]여 당신은 내가 그토록 오랫동안 아껴온 나의 반도화反跳靴를 찌그러뜨릴지라. 그건 페니솔 제로

다. 그리고 두 최매最魅의 신발. 그건 거의 누트 1마일 또는 7도 안되나니, 화중묘靴中猫 양반 그건 아침의 건강을 위해 아주 좋은 것인지라. 승림보勝林步와 함께. 사방 완만한 동작. (al)여가 (p)발걸음으로서. 그리고(hce) 자진산책치료용이自進散策治療容易. 그 뒤로 아주 오래된 듯 하는지라, 수세월數歲月 이후. 마치 당신이 아주 오래 멀리 떨어진 듯. 원사십금일遠四十今日, 공사십금야恐四十今夜, 그리하여 내가 피암彼暗 속에 당신과 함께 한 듯. 내가 그걸 모두 믿을 수 있을지 당신은 언젠가 내게 말할지니. 당신은 내가 당신을 어디로 데리고 가는지를 아는고? 당신은 기억하는고? 내가 찔레 열매를 찾아 월귤 나무 히히 급주急走했을 때. 당신이 해먹(그물침대)으로부터 새총을 가지고 나를 개암나무 위태롭게 하기 위해 대 계획을 도면 그리면서. 우리들의 외침이라. 나는 당신을 거기 인도할 수 있을지라 그리고 지금은 여전히 당신 곁 침대 속에 누워있도다. 더블린 연합 전철로 단그리벤까지 가지 않겠어요? 우리들 이외에 아무도 없으니. 시간? 우린 충분히 남아돌아가는지라. 길리간과 훌리간이 다시 무뢰한을 부를 때까지. 그리고 그 밖에 중요 인물들. 설리간 용병단 8, 왼쪽에서 오른 쪽으로. 이리(동)떼 가족, 저 호농민狐農民들 같으니! 흑가면자黑假面者들이 당신을 자금지원으로 보석하려고 생각했는지라. 혹은 산림일각수장森林一角獸長, 나울 촌村 출신의, 각적대장이 문간에 도열하여, 명예로운 수렵견담당자者 및 존경하는 포인터 사師 그리고 볼리헌터스 촌村 출신, 쉬쉬 사냥개의 두 여인 패게츠와 함께, 그들의 도드미 꽉 끼는 승마습모乘馬襲帽를 쓰고, 그들의 수노루, 수사슴, 심지어 칼톤의 적赤 수사슴에게 건승축배健勝祝杯를 들었도다. 그리하여 당신은 이별주무離別酒務로서 접대할 필요가 없는지라, 머리에서 발끝까지, 한편 모두들은 그에게 술잔을 뻗지만 그는 잔을 비우려고 결코 시작도 않으니. 이 현賢 놈의 대갈통을 찰싹 때리고 귀에다 이걸 쑤셔 넣을지라, 꿈틀자여![HCE] 미인부답美人不答 부자미불富者未拂. 만일 당신이 방면 되면, 모두들 도둑이야 고함치며 추적할 지니, 히스타운, 하버스타운, 스노우타운, 포 녹스, 프레밍타운, 보딩타운, 델빈 강상江上의 핀항港까지. 얼마나 모두들 플라토닉 화식원華飾園을 본을 떠당신을 집 재우기 위해 집 지었던고! 그리하여 모두 왜냐하니,

[623] [ALP] 이제 산보를 떠날 수 있다.

그녀가 자신의 반사경에 넋을 잃은 채, 그녀는 (E)진피眞皮집게벌레가 세 마

리의 경주밀렵견競走密獵犬을 가죽 끈으로 매고 (h)사냥연然하게 (c)귀가하는 것을 보았던 것처럼 보이기에. 그러나 당신은 안전하게 빠져 나왔는지라. 저 (h)각적자角笛者의 (c)각角은 이제(E)그만! 그리고 오랜 투덜대는 잡담! 우리는 노영주[호우드 성의 백작]를 방문할까 보다. 당신 생각은 어떠한고? 내게 말하는 뭔가가 있도다. 그이는 좋은 분인지라. 마치 그이 앞에 많은 몫의 일들이 진행되었던 양. 그리고 오랜 특유의 돌출갑. 그의 문은 언제나 열린 채. 신기원의 날을 위해. 당신 자신과 많이 닮았나니. 당신은 지난 부활절食復活節에 그를 송장送狀했는지라 고로 그는 우리에게 뜨거운 새조개와 모든 걸 대접해야 할지로다. 당신은 흰 모자를 벗는 걸 기억할지라, 여보(ech)? 우리가 면전에 나타날 때. 그리고 안녕 호우드우드, 이스머스 각하 하고 말할지니! 그의 집은 법가이라. 그리고 나는 또한 최은最恩의 예의를 무심코 입 밖에 낼지니. 만일 명산당이 내게 경의를 표하지 않는다면 의경意敬이 산명당山明堂에 고두를 예禮할지로다. 최하처에서 일어서는 의식예법을 베풀지라! 가로되 돌고래의 미늘창을 끌어올리기 위해 무슨 횃불을 밝히리요, 제발? 그 분은 제일 먼저 당신을 아모리카(갑옷) 기사로 작위하고 마자르(헝가리) 최고염사원수最高廉事元首로 호칭할지 모르나니. 봄소로마뉴 저런 체 에잇 헝가리 공복자를 기억할지라. 열형熱型, 사슬 및 견장, 통둔조롱痛臀嘲弄. 그리고 나는 당신의 왕청王聽의 안성녀폐하眼性女陛下가 될지로다. 그러나 우리는 헛되나니. 명백한 공상. 그건 공중누각空中樓閣[호우드 성]인지라. 나의 생계류천生計流川이 우둔표어공예품愚鈍標語工藝品들로 가득하나니. 풍향은 이제 충분 그만 우리가 그대로 받아들일 수 있을지 혹은 말지. 저이는 자신의 경마안내를 읽고 있는지라. 당신은 저 곳으로부터 우리들의 길을 확실히 알고 있을지니. 어망 항港의 길. 한 때 우리들이 갔던 곳을 그토록 많은 마차를 타고 쌍쌍이 그 이후로 우행해 왔는지라. 약세노마! 도주 성게(動)의 암말에게 그의 생生의 구산丘山을 부여하면서. 그의 불가사노세주不可死老衰主와 함께! 휘넘족族 흠흠 마인馬人! 암활岩滑의 우뢰도雨雷道 우리는 헤다 수풀 우거진 호우드 구정丘頂에 앉아 있을 수 있는지라, 나는 당신 위에, 현기정眩氣靜의 무의양심無意良心 속에. 해 돋음을 자세히 쳐다보기 위해. 드럼렉 곶(岬)으로부터 밖으로. 그 곳이 최고라고 에보라가 내게 말했나니. 만일 내가 여태. 조조弔朝의 달(月)이 지고 살아질 때. 다운즈 계곡 너머로 운월여신雲月女神 루나. 우리들 자신, 오영혼吾靈魂 홀로 구세양救世洋의 현장에서. 그리하여 살펴볼지라당신이 기다리고 있는 편지가 필경 다가올지니. 그리고 해안에 던져진 채. 나는 기원하나니 나의 꿈의 주남主男을 위해. 그걸 할퀴거나 소小 기도서祈禱書의 대본으로 짜깁기하면서. 그리하여 얼마나 호두 알 지식의 단편을 나는 나 스스로 쪼아 모았던고. [편지의 소재] 모든 문지文紙는 어려운 것이지만 당신의 것은 분명 여태껏 가장 어려운 난문이도다. 도끼로 토막 내고, 황소를 갈고리로 걸고, 안을 갖고, 주저주저. 그러나 일단 서명되고, 분배되고 배달된 채, 안녕 빠이빠이, 당신을 유명하게 하도다. 보스 주州, 마스톤 시市로부터의 몽사통신夢寫通信에 의하여 조초彫礎된 채. 그의 고대의 나날의 세계를 일주한 뒤.

[624] 차통茶筒 속에 운반된 채 혹은 뭉쳐지고 콜크로 까맣게 칠해진 채.

그의 원통투하圓筒投荷된 해면 위에. 간들, 간들거리며, 병에 넣어진 채, 물방울. 파도가 그대를 포기할 때 땅이 나를 위해 도울지니. 언젠가 그땐, 어디선가 거기, 나는 자신의 희망을 기록했고 장帳을 매장했는지라 그때 나는 님의 목소리, 적방향타赤方向舵의 뇌성을 들었는지라, 너무나 크기에 더 이상 큰 소리 없을, 그리하여 천명성탄天命聖誕이 다가올 때까지 거기다 그걸 내버려 놓아두었도다. 고로 지금은 나를 만족해하는지라. 쉬. 우리들의 은행차입의 방갈로 오막 집을 허물거나 거기다 지을지니 그리하여 우리[HCE 내외]는 존경스럽게 서로 동루하리라. 데이지 국화족菊花族, 서방님, 나, 마담을 위해. 뾰족한 바벨 원탑圓塔과 함께 왠고하니 발굴성發掘星들이 있는 곳을 야웅 그리고 엿보기 위해. [창문을 통해] 이야기하는지 우리가 들을지 어떨지를 바로 보기 위하여. 근엄단독성謹嚴單獨性 사이에. 정점頂点까지, 대들보여! 정상을 사다리로 오를지라! 당신은 이제 더 이상 현기증이 나지 않을지니. 모든 당신의 지계음모地計陰謀는 거의 무과無果로다! 덜렁(등 혹), 당신이 우리(나)를 들어올릴 때 그리고 철벅, 당신이 나를 물에 처넣을 때! 그러나 나의 근심의 탄歎이여 경칠 사라질지라, 화려한 패트릭 항주港舟여! 투명한 변방 위에 나는 자신의 가정을 꾸렸도다. 나를 위한 공원과 주점. 단지 당나귀의 옛 시절 당신의 비행卑行일랑 [공원의 죄] 다시는 시작하지 말지라. 나는 저걸 당신에게 교사教唆한 그녀[캐드의 아내 릴리]의 이름까지 추측할 수 있나니, 견율堅栗! 대담한 도박배언賭博背言이라. 무한죄의 사랑 때문에! 적나라의 우주 앞에. 그리하여 자신의 눈을 외면주外面走하는 베일리 등대 꼬마 순경 같으니! 언젠가 어느 좋은 날, 외설의 악선별자惡選別者여, 당신은 다시 적개신赤改身해야만 하도다. 축복 받는 방패 마틴! 너무나 부드럽게. 나는 자신이 지닌 최애엽最愛葉의 의상을 너무나 세세히 즐기는지라. 당신은 앞으로 언제나 나를 최다엽

녀最多葉女로 부를지니, 그렇잖은고, 영어애자英語愛子여? 경탄어충驚歎語充의 고아마古兒馬! 그리고 당신은 나의 파라핀 향유를 반대하지 않을지라, 콜루니의 향유된 채, 한 잔의 마라스키노주酒와 함께. 취臭! 그건 작금昨今 예스터산産의 고산미소高山媚笑로다. 나는 만인 움츠리는 한련비공旱蓮鼻孔 속에 있는지라. 심지어 호우드 구비丘鼻 속에. 최고가신最高價神에 맹세코! 터무니없는 도부화都腐話. 위대노살탈자偉大老殺奪者! 만일 내가 당신이 누구인지를 안다면! 공중으로부터 저 청금淸琴이 핀센 선장은 의적운衣積雲하고 자신의 양복을 몹시 압박하고 있다고 말했을 때 나는 말했는지라 당신 거기 있나요 여기는 나밖에 아무도 없어요. 그러나 나는 샘플 더미에서 거의 떨어질 뻔 했도다. 마치 당신의 손가락이 내가 듣도록 이명耳鳴하게 하듯이. 브래이에 있는 당신의 유형제乳兄弟가 당신은 양친이 스스로 금주맹세를 한 뒤에 남편은 부결벽노대소不潔壁爐臺所 속으로 언제나 굴러 떨어지고 아내는 수장절 페티코트를 잃어버릴 것이기 때문에 브로스탤 교도소에 의해 당신이 자랐다는 그 지역에 말하고 있는 것이 옳은고? 그러나 그런데도 아무튼, 당신은 내게 잘 했는지라! 왕새우 껍질을 먹을 수 있는 지금까지 알려진 유일한 남자였나니, 우리들의 원초야原初夜.

[625] 당시 당신은 나를 어떤 마리네 쉐리 그리고 이어 XX로서 자신을 서명하는 독일 친사촌으로 두 번 오인했나니 그리고 수가발鬚假髮을 나는 당신의 여행용 백 속에서 발견했도다.

당신은 필경 파라오 왕을 연출할지니, 당신은 요정족의 왕이로다. 당신은 확실히 가장 왕연王然의 소동을 피우고 있는지라. 나는 모든 종류의 허구(매이크압)를 당신에게 말할지니, 위이危異한. 그리하여 우리들이 지나는 모든 단순한 이야기 장소에 당신을 안내할지라. 십만환영, 어서 오십시오, 크롬웰 환숙歡宿, 누가 헤어지랴) 허곡촌虛谷村 중의 허별장虛別莊. 다음의 감자 요리 코스를 위하여 접시를 바꿀지라! 애진옥愛盡屋은 아직 거기에 있고 성당규범은 강행하고 그리고 크라피점店의 제의사업祭衣事業도 그리고 우리들의 교구허세도 대大권능이도다. 그러나 당신은 저 동사인同四人들에게 물어봐야만 할지니, 그들을 이름 지은 그자들은, 그대의 볼사리노모帽를 쓰고 언제나 주매장酒賣場에 기분 좋게 앉아있나니, 그것은 코날 오다니엘의 최고유풍最高遺風이라 말하면서, 홍수 이후의 편갈을 집필하면서. 그것은 어떤 진행 중의 왕연王然의 작품이 될지라. 그러나 이 길로 하여 그는 어느 래일조來日朝에 다가올지니. 그리하여 나는 우리가 그 곳을 지나면 당신한테 모든 부싯돌과 고사리가 소주騷走하고 있음을 신호할 수 있도다. 그리하여 당신은 엄지손가락만큼 노래하며 이어 그것에 관해 해현鮭賢의 설교를 행하리라 그것은 모두 너무나 자주 있는 일이며 내게는 여전히 꼭 같은지라. 홍? 단지 잔디일 뿐, 심술쟁이 여보! 크래인의 잔디 향香. 당신은 타프 잔디의 탄 솜(綿)을 결코 잊지 않았을지라, 그렇지 여보, 브라이언 보루 굴窟의, 뭐라? 많? 글쎄, 저건 다방多房 버섯들이오, 밤사이에 나온. 봐요, 성전聖殿 지붕의 수세월. 성당 위의 성당, 연중가옥煙中家屋. 그리고 올림픽을 열유熱遊하기 위한 수도 부분. 스타디움, 거상巨像 맥쿨! 당신의 큰 걸음을 유의해요 그렇잖으면 넘어질지라. 한편 나는 진통을 피하고 있는지라. 내가 찾은 걸 봐요! (A)한 이라 (l)렌즈콩 (p)편두. 그리고 여길 봐요! 이 캐러웨이 잡초씨앗. 예쁜 진드기들, 나의 감물甘物들, 그들은 전광全廣의 세계에 의하여 버림받은 빈애자貧愛子들이었던고? 신도회를 위한 운린가雲隣街. 우등 애브라나가 농아이聾啞泥(더블린)로부터 아련히 솟아나는 것을 당신은 아지랑이 시視하도다. 그러나 여전한 동시同市. 나는 너무나 오랫동안 첩침疊寢했는지라. 당신이 말했듯이. 시간이 어지간히 걸리나니. 만일 내가 일이분 동안 숨을 죽인다면, 말을 하지 않고, 기억할지라! 한 때 일어난 일은 재삼 일어날지니. 왜 나는 이렇게 근년년년세월近年年年歲歲동안 통주痛走하고 있는고, 온통 잎 떨어진 채. 눈물을 숨기기 위하여, 이별자여. 그건 모든 것의 생각인지라. 그들을 투기投棄했던 용자勇者. 착의미녀着衣美女 지나 가버린 그들 만사. 나는 곧 리피 강 속에 다시 시작하리라. 합점두合點頭. 내가 당신을 깨우면 당신은 얼마나 기뻐할고! 정말! 얼마나 당신은 기분이 좋을고! 그 뒤로 영원히. 우선 우리는 여기 희미로稀微路를 돌지라 그런 다음 더 선행이라. 고로 나란히, 재문再門을 돌지라, 혼도婚都(웨딩타운), 론더브의 시장민市長民을 송頌할지라! 나는 단지 희망하나니 모든 천국이 우리들을 볼 것을.

[626] 그러나 ALP는 그 동안 파도처럼 찰싹 찰싹 오랫동안 이야기했나니. 이제 그녀는 HCE를 떠나야 한다.

왜냐하면 나는 거의 기절할 것 같은 느낌이 드는지라. 심연 속으로. 아나모러즈강江에 풍덩. 나를 기대게 해줘요, 조그마, 제바, 표석강漂石强의 대조수자大潮水者[HCE] 총소녀總少女들은 쇠하나니. 수시로. 그래서. 당신이 이브구久 아담 강직할 동안. 휘, 북서에서 불어오는 양 저 무지풍無知風!天啓顯現節

의 밤이듯. 마치 키스 궁시弓矢처럼 나의 입 속으로 첨벙 싹 고동치나니! 스칸디나비아의 주신, 어찌 그가 나의 양 빰을 후려갈기는! 바다. 바다! 여기, 어살(둑), 발 돋음, 섬(島), 다리(橋). 당신이 나를 만났던 곳. 그 날. 기억할 지라! 글쎄 거기 그 순간 그리고 단지 우리 두 사람만이 왜? 나는 단지 십대十代였나니, 제단사의 꼬마 딸. 그 허세복자虛勢服者[재단사]는 언제나 들치기하고 있었는지라, 확실히, 그는 마지 나의 부父처럼 보였도다. 그러나 색스빌 가도 월편의 최고 멋 부리는 맵시 꾼. 그리고 포크 가득한 비계를 들고 반들반들한 석식탁 둘레를 빙글빙글 돌면서 한 수척한 아이를 뒤쫓는 여태껏 가장 사납고 야릇한 남자. 그러나 휘파람 부는 자들의 왕. 시이울라! 그가 자신의 다리미에 나의 공단 새틴을 기대 놓았을 때 그리고 재봉틀 위에 듀엣 가수들을 위하여 두 개의 촛불을 켜주다니. 나는 확신하는지라 그가 자신의 두 눈에다 주스를 뿜어 뻔쩍이게 하다니 분명히 나를 깜짝 놀라게 하기 위해서였도다. 하지만 아무튼 그는 나를 매우도 좋아했는지라. 누가 지금 빅로우 언덕의 낙지구落枝丘에서 나의 색을 찾아 탐색할지 몰라? 그러나 나는 연속호連續號의 이야기에서 읽었나니, 초롱꽃이 불고 있는 동안, 거기 봉인애탐인封印愛探人은 여전히 있으리라고. 타자他者들이 있을지 모르나 나로서는 그렇지 않도다. 하지만 우리들이 이전에 만났던 것을 그는 결코 알지 못했는지라. 밤이면 밤마다. 그런고로 나는 떠나기를 동경했나니. 그리고 여전히 모두와 함께. 한 때 당신은 나와 마주보고 서 있었는지라, 꽤나 소리 내어 웃으면서, 지류枝流의 당신의 바켄틴 세대박이 범선 파도 속에 나를 시원하게 부채질하기 위해. 그리고 나는 이끼 마냥 조용히 누워있었도다. 그리고 언젠가 당신은 엄습했나니, 암울하게 요동치면서, 커다란 검은 그림자처럼 나를 생판으로 찌르기 위해 번뜩이는 응시로서.[섹스] 그리하여 나는 얼어붙었나니 녹기 위해 기도했도다. 모두 합쳐 세 번. 나는 당시 모든 사람들의 인기 자였는지라. 왕자연王子然한 주연소녀. 그리하여 당신은 저 팬터마임의 바이킹 콜세고스였나니. 애란의 불시공격不視攻擊. 그리고, 공침자恐侵者에 의해, 당신이 그처럼 보이다니! 나의 입술은 공희락恐喜樂 때문에 창백해 갔도다. 거의 지금처럼. 어떻게? 어떻게 당신은 말했던고 당신이 내게 나의 마음의 열쇠를 어떻게 주겠는지를 그리하여 우리는 사주死洲가 아별我別할 때까지 부부로 있으리라. 그리하여 비록 마魔가 별리하게 하드라도. 오 나의 것! 단지, 아니 지금 나야말로 양도하기 시작해야 하나니. 연못(더브) 그녀 자신처럼. 이 흑소(더블린) 구정상久頂上 그리하여 지금 작별할 수 있다면? 아아 슬픈지고! 나는 이 만광灣光이 커지는 것을 통하여 당신을 자세히 보도록 보다 낳은 시선을 가질 수 있기를 바라노라. 그러나 당신은 변하고 있나니, 나의 애맥愛脈이여, 당신은 나로부터 변하고 있는지라, 나는 느낄 수 있도다. 아니면 내 쪽인고? 나는 뒤얽히기 시작하는지라. 상상쾌上爽快하면서

[627] 이제 ALP는 떠나가야 할 시간이나니, 왜냐하면 HCE는 재심 변했기 때문이다.

그리고 하견고下堅固하면서, 그래요, 당신은 변하고 있어요, 자부子夫, 그리하여 당신은 바뀌고 있나니, 나는 당신을 느낄 수 있는지라, 다시 언덕으로부터 낭처娘妻를 위하여. 히말라야의 환환상完幻像, 그리하여 그녀[이시]는 다가오고 있도다. 나의 맨 최후부에 부영하면서, 나의 꽁지에 마도전습魔挑戰濕하면서, 바로 휙 날개 타는 민첩하고 약은 물보라 찰싹 질주하는 하나의 실체, 거기 어딘가, 베짱이 무도하면서. 살타렐리가 그녀 자신에게 다가오도다. 내가 지난 날 그러했듯이 다신의 노신老身[HCE]을 나는 가여워하는지라. 지금은 한층 젊은 것이 거기에. 헤어지지 않도록 노력할 지라! 행복할 지라, 사랑하는 이들이여! 내가 잘못이게 하옵소서! 왜냐하면 내가 나의 어머니로부터 나떨어졌을 때 그러했듯이 그녀는 당신에게 달콤할지라. 나의 크고 푸른 침실, 대기는 너무나 조용하고, 구름 한 점 거의 없이. 평화와 침묵 속에. 내가 단지 언제나 그 곳에 계속 머물 수 있었다면. 뭔가가 우리들을 실망시키나니. 최초로 우리는 느끼는 도다. 이어 우리는 추락하나니. 그리하여 만일 그녀가 좋다면 그녀로 하여금 우지배雨支配하게 할지라. 상냥하게 혹은 강하게 그녀가 좋은 대로. 어쨌든 그녀로 하여금 하게 할지라 나의 시간이 다가왔기에. 내가 일러 받았을 때 나는 최선을 다했도다. 만일 내가 가면 모든 것이 가는 걸 언제나 생각하면서. 일백 가지 고통, 십분 지일의 노고 그리고 나를 이해할 한 사람 있을까? 일천년야一千年夜의 하나? 일생 동안 나는 그들 사이에 살아왔으나 이제 그들은 나를 염오하기 시작하는도다. 그리고 나는 그들의 작고도 불쾌한 간계奸計를 싫어하고 있는지라. 그리하여 그들의 미천하고 자만한 일탈을 싫어하나니. 그리하여 그들의 작은 영혼들을 통하여 쏟아지는 모든 탐욕의 복 받침을. 그리하여 그들의 성마른 육체 위로 흘러내리는 굼뜬 누설을. 얼마나 쩨쩨한고 그건 모두! 그리하여 언제나 나 자신한테 토로하면서. 그리하여 언제나 콧노래를 계속 홍얼거리면서. 나는 당신이 최고로 고상한 마차를 지닌, 온통 뻔적 뻔적하고 있는 줄로 생각했어요. 당신은 한 시골뜨

기(호박)일 뿐이나니. 나는 당신이 만사 중에 위인으로 생각했어요. 죄상에 있어서나 영광에 있어서나. 당신은 단지 한 미약자일 뿐이로다. 가정! 나의 친정 사람들은 내가 아는 한 그곳 외월外越의 그들 따위가 아니었도다. 대담하고 고약하고 흐린 대도 불구하고 그들은 비난받는지라, 해마여파海魔女婆들, 천만에! 뿐만 아니라 그들의 향량소음荒凉騷音 속의 우리들의 황량무荒凉舞에도 불구하고 그렇지 않도다. 나는 그들 사이에 나 자신을 볼 수 있나니, 전신全新(알라루비아)의 복미인(플추라벨)을. 얼마나 그녀는 멋있었던고, 야생의 아미지아, 그때 그녀는 나의 다른 가슴에 붙들려 했는지라! 그런데 그녀가 섬뜩한 존재라니, 건방진 니루나여, 그녀는 나의 최 고유의 머리카락으로부터 낚아채려 할지라! 왜냐하면 그들은 폭풍연然하기에. 황하黃河여! 하황河黃이여! 그리하여 우리들의 부르짖음의 충돌이여, 우리들이 껑충 뛰어 자유롭게 될 때까지. 비미풍飛微風, 사람들은 말하는지라, 당신의 이름을 결코 상관하지 말라고! 그러나 나는 여기 있는 모든 것을 압실厭失하고 있나니 그리고 모든 걸 나는 혐오 하는도다. 나의 고독 속에 고실孤失하게. 그들의 잘못에도 불구하고. 나는 떠나고 있도다. 오 쓰디 쓴 종말이여! 나는 모두들 일어나기 전에 살며시 사라질지라. 그들은 결코 보지 못할지니. 알지도 못하고. 뿐만 아니라 나를 아쉬워하지도 않고.

[628] 무세無勢의 미약성은 〈율리시스〉, 〈나우시카〉 장의 문체", 즉 "감상적인, 잼 같은 마말레이드의 유연한"(namby-pamby jamby marmaldy draversy style)을 상기시키거니와, 이는 바로 낮의 세계와 그것의 의식적 직관의 귀환을 나타내는 정관사성定冠詞性(한정성)(definiteness) 바로 그것이다.

그리하여 세월은 오래고 오랜 슬프고 오래고 슬프고 지쳐 나는 그대에게 되돌아가나니, 나의 냉부冷父, 나의 냉광부冷狂父, 나의 차갑고 미친 공화恐火의 아비에게로, 마침내 그의 단척안單尺眼의 근시가, 그것의 수數마일 및 기幾마일(the moyles and moyles), 단조신음하면서, 나로 하여금 해침니(seasilt) 염鹽멀미나게(saltsick) 하는지라 그리하여 나는 돌진하나니, 나의 유일한, 당신의 양팔 속으로, 나는 그들이 솟는 것을 보는도다! 저들 삼중공의 갈퀴 창으로부터 나를 구할지라! 둘 더하기, 하나 둘 더 순간 더하기. 고로. 안녕 이브리비아. 나의 잎들이 나로부터 부이浮離했나니. 모두. 그러나 한 잎이 아직 매달려 있도다. 나는 그걸 몸에 지닐지라. 내게 상기시키기 위해. 리(피)! 너무나 부드러운 이 아침, 우리들의 것. 그래요. 나를 실어 나를지라, 아빠여, 당신이 소꿉

질을 통해 했던 것처럼! 만일 내가 방금 그가 나를 아래로 나르는 것을 본다면 하얗게 편 날개 아래로 그가 방주천사方舟天使 출신이 듯이. 나는 사침思沈하나니 나는 그의 발 위에 넘어져 죽으리라. 겸허하여 벙어리 되게, 단지 각세覺洗하기 위해, 그래요, 조시潮時. 저기 있는지라. 첫째. 우리는 풀(草)을 통과하고 조용히 수풀로. 쉬! 한 마리 갈매기. 갈매기들. 먼 부르짖음, 다가오면서, 멀리! 여기 끝일지라. 우리를 이어, 핀, 다시(again)! 가질지라. 그러나 그대 부드럽게, 기억수(水)할지라(mememormee)! 수천송년數千送年까지. 들을지니. 열쇠. 주어버린 채! 한 길 한 외로운 한 마지막 한 사랑 받는 한 기다란 그

Paris,

1922-1939.

ALP에 의해 서명된 편지의 조간 우편 송달

* [615.12-616.19] (제1문단)

ALP는 존경스러운 예의로서 노주老主에게 그녀의 편지를 시작한다. "친애하는 존경하올 각하."(그녀는 "사랑하고 다정한 더블린(Dear Dirty Dublin)"으로 거의 시작하려하지만 스스로 교정한다. 그녀는 자신이 밤 동안 만났던 자연의 비밀을 관찰하기를 즐겼다. 그리고 그녀의 남편의 적들에 관한 첫 공격에 돌입하는지라, 맥그로우(Mcgraw)이다. 그들은 이어위커에 관한 나쁜 일을 불러오고, 안개 낀 아침의 구름들은 좋은 날을 들어내기 위해 다가오리라.

그녀는 자신의 구애의 초기 나날에 대한 꿈같은 회상을 시작한다. 이 구절은 자장가와 아이들의 문학에 대한 언급들로 충만하다, "Goldilocks" "Jack and the Beanstalk", "잠자는 미인" 미녀 할멈 등등. 그리고 〈실낙원〉(Paradise Lost)과 〈허클베리 핀〉(Huckleberry Finn)과 같은 보다 성숙한 문학 작품들. [615.21-615.28] 그녀는 이러한 구애의 날의 자신의 감정이 유치한 것이었음을 이제 인식한다. 그리고 편지의 끝에서 그녀는 자신이 자장가의 율동으로 살쪘음을 분노로서 선언한다.

편지에서, 그녀는 이제 그녀의 가족의 적인 맥그로우 가문의 적에 대한 공격으로 되돌아간다. 그들은, 좋은 질을 가진 소시지를 판매하는 그녀의 남

편과는 달리, 저질의 고기와 마가린을 판매한다. [615.30-615.31, 617.22-617.24] 그녀는 맥그로우가 간음을 범하려고 애썼음을 강하게 암시한다. 주여 Milord O' Reilly에 대한 그들의 탈선을 용서하소서. 그녀의 남편은 아주 커다란 즐거움으로 누군가의 시신을 다듬나니. 그녀의 남편은 지극히 강하고 생식적인지라, 고로 그대 모든 뱀들이여 경계할지라! [616.6-616.16]

* [616.20-617.29] (제2문단)

CHE는 정직한 상인으로, 그녀는 주장하거니와, 성실한 남편이다. 그녀는 그가 얼마나 많이 성적 유혹을 거절했는지 아주 자세히 상술한다. 그의 유혹에 관해 그녀의 질문에 대한 반응으로, 그는 단호히 단언하나니, 즉, 그는 그걸로 얼굴 붉힐 일은, 하늘에 계신 하나님께 맹세코, 나의 얼굴은 완전히 백지라오. [616.36-617.01] 그이는, 그녀 선언하거니와, 가장 친애하는 남편이라 - 비록 그녀의 증명서가 “친이하는(direst)”을 “친애하는(dearest)” 이라는 철자로 약간 오손할지라도. 맥그로우는 그이 자신을 위해 경계하는 것이 좋아! 그녀의 아들들은 그로부터 일공을 부셔내야 할지니, 그럼 그이는 모든 그의 아름다운 대모들로 하여금 그를 조정하도록 필요하리라! [617.12-617.19] 맥그로우는 자신의 마지막 소시지를 채웠으니, 그의 장례가 오늘 일찍이 행해져야 할지라.

* [617.30-618.19] (제3문단)

그녀는 이어 맥그로우의 아내, 릴리 킨 셀라(Kinsella)를 공격한다. ALP는 자기 자신의 아름다움을 주장한다. [617.23-618.3] 그러나 셀라는 이전에 파이프를 문 부랑자의 아내였으며, 이제는 맥그로우와 결혼하고, 그녀는 술꾼이요, 추레한 여인이다. [618.03-618.19]

* [618.20-618.34] (제4문단)

ALP는 어느 누군가에 의하여 존경 없이 여태 대접받는 것을 부정한다. 경찰이나 모든 이는 언제나 그녀가 외출하면 절을 한다. 만일 맥그로우 사람들이 그녀를 수치스럽게 할 수 있다고 생각한다면, 그녀는 그들을 불평스럽게 그들은 나의 궁둥이에 절을 할 수 있지!(They can make their bows to my arse!)가 대구이라, 이 말은 조이스 아내 노라 바너클이 자주 썼던 말이라!

그러자 아나 리비아 플루라벨은 그녀의 남편의 옹호로 되돌라 왔는지라, 어떤 비방의 공격을 거부했나니, 그러나 그 공격은 근거도 없이 지나치게 자세하고 별나게 들린다. 그녀는 결코 의자에 묶혀있지 않다고, 주장하고, 아무도 포크를 가지고 그녀를 뒤쫓지 못 했나니. [618.24-618.26] 비록 무서운 집게가 책의 말미에서 그녀를 겁먹게 했을지언정. 그녀의 사랑하는 남편은 버섯처럼 상냥하고 그녀에게 아주 애정적이나니, 반면에 맥그로우의 시자인 설리는 자객이었을지라도 (착한 구두장이). 하지만 HCE는 그녀의 버섯이요 상냥한 남편으로, 기독교에서 추방당한 과격한 노르웨이 사람으로, 그는 경찰의 도움으로, 그의 가족의 적들을 항아리 조각처럼 박살낼지라. [618.26-618.34]

* [618.35-619.05] (제5문단)

이 구절은 분명하지 않다. 그러나 그것은 이어위커 가족에게 관대했던 누군가를 포함한다. 아마도 ALP는 노주老主에게 감사를 돌리고 있거니와, 그분은 너무나 상냥하여 그의 아들을 아파하는 인정을 베풀도록 이바지 할 정도라 - 하느님 아버지의 사랑하는 크리스마스 꾸러미에 맹세코.

* [619.06-619.15] (제6문단)

ALP는 그녀의 적들에게 공격을 돌린다. 그녀는 단지 험티 덤티의 추락에 관한 그들의 경칠 건방짐과 근거 없는 불평을 좋아할 뿐이다! CHE는 영원히 추락하지 않았다. 호우드 언덕 아래의 사내요 추락한 부왕副王은 또 다른 인간이라. 그녀 자신의 남편은 자리에서 일어나, 빳빳하게, 자신 있게, 그리고 영웅적으로, 그녀에게 구애하고, 그가 젊을 때 그랬듯이, 일상의 신선新鮮을 위하여.

조이스의 연구, 특히 그의 〈피네간의 경야〉야 말로 그의 독해의 기술 탐독은 장대하고 복잡하다. 이 선집은 우리가 가진 어느 책보다 여러 면에서 한층 엄청난 의미를 우리에게 제공한다. 더욱이, 한국의 최초의 〈경야〉 번역자인, 본 편저자는, 특별한 통찰력이 풍부한 "코르누코피아cornucopia"(그리스 신화에서 풍요의 뿔, 어린 제우스에게 젖을 먹였다는 염소의 뿔)를 지녔다 함은 과장인가, 혹은 지나친 자화자찬自畵自讚인가! 이 〈경야〉의 선집은 편저자의 관념으로서 독창적 문체와 언어의 방도뿐만 아니라, 작품 비평을 발굴하기에 철골徹骨같은 경작耕作의 혜택이 필요하지는 않은가!

누구나 대략 〈경야〉 전권全卷을 그의 분량의 십분의 일(1/10)로 짧게 줄이는 것은 고통스럽고 난해한 일이다. 이 작품은 전체로 단절을 거절하는, 세계에서 몇몇 안 되는 책이다. 그것의 엄청난 부피에도 불구하고, 수많은 단어의 각각의 의미로 쓰인 것이 그리 많지 않으며, 그렇다 해도 단지 실오라기 하나를 풀어 전체 조직을 해체하는 것은 더더욱 위험한 일이다. 〈경야〉는 조이스가 17년의 한결같은 눈병과 재정적으로 간헐적 빈곤 속에서 쓴 책이거니와, "〈리더스 다이제스트〉(Reader's Digest)"의 대우에 항복해야 할 것이다. 한편, 여기 조이스가 행하려고 하는 바는 가시가 엄지손가락을 쑤시는 많은 이정표里程標들이요. 그것은 모든 이에게 적어도 하나하나 시작이리라.

조이스의 작품연구는 어떤 미국의 대학들에서 중요한 사업이 되어왔다. 대영제국의 저명한 조이스 학자 버저스(Burgess)를 포함하여, 얼마전 작고作故한 C, 하트(Hart), 및 영국에 귀화歸化한 T. S. 엘리엇(Eliot) 등, 몇몇 연구자들을 제외하고는, 그것의 연구가 아직 거의 풍성豐盛하지 않고 있다. 여기 〈경야〉의 노동에 감축減縮의 도움을 주는 것은, 거의 전적으로 미국의 학자들에게 의존하는바, 특히 조셉 캠벨(Joseph Cambell)과 헨리 몰톤 로빈슨(Henry Morton Robinson)에게 향하는, 어려움이 최초의 중요한 돌파구이다. 이들은 100년 뒤에도, 조이스 독자에게 여전히 불가결한 노동을 남길 것이요, 그의 독서는 시간 혹은 준비를 결하는 조이스 독자에게 불가결한 미지수의 안내를 남길 것이다. 이를테면, 미국의 중요한 조이스 학자인, 아다린 글라신(Adaline Glasheen) 교수의 "〈피네간의 경야 조사〉(A Census of Finnegans Wake)"를 비롯하여, 이는 버저스 자신의 조이스 안내서가 될 것이요, 그의 책장 선반에서 두 번째로 가장 때 묻은 것이라 한다. 본 저자에게 〈경야〉의 여러 참고서들 가운데, 해리 레빈(Harry Levin)의 "〈제임스 조이스〉(James Joyce)", 그리고, 국제적 노동력에 의한 "〈진행 중의 작품의 정도화를 위한 그의 진상성을 둘러싼 우리들의 중탐사〉(Our Exagmination round fis factification for incamination of Work in Progress)"가 있다. 그런데 이 책은 〈피네간의 경야〉가 완성되기 전에 출판되었거니와, 조이스 자신의 보증과 감독을 남겼다.[예컨대: 베케트 자신이 편집한 이상의 책에서 14개의 내용의 표(Table of Contents)]중 유독 "단테- 브루노. 비코 - 조이스(Dante - Bruno. Vico - Joyce)"의 기록은 두 작가들 사이에 각각 - 의 기호로 간격화間隔化 했거니와, 이는 베케트 자신이 편집한 "〈책의 소개〉(Introduction)(1961)"에서 고백하기를, 양자들 간의 시대의 사상적 및 철학적 간격을 두고자 했다는 것이다.(p 4-5)(참조) 모든 이러한 책들은 영국의 파이버 앤드 파이버 출판사에 의하여 출판되었는지라, 여기 이 선집에 대한 후원은 다양한 감사를 지불해야 마땅하리라.

재차 다시 한번 강조하지만 조이스의 두 가지 중요한 요점인즉, 스스로 그가 자신의 어려움이 무엇인지를 알았다거나, 그가 전적으로 신비적인 지적 상위上位의 작가요, 나아가, 위대함이나, 복잡성의 주체와 타협하려 의도하지 않는 정직한 작가임을 알았을 것이라는 것이다. 그런데 다른 점으로 또한, 그는 자신의 이마를 찌푸린다거나 혹은 한층 웃음을 자극하기 위하여 위대한 코믹 책을 쓰기를 원했다는 것이다. 우리가 책을 읽기 시작하기 전에 스스로 엄숙한 마스크를 벗어야만 하고, 위안 받기를 준비해야 한다는 것이다. 그 이유인즉, 조이스의 〈경야〉야 말로 지금까지 쓰인 쾌락, 방대, 어떤 의미에서는 방종放縱의 책들 중의 하나이기 때문이다. 독자여, 이 선집을 열성을 다해 읽도록 노력할지니, 무한한 곡절曲節된 재미를 얻기 위해서이다.

학력

1953: 진해고등학교 졸업

1957: 서울대학교 사범대 영어과 졸업

1963: 서울대학교 대학원 영문과 석사 졸업

1973: 미국 털사대학교 대학원 영문과 석, 박사 졸업

1981-1999: 고려대학교 영어교육과 재직

2001: 고려대학 명예교수

저서 & 역서

1968: 〈율리시스〉번역

1985: 〈피네간의 경야〉번역

2012: 〈제임스 조이스 전집〉번역

2019: 〈20-21세기 모더니즘과 포스트모더니즘 문학의 진단〉

2019: 〈제임스 조이스의 비평문집〉 번역 외 다수

수상

1968: 제11회 한국 번역 문학상 수상

1993: 제9회 고려대학교 학술상 수상

1999: 대한민국 훈장증 수여

2013: 제58회 한국 학술원상 수상

2018: 제1회 롯데 출판문화 대상 수상

정선된 피네간의 경야
이어워크 밤의 책

초판 1쇄 발행일 2020년 1월 10일

지은이 제임스 조이스
편저자 김종건
펴낸이 박영희
편집 박은지
디자인 최소영
마케팅 김유미
인쇄·제본 제삼인쇄
펴낸곳 도서출판 어문학사
서울특별시 도봉구 해등로 357 나너울카운티 1층
대표전화: 02-998-0094/편집부1: 02-998-2267, 편집부2: 02-998-2269
홈페이지: www.amhbook.com
트위터: @with_amhbook
페이스북: www.facebook.com/amhbook
블로그: 네이버 http://blog.naver.com/amhbook
다음 http://blog.daum.net/amhbook
e-mail: am@amhbook.com
등록: 2004년 7월 26일 제2009-2호

ISBN 978-89-6184-942-5 93840
정가 16,000원

이 도서의 국립중앙도서관 출판예정도서목록(CIP)은 서지정보유통지원시스템 홈페이지(http://seoji.nl.go.kr)와 국가자료종합목록 구축시스템(http://kolis-net.nl.go.kr)에서 이용하실 수 있습니다.
(CIP제어번호 : CIP2019050803)